KB261794

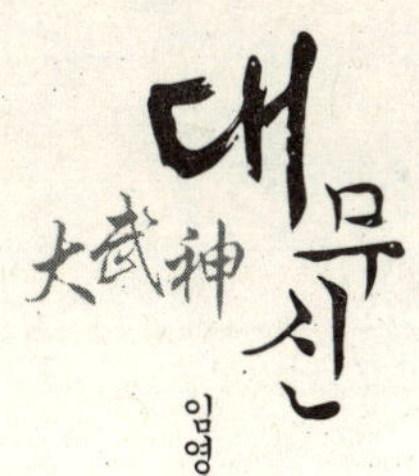

大武神

# 대무신

임영기 新무협 판타지 소설

FANTASTIC ORIENTAL HEROES

대무신 1
임영기 新무협 판타지 소설

초판 1쇄 찍은 날 § 2008년 9월 26일
초판 1쇄 펴낸 날 § 2008년 9월 30일

지은이 § 임영기
펴낸이 § 서경석

편집장 § 문혜영
편집책임 § 정서진
편집 § 유경화 · 최하나

펴낸곳 § 도서출판 청어람
등록번호 § 제1081-1-89호
등록일자 § 1999. 5. 31
어람번호 § 제2-1585호

주소 § 경기도 부천시 원미구 심곡동 163-2 서경B/D 3F (우) 420-010
전화 § 032-656-4452  팩스 § 032-656-4453
http://www.chungeoram.com
E-mail § eoram99@chollian.net

ⓒ 임영기, 2008

ISBN 978-89-251-1490-3 04810
ISBN 978-89-251-1489-7 (세트)

大武神 대무신

백팔 살인공을 한몸에 지닌 그를
훗날 천하는 그렇게 불렀다.

FANTASTIC
ORIENTAL HEROES

1 무간자(無間者)

임영기 新무협 판타지 소설

도서출판
청어람

“기, 기뻐하십시오. 마, 마침내 찾아냈습니다.”

보고를 하는 인물의 목소리가 흥분으로 격하게 떨렸다.

“그래? 누구더냐?”

단상 위의 푹신하고 큰 의자에 깊숙이 몸을 묻고 있던 백포인은 반색하면서 상체를 곧추세웠다.

그는 평소 하늘이 무너진다고 해도 의연함을 잃지 않을 만큼 수양이 깊은 사람이었다.

“올해 세 살이 된 사내아이입니다.”

백포인의 얼굴에 만족한 미소가 조금 더 짙어졌다.

“허허헛! 그토록 어리다면 금상첨화로다!”

보고를 하는 인물은 백포인을 삼십 년 넘게 모셨지만, 그가 지금처럼 유쾌하게 웃는 모습을 처음 보았다.

"확인은 제대로 했겠지?"

"여러 차례 철저하게 확인해 봤지만 그 아이는 전설의 오행신체(五行神體)가 틀림없었습니다."

백포인은 고개를 끄덕이고 나서 엄숙한 표정을 지었다.

"오행신체는 수천 년 동안 전설로만 이어져 왔을 뿐 오늘날까지 실제로 출현한 적이 없었다."

보고를 하는 인물은 납작하게 부복한 자세로 감히 고개조차 들지 못했다.

그의 머리 위로 백포인의 말이 흘러내렸다.

"이 사실이 무림에 알려지면 큰 혼란이 벌어질 것이다. 신속하게 처리하라."

"그 아이를 주군께서 친히 가르치시렵니까?"

"그것은 나중 일이다."

백포인이 고개를 가로젓자 보고하는 인물은 의아한 얼굴로 고개를 슬쩍 들었다.

"그곳으로 보내라."

보고하는 인물은 불신 어린 표정을 지었다.

"전설의 오행신체를… 설마 무간옥(無間獄)으로 보내라는 말씀이십니까?"

"그렇다. 그래서 다른 녀석들과 똑같이 취급하라."

보고하는 인물은 백포인의 의중을 헤아릴 수 없다는 듯 눈을 끔뻑거렸다.

백포인이 손가락 하나를 세웠다.

"단, 그 아이에게 모든 것을 가르쳐라."

세운 그의 중지에 끼워져 있는 붉은 반지가 영롱한 빛을 발하고 있었다.

보고하는 인물은 움찔 몸을 떨었다.

"설마 백팔살인공(百八殺人功)을 모두 가르치시라는 말씀……."

"중현(仲玄)."

"요… 용서하십시오."

중현은 이마를 돌바닥에 대며 몸을 부르르 떨었다.

"그 아이가 정말 오행신체라면 백팔살인공 중에서 최소한 열 종류는 완벽하게 터득할 것이다."

백포인은 오른손으로 왼손 가운뎃손가락의 반지를 만지작거리다가 몸을 일으켰다.

"즉시 실행하라."

第一章
필사(必死)

도주 나흘째.

나흘 동안 무간옥으로부터 대략 삼백여 리 정도 도망쳐 온 듯했다.

탈출을 하고 나서 해가 네 번 뜨고 졌으니 나흘이 지났음을 알 수 있다.

그 외에는 알지 못한다.

아니, 한 가지 더 알고 있는 것이 있다.

아직까지 살아 있다는 사실.

지금으로선 그보다 더 중요한 것이 없다.

무슨 일이 있어도 끝까지 살아야만 한다.

"헉헉헉! 헉헉……!"

소년은 목구멍이 찢어질 것처럼 거칠게 헐떡거렸다.

목구멍만이 아니라 허파도 당장 조각나 버릴 듯이 팽팽해졌으며, 심장 역시 폭발할 것처럼 미친 듯이 쿵쾅거렸다.

엄청난 고통이었지만 반면에 소년에겐 희열이기도 했다.

고통을 느끼고 있다는 것은 아직 살아 있다는 증거이므로.

이 고통이 멈춘다는 것은 죽음을 의미했다.

그래서 어떤 형태의 고통이라도 그에게는 그저 감사할 따름이었다.

소년은 달리는 것을 멈추지 않았다.

마지막으로 쉬어본 것이 언제인지 기억도 아득했다.

멈추는 순간 추격자들의 억센 손아귀가 뒷덜미를 움켜잡을 것만 같았다.

아니, 지난 나흘 동안 실제로 그랬다.

그가 숨을 돌리기 위해 잠시 멈추기만 하면 기다리고 있었다는 듯 추격자들이 사방에서 들이닥쳤다.

소년은 달리면서 좌우를 살펴보았다.

여전히 울창한 숲 속이었다.

어제 동트기 전에 들어선 숲인데, 하루가 지나고 다시 해가 중천에 떠 있는 지금까지도 아직 숲이 끝나지 않고 있었다.

하지만 숲을 벗어나야 한다는 생각은 하지 않았다.

숲이라도, 사막이나 초원이라고 해도 상관이 없다.

추격자들의 악착같은 추적에서 벗어날 수만 있다면 그곳
이 어디라도 상관없었다.

첨벙! 첨벙! 첨벙!

그때 갑자기 아래쪽에서 물소리가 나면서 달리던 속도가
멈칫했다.

촤악!

이어서 그의 상체가 앞으로 곤두박질쳤다.

그는 온몸이 고스란히 물에 빠져서 본능적으로 팔다리를
허우적거렸다.

하지만 곧 동작을 멈추었다.

물은 매우 얕아서 무릎까지밖에 오지 않았다.

그는 튕기듯 벌떡 일어나 주위를 둘러보았다.

앞쪽이 온통 물이면서도 울창한 숲이었다.

그는 자신이 달려온 뒤쪽을 돌아보았다.

그곳에도 숲이 있었디.

그런데 뒤쪽에는 물이 없고 앞쪽에는 시선이 닿는 곳까지
온통 물바다였다.

소년의 앞에 펼쳐진 것은 늪이었다.

그는 태어나서 한 번도 늪을 본 적이 없다.

하지만 무간옥의 지형지물을 익히고 숙달시키는 수련 과
정에는 늪에 대한 것도 포함되어 있었다.

그래서 늪을 본 적은 없지만 늪에 대해서는 완벽하게 적응

할 수 있는 모순성을 그는 지니고 있었다.

철벅철벅!

그는 급히 뒷걸음질쳐서 물 밖으로 나왔다. 달리는 데에는 물보다 마른땅이 낫기 때문이다.

이어서 다시 늪 가장자리를 따라서 달리기 시작했다.

멈춰 있는 것은 그 자신이 용납하지 못했다.

멈춰 있는 동안만큼 추격자들이 그에게 가까워질 것이다.

푹푹푹푹!

늪 가장자리는 진흙이라서 발목까지 빠지는 터라 그는 더 바깥쪽의 마른땅으로 나갔다.

막 달리려고 하던 그는 늪 가장자리의 진흙에 자신의 발자국 몇 개가 깊고도 선명하게 찍혀 있는 것을 발견하고는 약간 표정이 변했다.

그는 조금 전 물로 뛰어들기 전에 달려온 마른땅 쪽을 쳐다보았다.

그곳은 겉으로 보기에는 아무런 흔적도 없었다.

그러나 소년의 눈에는 자신이 남긴 몇 군데 흔적이 똑똑히 보였다.

그의 눈에 띌 정도라면 추격자들의 눈에는 길 안내서와도 같을 것이다.

소년은 무간옥에서 장장 십이 년 동안 말로는 설명할 수 없을 정도의 혹독한 수련을 받았다.

그중에서 온갖 종류의 생존술(生存術)과 잠행술(潛行術), 은신술(隱身術), 추적술(追跡術) 따위는 십이 년 동안 하루도 빠지지 않고 수련했던 것들이다.

추격자들은 무간옥에 있는 많은 소년 소녀들에게 직접 잠행술을 비롯한 많은 재주를 가르친 자들이다.

소년은 무간옥에 갇힌 날부터 그곳을 탈출한 나흘 전까지 장장 십이 년 동안 단 한순간도 탈출을 생각하지 않은 적이 없었다.

그래서 십이 년 동안 자신의 능력을 철저하게 감춘 채 삼할 정도만 드러냈었다.

그들을 방심시키는 한편, 탈출할 때 최대한 능력을 발휘하기 위해서였다.

그가 마음먹고 잠행술이나 은신술을 펼친다면 추격자들은 능히 따돌릴 수 있을 것이다.

하지만 그것에는 맹점이 있었다.

그렇게 하려면 도주하는 속도가 현저하게 느려질 수밖에 없다는 사실이다.

한 발자국이라도 무간옥에서 멀리 벗어나려고 발버둥 치고 있는 상황에서 잠행술이나 은신술을 펼쳐서 꼭꼭 숨어 있는 것은 어리석기 짝이 없는 방법이었다.

그래서 소년은 흔적을 남기더라도 무간옥에서 멀리, 그리고 빨리 도주하는 방법을 선택한 것이다.

첨벙! 첨벙!

소년은 즉시 늪으로 뛰어들어 안쪽으로 깊숙이 들어갔다.

그는 생각을 바꾸었다. 물속이라면 흔적을 남기지 않을 것 같아서였다.

늪은 안으로 들어갈수록 점점 깊어져서 잠시 후에는 물이 허리까지 찼다.

늪 바닥은 어떤 곳은 진흙이고 또 어떤 곳은 모래였으며, 가끔은 자갈이 깔려 있기도 했다.

진흙 바닥을 밟으니 흙탕물이 뿌옇게 피어올랐다.

소년은 모래나 자갈만을 골라 점점 더 깊이 들어갔다.

이윽고 물이 가슴까지 차올랐으나 더 깊어지지는 않았다.

그곳에 멈춰 서서 자신이 출발했던 곳을 뒤돌아보니 족히 삼백여 장 이상은 들어온 것 같았다.

그의 짐작이 틀리지 않는다면 지금쯤 추격자들이 모습을 드러낼 것이다.

그들은 언제나 반 각에서 일각 정도의 차이로 소년을 바짝 추격해 왔다.

그러므로 소년이 악착같이 도주하지 않는다면 그 정도의 차이는 금세 좁혀지게 되는 것이다.

소년은 지금은 움직일 때가 아니라 숨어야 할 때라는 것을 본능적으로 느꼈다.

그는 주위를 살피다가 몸을 웅크려 눈 윗부분만 물 밖으로 내놓은 채 물소리를 내지 않으면서 한쪽으로 이동해 갔다.

그가 향하고 있는 곳은 꽤 넓게 수초가 밀생해 있으며 한복판에는 썩은 고목 한 그루가 쓰러져 있었다.

수초는 수면 위로 두 자가량 자라 있고, 고목은 그보다 한 자 더 높이 수면에 누워 있었으므로 당장 몸을 숨기기에는 최적의 조건이었다.

그때 소년의 눈이 가볍게 빛났다.

조금 전에 그가 달려왔던 곳 저만치 나무 사이로 붉은 구름 덩어리 같은 것들이 어른거리면서 빠르게 다가오는 것을 발견한 것이다.

추격자들이었다.

그들은 소년이 예상하고 있는 것보다 조금 더 빨리 나타났다.

소년은 미처 수초까지 이르지 못한 상태였다.

순간 그의 온몸이 물속으로 완전히 잠겨늘었다.

하지만 추호도 물소리가 나지 않았고 수면의 파문도 생기지 않았다.

붉은 구름 같은 것들은 피처럼 붉은 혈의(血衣)를 입은 사내들로서 일개 조 다섯 명이었다.

혈의인들이 늪 가장자리에 이르러 분분이 신형을 멈출 때, 소년의 머리가 수초 한복판 고목 뒤에서 일말의 기척도 없이 느릿하게 솟아올랐다.

그는 그곳에서 코까지만 수면 위로 내놓고 고목에 이마를 댄 채 가만히 있었다.

섣부르게 붉은 인영들을 훔쳐보는 짓 따위는 위험천만한 행동이었다.

소년은 호흡을 멈춘 채 붉은 인영들이 있는 쪽으로 잔뜩 귀를 기울였다.

호흡을 멈추는 것 역시 십이 년 동안 수련했기 때문에 지금은 귀식대법을 전개하지 않더라도 한 번 숨을 멈추면 최대 한 시진 이상 견딜 수 있다.

그와 함께 생활하던 소년 소녀들 중에서 가장 숨을 오래 참는 사람이 이각 정도였다.

소년은 무간옥에서 자신의 능력을 철저하게 숨긴 채 단지 일각 정도 숨을 참는 것처럼 행동했었다.

이 정도 거리에서 보통의 방법으로 숨을 쉬는 것은 소년이 숨어 있는 정확한 위치를 붉은 인영들에게 가르쳐 주는 것이나 다름없다.

소년은 특수한 호흡법을 알고 있었다. 그 호흡법을 사용하면 일체의 숨소리가 새어나가지 않는다.

그것 역시 무간옥에서 배운 생존술 중 하나다. 하지만 지금은 굳이 그 호흡법을 사용하지 않아도 될 것 같았다.

지난 나흘 동안 몇 차례 절박한 위기에 처했던 것에 비하면, 지금은 조금쯤 안전한 상황이라고 할 수 있었다.

혈의인들이 움직일 때 내는 파공음이나 옷자락 펄럭이는 소리가 들리지 않았다.

아마도 늪 가장자리 진흙에 찍힌 소년의 발자국이나 흔적들을 살펴보고 있을 것이다.

적막함이 길어지고 있었다.

하지만 소년은 조금도 초조해하거나 긴장하지 않았다.

무간옥에서의 지옥보다 더 참담했던 십이 년 생활은 그런 사치스러운 감정의 부산물들을 깡그리 제거해 주었다.

말하자면 소년은 십오 세라는 어린 나이에도 불구하고 인간이라면 반드시 지녀야 할 오욕칠정(五慾七情)을 눈곱만큼도 지니고 있지 않았다.

옆구리와 허벅지, 등 한복판의 세 군데 상처가 물속에 잠겨 있으니 몹시 쓰라렸지만, 그는 마치 남의 몸에 난 상처인 양 끄떡도 하지 않았다.

그때 문득 소년은 이상한 생각이 들었다.

그동안의 경험으로 미루어봤을 때 이 정도 시간이 흘렀으면 저 악마 같은 놈들이 어떤 결론을 내리고 즉시 행동을 취했어야만 한다.

그런데 적막이 필요 이상으로 길어지고 있었다.

이런 식의 적막은 좋지 않다. 그것은 태풍이 불어 닥치기 직전의 고요와도 같다.

새소리도 벌레 소리도 들리지 않았고, 바람도 불지 않는 것 같았다.

심지어 시간마저 멈춰 버린 것 같은 질식할 듯한 고요가 늪 주변을 지배하고 있었다.

소년은 본능적으로 위험이 가까이 닥치고 있음을 감지했다.

하지만 고목 뒤에서 움직일 수가 없으니 확인할 방법도 없는 상태였다.

문득 그는 무엇인가를 감지했다.

그것은 눈으로 보고 귀로 듣는 오감(五感)의 느낌이 아니라 본능적인 것이었다.

전에도 이런 경우가 수없이 많았다.

이유는 모르지만 소년은 무간옥에 있는 백구 명의 소년 소녀들 중에서 본능과 직관력이 가장 뛰어났었다.

그런 것들이 왜 자신에게만 있는지에 대해서는 조금도 알지 못한다.

무간옥에서는 그런 것을 생각하느라 허비할 시간이 없었다. 그래서 길게 생각해 본 적도 없었다.

그저 남들에게는 없는 그런 능력들을 갖고 있다는 사실이 조금쯤 힘이 된다고 여길 뿐이었다.

지금 그의 본능은 위험이 목전에 닥쳤으며, 머리 위에서 시작될 것이라고 경고하고 있었다.

그는 재빨리 고개를 들어 위를 쳐다보았다.

순간 그의 눈이 커졌다.

그의 머리 위 삼 장 높이에 한 마리 크고 붉은 새가 날개를 활짝 펼친 채 떠 있었다.

아니, 그것은 혈포인이 두 팔을 벌린 채 허공중에서 정지 비행을 하고 있는 것이었다.

그리고 다른 네 명의 혈포인도 늪 위로 뻗은 나무의 나뭇가지를 디디면서 사방에서 쏘아오고 있는 중이었다.

소년의 시선이 머리 위에 떠 있는 혈포인에게 고정되었다.

얇은 핏빛 철면(鐵面)으로 턱과 입, 콧구멍만 남긴 채 얼굴 전체를 가린 모습.

오른쪽 어깨에는 피처럼 붉은 한 자루 혈도(血刀)를, 왼쪽 어깨에는 먹처럼 검은 활과 화살통을 멨다.

또한 양쪽 허리에는 핏빛의 낫처럼 구부러진 기형 무기와 검은색 주먹만 한 가죽 주머니 하나를 차고 있었다.

온몸에 피를 뒤집어쓴 듯한 섬뜩한 모습.

적귀(赤鬼).

그것이 그들을 가리키는 호칭이다.

무간옥의 모든 소년 소녀들에게 잔인함과 비정함으로 대변되는 공포의 호칭이기도 했다.

적귀가 쓰고 있는 핏빛 철면의 미간 한복판에 '四十九'라는 숫자가 새겨져 있었다.

즉, '사십구적귀' 라는 뜻이다.

사십구적귀는 소년을 쏘아보고 있었다.

소년과 사십구적귀의 시선이 마주쳤다.

시간이 정지한 듯한 순간,

문득 소년은 사십구적귀의 오른손이 오른쪽 허리에 차고 있는 검은색 가죽 주머니로 향하는 것을 발견했다.

순간 소년의 머리가 재빨리 물속으로 사라졌다.

그와 동시에 사십구적귀의 오른손이 가죽 주머니 속에서 빠져나와 아래를 향해 번개같이 뿌려졌다.

슈욱!

순간 검은색 둥근 물체가 소년이 있는 곳을 향해 쏜살같이 쏘아져 내렸다.

퍽!

촤아아!

둥근 물체는 쏘아내리다가 갑자기 작은 폭발을 일으키는 듯하더니 하나의 커다란 그물이 되어 소년이 있는 곳을 중심으로 지름 삼 장 이내를 완전히 뒤덮어 버렸다.

귀사망(鬼絲網)이라고 불리는 포획용 그물에는 수백 개의 손가락 길이의 반짝이는 침이 박혀 있었다.

사람이 일단 그 안에 갇히면 침이 온몸에 깊숙이 박혀서 꼼짝도 하지 못하고 만다.

귀사망은 소년이 있는 곳 주변의 고목과 수초대를 거의 다 뒤덮었다.

소년이 사십구적귀를 발견하고 물속으로 숨어든 것과, 사십구적귀가 귀사망을 펼친 것은 거의 동시에 이루어졌다.

그러므로 지금의 상황으로 봤을 때 소년은 귀사망 안에 갇힌 것이 분명했다.

그러나 사십구적귀는 귀사망을 가볍게 슬쩍 당겨보더니 실패했음을 깨달았다.

그는 가까운 곳의 나뭇가지로 쏘아가면서 귀사망을 가볍게 채듯이 잡아당겼다.

귀사망은 순식간에 원상태로 되돌아와 가죽 주머니 속에 넣어졌다.

휘익! 휙! 휙!

그때 다섯 명의 적귀가 다섯 방향으로 펼쳐져 날아갔다.

그들은 나뭇가지 사이를 훌쩍훌쩍 건너뛰어 소년이 있던 곳에서 오 장 정도 날아간 후 다섯 방향에서 일제히 아래를 향해 소매를 떨쳐 냈다.

쏴아아!

다음 순간, 수백 개의 암기가 소나기처럼 수면을 향해 쏟아져 내렸다.

직후 다섯 명의 적귀는 나뭇가지 위에서 날카롭게 수면을 살펴보았다.

타앗!

그때 한 명의 적귀가 나뭇가지를 박차며 아래를 향해 몸을 날렸다.

그가 비호처럼 쏘아내리는 곳 수면으로 흐릿한 핏물이 번지고 있었다.

촤악!

적귀는 핏물이 번지는 곳으로 정확하게 뛰어들었다.

물속은 부옇고 탁해서 시야가 채 일 장도 되지 않았다.

적귀는 물속 바닥을 향해 쏘아내리면서 재빨리 주위를 휘둘러보았다.

그의 오른손에는 어느새 낫처럼 생긴 기형 무기가 번뜩이며 쥐어져 있었다.

그러나 기대했던 소년의 모습은 보이지 않았다.

적귀의 눈빛이 가볍게 흔들렸다.

핏물이 번지는 것을 분명히 봤는데 그럴 리가 없다는 듯한 눈빛이었다.

물이 그리 깊지 않아서 적귀의 머리는 곧 모래 바닥에 부딪치기 직전이었다.

그는 왼손을 뻗어 손바닥으로 모래 바닥을 짚는 것과 동시에 몸을 세우려고 했다.

하지만 그의 동작은 이어지지 않았다.

모래 바닥을 짚은 그의 왼손 손바닥 바로 옆 모래 속에서 무언가 검고 길쭉한 물체가 쏜살같이 튀어나왔다.

푹!

길쭉한 물체는 적귀의 목 한복판으로 쑤셔 박혔다.

그것은 길쭉한 쇠붙이였다. 쇠붙이는 적귀의 목젖 아래를 깊숙이 찔렀다.

쇠붙이의 끝을 움켜잡고 있는 하나의 손은 모래 바닥 속에서 뻗어 나와 있었다.

적귀는 두 눈을 부릅뜨고 입을 쩍 벌렸다.

척!

그때 모래 속에서 또 하나의 팔이 튀어나와 적귀의 뒷머리를 끌어안듯이 강하게 잡아당겼다.

적귀의 얼굴이 모래 바닥에 묻혔다.

우득!

그리고 길쭉한 쇠붙이가 적귀의 목을 완전히 관통하여 끝이 목뒤로 반 뼘쯤 튀어나왔다.

쇠붙이 끝은 뾰족했는데 섬뜩하면서도 흐릿한 흑광(黑光)이 귀기스럽게 일렁였다.

적귀의 목뒤로 삐져 나온 쇠붙이에 묻은 약간의 피가 물에 씻겨 흔적도 없이 흩어졌다.

스으.

그때 모래 바닥에 얼굴을 파묻은 적귀의 얼굴 옆 모래 바닥이 불룩하게 솟는 듯하더니 하나의 얼굴이 나타났다.

소년의 얼굴이었다. 얼굴에 이어서 그의 몸이 모래 바닥에서 드러났다.

그는 원래 있던 고목에서 순식간에 물속으로 사 장쯤 헤엄쳐서 모래 속에 숨어 있었다.

포획용 그물인 귀사망의 한계가 삼 장이라는 사실을 알고 있기 때문에 취한 행동이었다.

소년의 부릅뜬 눈은 살기로 번들거렸고, 어금니를 힘껏 악문 모습이었다.

얼굴을 모래 바닥에 파묻고 쇠붙이를 목에 찔린 적귀의 몸뚱이가 푸들푸들 경련을 일으키다가 잠시 후 잠잠해지면서 몸이 축 늘어졌다.

적귀가 쓰고 있는 철면의 미간에는 '四十八'이라는 숫자가 새겨져 있었다.

그는 사십팔적귀였다.

소년은 사십팔적귀의 몸 아래에 그를 마주 보는 자세로 누운 상태에서 눈을 깜빡거리며 잠시 갈등했다.

속히 이곳을 벗어나야만 하지만 사십팔적귀의 목에 꽂혀 있는 쇠붙이를 버리고 갈 수는 없었다.

이 년 전, 그는 산속에서 생존술을 훈련하던 중 깊은 절곡에 추락한 적이 있었다.

꽤 심한 부상을 입었지만 그곳에서 발견한 두 개의 금속에 흥미를 느껴서 고통을 느끼지 못했다.

그것은 거무튀튀한 색에 쇠보다 몇 배나 무거웠는데, 하나는 한 자 반 길이의 길쭉한 모양이고, 또 하나는 납작하고 뭉

툭했다.

길쭉한 금속을 휘두르자 단단하기 짝이 없는 바위가 두부처럼 으깨어졌다.

그래서 그는 그것으로 무기를 만들 작정을 하고 몸에 감추어 무간옥으로 돌아왔다.

그날 밤부터 그는 두 개의 금속을 서로 문질러서 무기를 만들기 시작했다.

그리고 일 년 반 만에 한 자루 무기가 탄생했다.

아니, 사실 완성은 아니었다.

서로 문지르고 갈던 납작하고 뭉툭한 금속이 모두 닳아서 엄지손톱 크기로 작아졌기 때문에 더 이상 무기를 만드는 작업을 계속할 수가 없게 된 것이다.

미완성의 무기는 길이가 고작 한 자 남짓밖에 되지 않았고, 언뜻 봐서는 칼날과 손잡이의 구별도 없는 듯했다.

그것은 어딜 봐도 검이나 도, 아니, 무기의 모양을 조금도 닮지 않았다.

그저 끝이 뾰족하고 복판은 뭉툭하며 양날이 날카롭게 잘 벼려져 있다는 것뿐이었다.

그렇지만 소년에게 그것은 엄연한 무기였다.

일 년 반 동안 두 손이 다 부르트도록 갈아서 만든 무엇과도 바꿀 수 없는 무기인 것이다.

그는 그것에 흑자검(黑刺劍)이라는 이름을 붙였다.

그의 유일한 친구이며 혼(魂)이 담겨 있는 흑자검을 적귀의 목에 꽂아둔 채 갈 수는 없었다.

소년은 흑자검을 갖고 가기로 결정을 내렸다.

그는 왼팔로 사십팔적귀의 뒷머리를 힘주어서 움켜잡고 오른손으로는 흑자검을 잡은 상태에서 발뒤꿈치로 모래 바닥을 힘주어 밀었다.

느리지만 묵직하게 움직이기 시작했다.

사십팔적귀는 아래를 보고 엎드리고, 소년은 사십팔적귀를 향해 누운 자세로 속도가 조금씩 빨라졌다.

사십팔적귀의 목에서 흑자검을 뽑으면 피가 뿜어져서 순식간에 주위가 온통 피바다가 될 것이다.

그런 상황을 초래하지 않고 또 흑자검을 버리지 않으려면 이 방법뿐이었다.

소년은 첫 살인을 했다.

태어나서 최초로 사람을 죽인 것이다.

그러나 아무런 감정도 일지 않았다.

그는 지난 십이 년 동안 인간의 오욕칠정을 깡그리 소멸시켰고, 대신 생존술과 잠행술, 추적술, 그리고 수많은 살인 수법에 대한 공부를 했다.

무간옥에 있는 백구 명의 소년 소녀 중에서 적귀를 찢어 죽이고 싶지 않은 사람은 한 명도 없었다.

그 정도로 적귀들은 소년 소녀들, 즉 무간자(無間者)들을 가혹하게 수련시켰고 또 괴롭혔다.

하지만 소년은 첫 살인으로 적귀를 죽인 것에 대한 통쾌함 같은 감정조차 느끼지 않았다.

죽은 사십팔적귀는 핏발 선 두 눈을 부릅뜬 채 소년을 노려보고 있었다.

평소에 무간옥에서 소년 소녀들을 쳐다볼 때와 다름이 없는 눈빛이었다.

사십팔적귀는 우람한 체격인데 소년은 그에 비해서 한 뼘 정도 키가 작았고 몸은 훨씬 왜소했다.

위에서 보면 사십팔적귀의 몸에 가려서 소년의 몸은 아예 보이지도 않았다.

소년은 반 시진 정도 쉬지 않고 계속 이동했다.

하지만 사십팔적귀를 죽인 곳으로부터 얼마나 멀리 왔는지는 가늠하기가 어려웠다.

그러나 소년은 그때부터 반 각 동안 더 결사적으로 뒤꿈치로 바닥을 밀어내는 것을 반복했다.

이동하기 시작한 지 한 시진이 훌쩍 넘어 심장과 허파가 당장이라도 터질 것 같은 상황이 되었을 때, 소년은 비로소 적귀를 바닥에 가라앉힌 후 얼굴을 위로 한 채 느릿하게 수면으로 떠올랐다.

당장이라도 숨이 막혀서 죽을 것 같았지만 그의 행동은 너무나 신중해서 오히려 여유가 있는 듯이 보였다.

소년은 입만 수면 위로 약간 내밀어 아주 조금씩 숨을 토해내고 들이쉬었다.

멀리서 보면 큰 잉어가 수면으로 주둥이를 내놓고 뻐끔뻐끔 숨을 쉬는 것처럼 보일 터이다.

거칠게 숨을 토해내고 들이쉬는 소리를 적귀들은 최소한 오백 장 밖에서도 감지할 수가 있다.

적귀나 그 상급인 아방나찰(阿防羅刹), 그리고 무간옥의 최상급 지위인 명관(冥官)들이 얼마나 지독한 자들인지 누구보다 잘 알고 있는 소년이었다.

날숨과 들숨을 한 차례만 거듭한 소년은 다시 물속으로 가라앉으며 몸을 뒤집었다.

그런데 바닥에 놔둔 사십팔적귀의 모습이 보이지 않았다.

소년은 재빨리 물속을 이리저리 살펴보다가 한곳에 시선을 멈추었다.

사십팔적귀가 물 중간쯤에 얼굴을 아래로 한 채 떠서 한쪽 방향으로 흘러가고 있는 모습이 보였다.

멀리서 보니까 마치 그가 살아서 헤엄을 치며 도망치고 있는 것 같았다.

소년은 즉시 사십팔적귀를 향해 헤엄쳐 갔다.

그런데 거리가 좀처럼 좁혀지는 것 같지 않았다.

그는 급히 두리번거렸다.

물속 바닥에 뿌리를 내린 수초들이 모두 한쪽 방향으로 납작하게 누워서 세차게 몸을 떨고 있는 것이 보였다.

물이 흐르고 있는 것이었다.

그것도 매우 빠르게.

소년의 굵고 짙은 눈썹이 꿈틀거렸다.

그 어떤 것에도 감정의 변화를 보이지 않던 그가 한낱 쇠붙이인 흑자검을 잃을지도 모른다는 사실에 약간 조급한 마음이 든 것이다.

촤악!

그는 물 위로 떠올라서 맹렬하게 헤엄쳤다. 물속보다는 수면이 더 빠르기 때문이다.

결사적으로 팔다리를 움직이면서 힐끗 뒤돌아보았다.

아무리 흑자검이 중요하다고 해도 목숨과 바꿀 수는 없었다.

다행히 적귀들의 모습은 보이지 않았다.

쿠쿠쿠쿠.

그때 소년이 헤엄쳐 가고 있는 앞쪽에서 은은하고도 묵직한 음향이 들려왔다.

소년은 예전에 그런 소리를 한 번도 들은 적이 없어서 그것이 무엇을 뜻하는지 알지 못했다.

수면에서 맹렬히 헤엄쳐서 전진하던 소년은 무엇인가를 발견하곤 움찔 가볍게 놀랐다.

거칠게 으르렁거리면서 흐르던 물살이 사십팔적귀 칠팔

장쯤 앞쪽에서 갑자기 사라지고 있었다.

그리고 천둥소리 같은 굉음이 그 아래쪽에서 들려왔다.

쿠쿠쿠쿠—

그런데도 소년은 그것이 폭포 소리라는 사실을 깨닫지 못했다. 폭포를 한 번도 본 적이 없기 때문이다.

다만 어떤 알 수 없는 위험이 닥쳐온 것을 본능적으로 느낄 뿐이었다.

그때 소년의 이 장쯤 앞쪽에서 사십팔적귀의 시체가 수면 위로 불쑥 떠올랐다.

물살이 격탕하면서 무엇인가에 부딪쳐 튀어 오른 듯했다.

소년은 사력을 다해서 두 팔을 저었다.

마침 사십팔적귀의 얼굴이 소년 쪽을 향하고 있었다.

척!

이윽고 소년이 손을 뻗어 사십팔적귀의 목에 깊숙이 꽂혀 있는 흑자검의 손잡이 쪽을 움켜잡았다.

촤아아!

그 순간 소년과 사십팔적귀의 몸이 허공으로 둥실 떠올랐다.

아니, 떠오른 것이 아니라 여태껏 소년을 받쳐 주고 있던 물이 갑자기 꺼져 버린 것이다.

소년은 급히 아래를 쳐다보았다.

콰콰콰콰!

거대한 물줄기가 수십 장 아래로 곤두박질치듯 쏟아지고, 까마득한 아래쪽은 온통 희뿌연 물안개에 뒤덮여 있는 광경이 그의 시야 속으로 가득 밀려들어 왔다.

소년은 몸이 쏜살같이 아래로 떨어져 내리고 있음을 느끼는 순간, 사십팔적귀의 목에서 흑자검을 힘껏 뽑았다.

第二章
혈로(血路)

大武神
대무신

와르르!

발밑으로 돌무더기가 소리를 내며 무너져 내렸다.

"이런……."

백의 경장을 입고 오른손에 피가 흠뻑 묻은 한 자루 청강검을 움켜쥔 중년인은 급히 한 걸음 물러났다.

그가 멈춰 선 곳은 낭떠러지 끝이었다.

그는 아래를 굽어보았다.

낭떠러지 아래 바닥까지는 족히 칠팔십 장은 될 듯했다.

바닥, 아니, 절곡은 좁았으며 삐죽삐죽한 기암괴석이 무수히 난립했다.

그리고 그 사이로 성난 급류가 기세게 물보라를 일으키면서 흐르고 있었다.

백의중년인은 아래를 오래 내려다보고 있을 여유가 없었다.

그는 즉시 몸을 돌리는 것과 동시에 왼쪽으로 신형을 날렸다.

아니, 그는 신형을 날리지 못했다.

그의 전면 십여 장 거리에서 대여섯 명의 흑의인들이 이쪽을 향해 나는 듯이 쏘아오고 있는 광경을 발견했기 때문이다.

그러나 흑의인들은 그들만이 아니었다. 그들 뒤쪽 우거진 숲 속에서 무수히 쏟아져 나오고 있는 것들 역시 모두 흑의인이었다.

백의중년인은 재빨리 좌우를 둘러보았다.

낭떠러지는 백여 장쯤 길이로 길게 뻗어 있었으며, 그는 낭떠러지의 가운데쯤에 서 있었다.

그의 얼굴에 더없는 절망이 떠올랐다.

이틀 동안 수많은 생사의 고비를 넘기면서 도주했는데, 이제는 더 이상 도망칠 곳이 없었다.

흑의인들이 반달 형태로 쫙 펼쳐져서 백의중년인을 향해 좁혀오고 있었다.

그들의 수는 대략 오십여 명 정도였다.

하나같이 흑의에 검은 복면을 뒤집어쓴 채 두 눈만 내놓은

모습이었고, 손에는 새파란 검광이 번뜩이는 검을 쥐고 있었
다.

백의중년인은 지난 사흘 동안 흑의복면인들과 수십 차례
싸워보았고, 그 결과 온몸에 십여 군데의 크고 작은 상처를
입은 상태였다.

강호에서 그는 자타가 인정하는 초일류고수 수준이지만,
눈앞에 있는 흑의복면인들은 한 번에 다섯 명 정도밖에 상대
하지 못한다.

다시 말해서 흑의복면인들 각자가 일류고수의 실력을 지
니고 있다는 뜻이다.

그런데 지금 흑의복면인이 오십여 명이나 한꺼번에 포위
망을 좁혀오고 있다.

그리고 뒤쪽은 까마득한 낭떠러지다.

그야말로 진퇴양난의 처지였다.

"음, 이놈들!"

백의중년인은 상처 입은 맹수처럼 사나운 안광을 뿜어내
며 으르렁거렸다.

흑의복면인들은 어느새 오 장까지 접근하고 있었다.

백의중년인은 처절하게 머리를 쥐어짜 봤지만 사지(死地)
에서 벗어날 방법이 떠오르지 않았다.

아니, 방법이 떠오르지 않는 것이 아니라 방법 자체가 없었
다.

“연숙(延叔).”

그때 백의중년인의 귓가에서 속삭이는 듯한 목소리가 들렸다.

백의중년인 연건후(延建厚)는 뒤돌아보지 않은 채 공손하게 대답했다.

“말씀하십시오.”

“나를 내려주세요.”

연건후는 움찔 눈에 띄게 몸을 떨었다.

그의 등에는 한 소녀가 업혀 있었다.

그녀는 십사 세 정도의 나이였으며, 연두색 바탕에 붉은 꽃이 수놓인 고급 비단옷을 입고 있었다.

너무나 희고 투명해서 눈이 부실 듯한 살결과, 방금 눈물을 그친 듯 촉촉하게 젖어 있는 커다란 눈에 조그맣고 도톰한 붉은 입술을 지녔다.

몹시 아름다운 용모에 비해서 지나칠 만큼 가녀린 몸을 갖고 있는 소녀였다.

그러나 첫눈에도 매우 고귀한 신분이라는 사실을 짐작할 수 있었다.

“아가씨……”

소녀는 연건후를 비롯한 십오 명의 정의로운 협객들의 도움을 받아서 자신이 십사 년 동안 몸담고 살아온 집에서 탈출했다.

그것이 사흘 전의 일이다.

그러나 사흘 동안 십사 명이 죽고 연건후 혼자 살아남아 소녀를 업은 채 도주하다가 지금과 같은 상황에 처하게 된 것이다.

"내려주세요."

소녀는 같은 말을 조용히 되풀이했다.

"아가씨……."

연건후 역시 착잡한 표정으로 같은 말만을 반복했다. 그 말 밖에는 할 말이 없었기 때문이다.

소녀에겐 '아가씨' 말고 많은 사람들에게 불리는 다른 호칭이 있었다.

하지만 연건후는 흑의복면인들이 지켜보고 있기 때문에 평소처럼 소녀의 호칭을 부르지 않았다.

마지막 순간까지 소녀의 신분을 감추려는 의도에서였다.

흑의복면인들은 소녀의 가문을 멸문시키려는 반란의 무리가 고용한 자객(刺客)들이 분명했다.

연건후는 소녀가 내려달라고 하는 이유를 짐작할 수 있었다.

더 이상 소녀를 지키지 못하는 최후의 순간이었으므로, 그는 소녀의 말을 거스를 용기도 이유도 없었다.

그는 조심스럽게 몸을 굽혀 소녀를 내려주고 나서 다시 몸을 일으켰다.

흑의복면인들은 이 장 전면까지 다가와 두 사람을 완전히 포위한 상태에서 지켜보고 있었다.

소녀의 키는 연건후의 어깨에도 닿지 않았다.

그녀는 희고 연약한 두 손으로 연건후의 팔을 잡은 채 살며시 고개를 돌려 벼랑 아래를 굽어보았다.

'아……'

절곡이 너무도 깊고 아스라해서 소녀는 일순 심한 현기증을 느끼고 뺨을 연건후의 어깨에 기댔다.

소녀는 그 자세로 잠시 서 있으면서 입술을 꼭 깨물었다.

그녀는 자신들이 이곳에서 죽게 되리라는 사실을 예상하고 있었다.

연건후가 부상이 심한데다 한꺼번에 오십여 명의 흑의복면인들을 당해내지 못한다는 사실을 알고 있기 때문이다.

'둘이 함께 있으면 둘 다 죽을 거야.'

연건후는 자신의 팔을 잡고 있는 소녀의 두 손에 지그시 힘이 들어가고, 또 두 손이 안쓰럽게 파들파들 떨리고 있는 것을 느꼈다.

"연숙, 사람의 생사(生死)는 하늘에 있어요."

소녀는 차분하고 여린 목소리로 말했다.

그녀의 뜬금없는 말에 연건후는 의아한 표정을 지었다.

소녀는 연건후의 팔을 놓고 뒤로 돌아가 그의 너른 등에 뺨을 대고 나직이 속삭였다.

"연숙, 꼭 살아야 해요."

"……!"

연건후는 무엇인가 알 수 없는 불길함을 느끼고 움찔 가볍게 몸을 떨었다.

소녀의 뺨이 등에서 떼어지는 느낌을 받으며 그는 급히 뒤돌아보았다.

그리고 그는 보았다.

소녀가 한 떨기 꽃잎처럼 벼랑으로 몸을 날리고 있는 광경을.

"허억!"

연건후의 두 눈이 찢어질 것처럼 부릅떠졌다.

"아가씨―!"

그는 피를 토하듯이 부르짖으며 소녀를 향해 팔을 뻗었다.

하지만 너무 멀어서 손이 닿지 않았다.

연건후가 두 발로 땅을 박차고 봄을 날리려는 순간,

"안 돼요!"

소녀가 날카롭게 외쳤다.

그 말을 끝으로 소녀의 가녀린 몸은 절곡 아래로 쏜살같이 떨어져 내렸다.

몸을 날리려던 연건후는 소녀의 외침에 움찔 멈추었다.

"아… 가씨……."

그는 절곡 아래로 아스라이 멀어져 가는 소녀가 자신을 바라보며 배시시 미소 짓고 있는 모습을 발견하고 가슴이 천 갈래 만 갈래로 찢어지는 것만 같았다.

그가 뒤돌아서서 벼랑 아래를 내려다보고 있지만 흑의복면인들은 공격하지 않았다.

그들도 소녀의 느닷없는 행동에 놀란 것이다.

절곡 아래를 쏘아보고 있던 연건후의 두 눈에 희미한 희망의 기색이 일렁였다.

소녀의 몸이 다행히 급류로 떨어지는 것을 똑똑하게 보았기 때문이다.

만약 바위로 떨어졌으면 뼈도 추리지 못한 채 처참하게 죽을 것이다.

연건후는 물속에 잠겼다가 떠오르기를 반복하며 빠르게 멀어져 가는 소녀를 바라보면서 더없이 간절한 표정을 지었다.

'하늘이시여! 부디 그녀의 옥체를 보살피소서!'

그의 두 눈에는 눈물이 가득 고여 있었다.

그리고 귓가에 소녀의 말이 맴돌았다.


"연숙, 꼭 살아야 해요."


*　　　*　　　*


소년은 물가로 헤엄을 치다가 물이 얕아지자 일어나서 걸어나갔다.

쿠쿠쿠쿠—!

온몸에서 물을 뚝뚝 흘리면서 그는 굉음이 들려오는 방향을 쳐다보았다.

상류 쪽으로 삼백여 장쯤 거리에 거대한 폭포가 대지를 쪼갤 듯이 쏟아져 내리고 있었다.

소년은 폭포 위쪽과 좌우를 살피며 빠르게 뒷걸음질쳐서 하나의 커다란 바위 뒤에 몸을 숨겼다.

폭포 위쪽에는 적귀들의 모습이 보이지 않았다.

폭포 아래에는 커다랗고 깊은 소(沼)가 형성되어 있고, 소의 아래쪽으로 다시 물줄기가 거친 급류를 만들며 흘러내렸다.

소년은 주변을 조심스럽게 살폈다.

급류 건너편은 어디 한군데 손을 잡을 데라고는 없는 깎아지른 절벽이 시야가 미치는 아래쪽까지 길게 이어졌다.

이쪽도 형편은 마찬가지였다.

이쪽 강변은 강가에 삼사 장 남짓한 공간이 있다 뿐이지 그 뒤쪽 역시 꼭대기가 올려다 보이지 않을 정도로 높은 절벽이 가로막혀 있었다.

소년은 잠시 절벽을 살피다가 시선을 거두었다.

오르려고 마음만 먹으면 무슨 수를 써서라도 올라갈 수 있을 것 같았다.

그러나 굳이 절벽 위로 올라가야 할 필요를 못 느꼈다.

지금 그의 목적은 되도록 빨리 무간옥에서 멀어지는 것, 오직 하나뿐이었다.

그는 방금 물에서 나와 몹시 지쳐 있는 상태인데도 쉬지 않고 급류 가장자리에 어지럽게 난립한 바위 사이로 몸을 감추기를 거듭하면서 아래쪽으로 빠르게 이동하기 시작했다.

하지만 삼십여 장 정도밖에 갈 수가 없었다.

그곳에서부터 절곡이 갑자기 좁아져서 강가의 공간이 사라지고, 거칠게 흐르는 급류와 양쪽의 수직으로 솟아 있는 절벽뿐이었다.

소년은 잠시 생각에 잠겼다.

힘들여서 절벽 위로 올라갔다가 적귀들에게 발각되는 것보다는 급류를 이용하는 쪽이 나을 것 같았다.

생각이 거기에 미치자 그는 빠르게 주위를 살펴보았다.

급류 가장자리 바위 사이에는 떠내려 온 크고 작은 나무들이 어지럽게 널려 있었다.

그는 그것들 중에서 적당한 것 하나를 골랐다.

한 아름 정도 굵기에 여섯 자 길이이며, 중간 부분이 중지와 검지 두 개를 세워서 벌린 것 같은 형태의 통나무였다.

소년은 통나무를 번쩍 들고 일어나 물가로 걸어갔다.

통나무의 무게는 적어도 백 근 이상은 될 텐데도 소년은 조금도 무거워하지 않았다.

그는 왜소한 체구에 비해서 힘이 몹시 셌다.

사실 그는 다섯 살 때부터 지금까지 한 가지 심법을 꾸준히 연공해 왔다.

무간옥에서 십이 년 동안 생활하면서 그가 실제로 익힌 무공은 심법을 비롯하여 네 가지 무공이 전부였다.

나머지는 모두 그의 머릿속에 고스란히 담겨 있었다.

생존술과 추적술 따위를 가르치는 것은 적귀지만 무공을 가르치는 것은 아방나찰들이다.

아방나찰들은 십이 년 동안 소년에게 수많은 무공 구결을 외우도록만 하고 그것을 연마하지는 못하게 했다.

소년의 공력이 일 갑자가 되면 정식으로 그 무공들을 가르친다고 말했다.

아방나찰들은 현재 소년의 공력이 일 갑자에서 십 년 부족한 오십 년 수준으로 알고 있었다.

하지만 소년은 그마저도 감쪽같이 감추었다.

실제 그의 공력은 일 갑자가 훨씬 넘는 팔십 년 수준이었다.

아방나찰들은 수시로 소년의 맥을 짚거나 단전에 손바닥을 밀착시키고 그의 공력을 측정했다.

그때마다 소년은 자신이 터득한 특별한 방법으로 단전에 있는 팔십 년 공력에서 삼십 년을 빼내어 전신의 각 중요 혈맥에 따로 저장했다.

그리고 그는 삼 년 전부터 매일 밤마다 혼자 네 가지 무공을 선택하여 꾸준히 연마했다.

무간자들에게는 잠자는 시간이 두 시진밖에 주어지지 않는데, 그는 그 짧은 시간을 쪼개서 비밀리에 야금야금 무공을 연마했던 것이다.

하지만 드러내지 못하고 숨어서, 그것도 하루에 겨우 한 시진이나 반 시진 남짓 연마했기 때문에 그다지 빠른 성취를 이루지는 못했다.

또한 그 무공들을 실전에서 한 번도 사용해 본 적이 없기 때문에 그것들의 위력이나 자신의 성취도에 대해서도 알 수가 없었다.

소년은 통나무를 물가에 띄우고 나무가 갈라진 부분 사이로 들어가 양어깨를 갈라진 두 개의 나무 양쪽에 걸쳤다.

이어서 두 발로 바닥을 힘껏 밀어 통나무를 급류의 중심부로 이동시켰다.

쏴아아—

급류는 생각했던 것보다 더 빠르게 흐르고 거칠었다.

통나무는 허공으로 둥실 떠올랐다가 물속으로 잠기기를 반복하면서 빠른 속도로 흘러내렸다.

소년은 날카롭게 양쪽 절벽 위쪽을 살펴보았지만 여전히 적귀의 모습은 보이지 않았다.

비로소 소년은 나흘 만에 처음으로 약간의 편안함을 느꼈다.

급류가 사납기는 했지만 무간옥에서의 혹독한 생활이나 지난 나흘 동안의 처절했던 도주하고는 비교조차 할 수 없을 만큼 편안했다.

졸음이 쏟아졌다.

그러고 보니까 그는 나흘 동안 한숨도 자지 못했다.

그는 하늘을 올려다보았다.

해가 급류의 상류 쪽으로 많이 기울어 있었다.

그것은 폭포와 그 위의 늪지대가 서쪽이라는 뜻이었다.

소년은 무간옥을 탈출한 직후 줄곧 동쪽으로 도주했다.

동쪽에 그의 목적지가 있기 때문이 아니었다.

무간옥이 있는 위치가 어딘지 모르기 때문에 어디로 가야 할지도 모르는 상황이었다.

그래서 그는 탈출하기 오래전부터 해가 떠오르는 동쪽으로 도주하기로 마음먹었었다.

단지 일출(日出)이라는 것이 시작이나 탄생, 희망 같은 느낌을 주었기 때문이다.

우연의 일치인지 급류는 동쪽을 향해 흘러가고 있었다.

그는 스르르 눈을 감았다.

쏟아지는 졸음 속에 어떤 얼굴이 떠올랐다.

함께 무간옥을 탈출한 세 사람의 얼굴이었다.

그들은 각자 서, 남, 북 세 방향으로 향했고, 소년은 동쪽을 선택했다.

함께 탈출한 그들은 두 명의 소년과 한 명의 소녀였다.

무간옥에서의 호칭으로는 무간사호(無間四號), 무간삼십

호(無間三十號), 무낭백일호(無娘百一號)다.

세 명의 무간자 중에서 무낭백일호가 소녀다. 소녀들은 무간낭자(無間娘子)라고 불린다.

덧붙여서 소년은 무간백구호(無間百九號)라고 불렸었다.

소년은 지난 십이 년 동안 그들과 며칠에 한 번 꼴로 얼굴을 마주치기도 하고 행동을 함께하기도 했다.

무간옥에서의 훈련은 혼자 할 때도 있지만, 둘이나 셋, 넷씩 짝을 지어 하는 경우도 허다했다.

하지만 무간자들끼리는 서로 일체 말을 주고받지 못한다. 아니, 할 수가 없다.

훈련을 나가기 전에 적귀들이 독특한 점혈 수법으로 소년 소녀들의 아혈을 제압해 놓았기 때문이다.

그래서 무간자들은 함께 훈련을 하면서도 눈빛과 손짓발짓으로 의사소통을 해야만 했다.

평소 소년은 함께 무간옥을 탈출할 무간자를 꾸준히 물색해 왔다.

그래서 결국 그들 무간사호와 무간삼십호, 무낭백일호로 결정을 내렸다.

어느 날 소년은 무간사호와 짝을 이루게 되었을 때 그에게 탈출을 하자고 불쑥 말을 꺼낸 적이 있었다.

아혈이 제압된 상태에서 소년이 말을 하자 무간사호는 크게 놀랐다.

그러나 소년에게는 마음대로 자신의 혈도를 옮기는 능력이 있어서 적귀가 아혈을 제대로 제압하지 못했다는 사실을 무간사호는 짐작조차 하지 못했다.

소년에게는 그 외에도 보통 사람에게는 없는 여러 능력이 있었는데, 그가 입을 굳게 다물고 있어서 아무도 몰랐다.

소년의 탈출 제안과 계획에 대해서 들은 무간사호는 길게 생각할 것도 없다는 듯 즉시 동의했다.

소년이 그런 식으로 무간삼십호와 무낭백일호에게까지 탈출을 제안하고 또 동의를 구하는 데 걸린 시일은 두 달이었다.

무간자들은 하나같이 사방이 막힌 밀실을 숙소로 사용하고 있기 때문에 훈련 때 짝을 이루어야만 말을 할 수가 있었는데, 그들 세 명을 모두 만나는 데 두 달이 걸린 것이다.

소년이 유독 그들 세 사람을 선택한 첫째 이유는, 백구 명 중에서 그들의 능력이 가장 뛰어나기 때문이다.

그리고 두 번째는 그들의 눈빛이 시퍼렇게 살아 있고, 적거나 아방나찰에 대해서 누구보다도 원한이 깊다고 판단했기 때문이다.

탈출 시기는 백구 명의 무간자들이 각자 따로 훈련을 하는 날로 정했다.

다른 무간자와 짝을 지어 훈련을 하다가 탈출을 감행한다는 것은 불가능한 일이었다.

그날이 언제일지 모르지만, 여하튼 백구 명이 각자 따로 훈련을 하는 날 훈련 개시와 함께 탈출을 감행하자고 소년이 일방적으로 그들에게 지시했다.

그날이 바로 나흘 전이었다.

소년은 그들 세 명이 모두 탈출을 시도했는지, 아니면 누군가 포기했는지에 대해서는 전혀 알지 못한다.

하지만 탈출을 시도했을 것이라고 믿었다.

소년이 그들에게 각기 다른 방향으로 탈출하자고 제의한 것은 한 가지 이유에서였다.

만약 소년 혼자 탈출했다면 추격자들이 모두 소년에게만 집중됐을 것이다.

하지만 탈출하는 사람이 네 명이라면 추격자도 넷으로 분산될 터이다.

소년은 자신의 탈출을 성공시키기 위해서 그들을 이용한 것이다.

그러나 그들 역시 마찬가지였다. 네 명의 탈출자들은 서로가 서로를 이용하고 있었다.

쏴아아—

소년은 격한 물소리를 자장가 삼아 자신도 모르는 사이에 깊은 잠에 빠져들었다.

# 第三章
기우(奇遇)

쿵!

둔탁한 음향과 묵직한 충격이 동시에 전해졌다.

소년이 번쩍 눈을 떴을 때, 그는 자신의 몸이 허공중에 떠 있다는 사실을 깨달았다.

아래를 내려다보니 급류가 높이 오 장가량의 그리 높지 않은 폭포가 되어 쏟아지고 있었다.

소년보다 무거운 통나무는 두 쪽으로 쪼개져서 저 아래로 떨어져 내리고 있었다.

폭포 바로 위에 커다란 바위가 물 위로 삐죽하게 돌출되어 있었는데, 통나무는 거기에 부딪쳐서 쪼개진 듯했다.

첨벙!

소년은 곧장 폭포 아래로 추락해서 물속 깊이 가라앉았다.

그는 물 위로 솟구치지 않고 물가로 헤엄쳐 가서 몇 개의 바위 사이로 조심스럽게 떠올랐다.

주변 상황이 어떤지 미처 확인할 겨를도 없이 물에 떨어졌기 때문에 주위를 살펴볼 필요가 있었다.

그는 아주 천천히 수면 위로 눈만 내밀고 조심스럽게 주위를 살피기 시작했다.

하늘과 구름이 붉게 물든 것으로 미루어 석양인 것 같았다.

약 반 각의 시간을 두고 주위를 세밀히 살폈지만 적귀나 아방나찰의 모습은 보이지 않았다.

아까 늪에서 다섯 명의 적귀들을 본 것이 마지막이었다.

그 이후로 두 시진가량이 흘렀지만 추격자들을 한 명도 발견하지 못했다.

소년은 무간옥이 이 정도에서 추격을 포기할 것이라고는 생각하지 않았다.

놈들은 탈출한 무간자를 땅 끝까지라도 추격하여 죽이거나 제압해서 다시 무간옥으로 끌고 갈 것이다.

소년이 알고 있는 무간옥은 그러고도 남았다.

그가 있는 동안 수십 차례 무간자들의 탈출이 이루어졌지만 성공한 사람은 한 명도 없었다.

모두 죽거나 제압되어 무간옥에 끌려와 말로는 설명할 수 없을 정도의 극악한 형벌을 받았다.

어쩌면 적귀들은 소년이 이곳까지 도망쳤을 것이라고 예상하지 못하고 폭포를 경계로 하여 그 안쪽을 수색하고 있을지도 모른다.

소년은 잠시 생각에 잠겼다.

폭포 조금 아래쪽에서 통나무를 붙잡고 급류를 타기 시작했을 때의 시각이 경시(庚時:오후 5시)쯤이었다.

지금은 초겨울이라서 해가 짧다. 유시(酉時:오후 6시)면 일몰이고, 지금이 바로 유시다.

그렇다면 소년은 통나무를 붙잡은 채 반 시진 정도 잠들었다는 것이다.

급류의 속도는 어른이 전력으로 질주하는 정도였다.

그렇다면 소년은 반 시진 동안 약 사십 리를 더 왔다는 계산이 나온다.

무간옥에서 늪까지 삼백여 리였으니 지금껏 도합 삼백사십여 리를 온 것이다.

방향 감각이나 거리에 대한 계산 같은 것은 무간옥에서 제일 먼저 배우고 또 가장 철저하게 수련시키는 과목이었다.

하지만 소년은 자신이 있는 이곳이 어디쯤인지 짐작조차 하지 못했다.

방향과 거리, 지형, 풍향, 계절의 변화 따위에 대해서는 철저하게 배웠지만, 지리에 대해서는 일체 배운 적이 없었기 때문이다.

소년은 조심스럽게 물가로 나와 물길을 따라 하류로 걷기 시작했다.

그러면서 좌우를 날카롭게 살피는 것을 게을리 하지 않았다.

그곳에서부터는 물이 잔잔하게 흘렀으며 폭도 꽤 넓어져서 강의 형태를 갖추었다.

또한 강 양편은 그리 높지 않은 언덕이었으며, 소년이 걸어가고 있는 쪽 강변은 자갈이 폭넓고 길게 펼쳐져 있었다.

원래 자갈밭을 걸으면 소리가 시끄러운 법인데, 소년은 조금도 발자국 소리를 내지 않고 걸었다.

그는 자갈밭을 전력을 다해서 달려도 추호의 흔적이나 기척을 내지 않을 수 있었다.

무간옥에서의 수련 덕분이기도 하지만, 그가 배운 경공의 영향이 더 컸다.

뚝!

그때 소년은 걸음을 멈추었다.

칠팔 장 앞쪽 강가에 사람이 한 명 쓰러져 있는 것을 발견했기 때문이다.

아직 완전히 해가 지지 않은 흐릿한 석양빛 아래 쓰러져 있는 것은 틀림없는 사람이었다.

물살에 밀려온 듯 하체는 물에 잠겨 있고 상체는 물 밖으로 나와 있으며 엎드린 자세였다.

풀어헤쳐진 검은 머리카락과 가녀린 몸매로 보아 여자였다.

소년은 지난 십이 년 동안 무간옥의 소년 소녀들과 적귀, 아방나찰들만 보면서 살아왔다.

무간옥과 관계가 없는 사람을 보는 것은 십이 년 만에 처음이었다.

죽은 것처럼 보이지만 소년은 그녀에게서 숨소리를 감지했다.

중요한 것은 그녀가 적귀는 아니라는 사실이었다. 적귀는 여자가 없다.

소년은 다시 걸음을 옮겼다.

그가 몇 걸음 걸어갔을 때 여자의 몸이 미미하게 꿈틀거렸다.

그리고 소년이 다시 이 장쯤 더 걸어가는 중에 소녀가 두 팔로 지탱한 채 몹시 힘겹게 상체를 일으키기 시작했다.

소년은 그녀에게 시선을 고정시킨 채 계속 걸어갔다.

그녀가 적귀는 아니지만 공격할지도 모른다는 일말의 가능성 때문이었다.

조심해서 나쁠 것은 없다.

그는 그녀와의 거리가 이 장으로 가까워지자 슬쩍 방향을 틀어 강둑 쪽으로 비스듬히 걸어갔다.

그가 그녀에게서 일 장 반의 거리를 두고 스쳐 지나갈 때, 그녀는 바들바들 떨리는 두 팔로 몸을 지탱한 상태에서 힘겹게 일어나 앉아 있었다.

소년은 그녀를 지나쳐서도 그녀에게서 시선을 떼지 않았다.

막 정신을 차린 소녀는 앉은 자세에서 눈을 깜빡거렸다.

자신이 살아 있다는 사실이 쉽사리 믿어지지가 않았다.

바로 그때, 그녀는 무엇인가 자신의 곁을 스쳐 지나가는 듯한 느낌을 받았다.

발자국 소리도 어떤 기척도 나지 않았기 때문에 순간적으로 소름이 끼쳤다.

소녀가 놀란 얼굴로 고개를 들고 바라보자, 낯선 한 소년이 고개를 돌리고 그녀를 뚫어지게 쏘아보면서 계속 걸어가고 있었다.

소녀는 두려움을 느꼈으나 상대가 자신을 쫓던 흑의복면인이 아니라는 사실을 깨닫고는 크게 안도했다.

그러는 중에도 소년은 점점 멀어져서 흐릿하게 보였다.

소녀는 퍼뜩 정신을 차리고 소년에게 외쳤다.

"기다려요!"

그녀의 외침에도 소년은 멈추지 않고 계속 걸어갔다.

"도와주세요!"

소녀의 목소리가 간절하게 변했다. 목소리뿐 아니라 얼굴에도 간절함이 떠올랐다.

　이윽고 소년의 모습이 어둠 속에 묻혀서 더 이상 보이지 않자 다급해진 소녀는 어디에서 힘이 솟았는지 벌떡 일어나며 외쳤다.

　"홍성현(興城縣)으로 가시는 건가요?"

　그녀는 작은 주먹을 움켜쥔 채 어둠을 향해 다시 외쳤다.

　"그곳까지만이라도 데려다 주세요!"

　그러나 대답이 없다.

　잔잔히 흐르는 강물 소리만 들려왔다.

　소녀는 크게 낙담하여 그 자리에 주저앉고 싶었다.

　그녀는 방대한 지식을 머릿속에 지니고 있는 대신에 허약하기 짝이 없는 몸을 갖고 있었다.

　홍성현은 불과 백여 리 거리에 있지만, 그녀 혼자의 힘으로 간다면 속히 열흘 이상은 걸릴 터이다.

　가는 도중에 탈진해서 쓰러지지 않는다면 말이다.

　소녀는 겁에 질려 주위를 둘러보았다.

　생전 처음 와본 낯설고 황량한 곳에 자신 혼자 덩그러니 서 있는 것을 발견했다.

　구중궁궐 깊은 곳에서 하녀들의 극진한 시중만 받고 살아온 그녀에게 을씨년스러운 강변은 너무도 생소했다.

　그러나 그것보다 더 무서운 것은 그녀 혼자 이곳에 버려졌다는 사실이었다.

운명이 그녀를 유기(遺棄)했다.

"아……!"

그때 소녀는 앞쪽 어둠 속에서 소년이 불쑥 나타나는 것을 발견하고 나직한 탄성을 흘렸다.

소년은 부딪칠 것처럼 곧장 소녀에게 걸어왔다.

그리고 그제야 소녀는 깨달았다.

소년이 자갈밭을 걸어오고 있는 데에도 발자국 소리가 전혀 나지 않는다는 사실을.

그래서 소녀는 그가 연건후처럼 무림인일지도 모른다는 생각이 들었다.

소년은 소녀의 한 걸음 앞에 멈춰 섰다.

거친 더벅머리에 갸름하면서도 각진 얼굴 윤곽, 서글서글한 눈과 날카로운 콧날, 핏기 없는 입술을 지닌, 전체적으로 아름다움과 강인함이 고르게 조화를 이룬 용모의 소년이었다.

입고 있는 옷은 회색인데 너무 많이 찢어져서 옷이 아니라 걸레조각을 입고 있는 것 같았다.

그러나 소년의 눈빛을 접한 순간 소녀는 머릿속과 심장이 순식간에 얼어버리는 듯한 충격을 받았다.

소년의 눈빛은 뭐라고 한마디로 표현할 수가 없었다.

잘 벼려진 비수처럼 날카로웠고, 불꽃처럼 이글거렸으며, 얼음처럼 차가웠다.

그리고 깊은 바다 속처럼 고요했다.

그의 무심한 표정과 눈빛만으로는 그가 무슨 생각을 하고 있는지 전혀 알 수가 없었다.

가녀리고 아담한 체구인 소녀에 비해서 소년은 키가 한 뼘 반이나 더 컸다.

소년은 마른 듯한 체구를 지녔으나, 찢어진 옷 사이로 드러난 가슴과 어깨, 팔뚝, 허벅지는 놀랍게도 단단한 구릿빛 근육질이었다.

그리고 몸 여기저기에 무수한 상처를 입은 것이 보였다.

소녀가 보기에 그 상처들은 어느 것 하나 심하지 않은 것이 없었다.

특히 옆구리에 가로로 비스듬히 한 뼘이나 그어진 채 검붉게 피딱지가 앉은 상처와, 허벅지 바깥쪽에 찢어져 나간 상처는 쳐다보는 것만으로도 몸서리가 쳐질 정도였다.

"홍성현이 어디냐?"

그때 소년이 불쑥 물었다. 나직하면서도 나이에 비해서 굵직한 목소리였다.

또한 높낮이가 전혀 없는 무미건조한 음색이어서 오싹한 느낌이 들었다.

소녀는 소년과 눈이 마주치지 않으려고 애쓰면서 강의 하류 쪽을 가리키며 조심스럽게 대답했다.

"강 하구에 있는 바닷가 마을이에요."

순간 소년의 짙은 눈썹이 꿈틀 꺾였다.

"바닷가?"

소년은 태어나서 바다를 본 적이 한 번도 없다. 하지만 바다가 무엇이라는 것쯤은 알고 있다.

쾍!

순간 소년이 갑자기 두 손을 뻗어 소녀의 양어깨를 억세게 움켜잡으면서 나직이 외치듯 물었다.

"바다라니? 무슨 바다냐?"

"아아! 동해(東海)예요."

소녀는 양어깨가 떨어져 나가는 것처럼 고통스러워 울상을 지으며 간신히 대답했다.

소년은 이날까지 살면서 '동해'라는 바다에 대해서 들어본 적이 없었다.

"동해 건너에는 무엇이 있느냐?"

그는 이글거리는 눈빛으로 재차 물었다.

"아아… 고, 고려(高麗)라는 나라가… 있어요……."

'고려?'

그 역시 한 번도 들어본 적 없는 이름이다.

소년의 얼굴이 보기 싫게 일그러졌다.

그가 그토록 무간옥에서 탈출하기를 열망하는 데에는 한 가지 이유가 있었다.

부모가 있는 집으로 돌아가기 위해서였다.

그는 세 살 때 괴한들에게 납치되어 그 후 줄곧 무간옥에서
짐승처럼 사육을 당해왔다.

대부분의 어린아이들은 세 살 적의 일을 기억하지 못한다.

총명한 아이라고 해야 기껏 대여섯 살 적 일을 단편적으로
나마 어렴풋이 기억할 수 있을 정도다.

하지만 소년은 다르다. 그는 세 살 때의 일을 지금도 또렷
이 기억하고 있었다.

그의 기억은 집과 부모에 대한 것이 거의 전부였다.

부모는 어린 그를 집 밖으로 데리고 나가지 않은 듯했다.

만약 그랬다면 소년은 아마 더 많은 것들을 기억하고 있을
것이다.

그는 자신이 살던 마을 이름과 부모의 이름을 생생하게 기
억하고 있었다.

또한 부모가 그를 무악(武岳)이라고 불렀다는 것도 기억했
다.

부친의 이름은 태청명(太淸明), 모친의 이름은 소은한(蘇銀
翰)이었다.

그렇다면 소년의 성은 태 씨.

그의 이름은 태무악(太武岳)인 것이다.

소년 태무악은 지난 십이 년 동안 자신을 너무도 사랑했던
부모와 집에 대해서 한시도 잊은 적이 없었다.

집으로 돌아가서 부모를 만나는 것은 그의 숙명이었다.

그래서 마침내 그는 십이 년 만에 무간옥을 탈출했다.

집으로 돌아갈 유일한 단서는 자신이 살았던 마을 이름이 ‘벽라촌(碧羅村)’ 이라는 것뿐이다.

그가 세 살 때의 일을 생생하게 기억하고 있다지만, 벽라촌이 어디에 있는지는 모른다.

동서남북 어느 방향인지, 천하의 어디쯤에 위치해 있는지 아무것도 모르고 있다.

그런데 무간옥을 탈출하여 천신만고 끝에 가고 있는 방향의 끝이 바다로 가로막혀 있다는 말을 방금 듣게 된 것이다.

태무악의 기억 속에 바다는 없었다.

“방금 한 말이 사실이냐?”

그는 소녀의 몸을 가볍게 흔들면서 다그쳤다.

“소녀는… 아…….”

그런데 소녀는 안색이 창백하게 변하더니 축 늘어지면서 혼절을 해버렸다.

선천적으로 허약한 체질인 그녀는 오랜 도주와 높은 절벽에서 추락하여 오랫동안 급류에 떠내려 왔던 터라 조금 전에 겨우 정신만 차렸을 뿐 몸은 극도로 쇠약해져 있는 상태였다.

그런데 갑자기 태무악이 나타나서 충격을 받았고, 또 그가 양어깨를 붙잡고 흔들어대는 바람에 혼절해 버린 것이다.

태무악이 굳은 얼굴로 손을 놓자 소녀는 지푸라기처럼 무기력하게 그 자리에 무너졌다.

그는 무표정하게 소녀를 굽어보았다.

소녀를 만나지 못했더라면, 아니, 소녀가 그런 말을 하지 않았더라면 그는 자신이 가는 방향의 끝에 동해가 있다는 사실을 모른 채 계속 갔을 것이다.

그러나 지금이라도 알았으니 다행한 일이다.

또한 그는 벽라촌을 찾아가기 위해서 그에 따른 약간의 지식이 필요하다는 사실을 깨달았다.

그리고 그 지식을 소녀에게서 얻어내야 한다고 생각했다.

생각을 마친 그는 소녀를 번쩍 들어 어깨에 걸쳐 멨다.

이어서 강 하류를 쳐다보았다. 이제 동쪽은 그에게 더 이상 의미가 없어졌다.

일출이 탄생이나 희망을 의미한다는 것은 헛소리였다.

휘익!

그는 우측의 야트막한 강 언덕을 향해 빠르게 달려갔다.


밤이 깊었는데도 소녀는 깨어날 기미를 보이지 않았다.

태무악과 소녀가 있는 곳은 산기슭의 땅속이었다.

누런 마른 풀이 무성한 경사면의 단단한 땅을 한 사람이 엎드려서 겨우 들어갈 수 있을 만큼 반 장쯤 뚫고 들어가 지름 석 자가량의 둥근 공간을 파냈다.

파낸 흙은 그곳에서 멀리 떨어진 곳으로 가져가서 감쪽같이 처리했다.

입구는 처음에 떼어낸 마른 풀이 잘 자란 둥근 모양의 더께를 다시 제자리에 끼워 맞춰놓았다.

그는 자신이 완벽하게 은신을 하면 적귀가 아니라 아방나찰이 대낮에 지척까지 와서 살펴봐도 결코 찾아내지 못할 것이라고 확신했다.

작은 숨구멍을 두 개 뚫어놨으니 숨을 쉬는 데는 지장없을 것이다.

그가 땅을 파고들어 온 데에는 그럴 만한 이유가 있었다.

동쪽으로 가면 안 된다는 사실을 알게 된 이상 그쪽 방향으로 계속 갈 수도, 그렇다고 무턱대고 아무 곳으로나 갈 수는 없었다.

그에게 유일하게 정보를 제공해 줄 소녀가 혼절했으니 그녀가 깨어날 때까지 기다려야만 했다.

적귀와 아방나찰들이 혈안이 돼서 수색하고 있는 상황에 버젓이 밖에 있을 수는 없었다.

그리고 소녀가 깨어날 동안 태무악도 휴식을 취해야만 했다.

쉴 수 있을 때 쉬고 잘 수 있을 때 자며 먹을 수 있을 때 먹어두는 것, 즉 무엇이든 할 수 있을 때 하는 것이 최선의 생존 방법이라는 사실은 그가 무간옥에서 배운 가장 훌륭한 교훈 중의 하나였다.

태무악은 다시 한차례의 운공조식을 끝내고 눈을 떴다.

빛 한 점 스며들지 않는 칠흑처럼 어두운 공간이지만 그에게는 문제가 되지 않았다.

팔십 년 공력이 있고, 굳이 그것이 아니더라도 무간옥에서 십이 년 동안 수련한 덕분에 지금은 밤중에도 올빼미보다 더 선명하게 사물을 볼 수가 있었다.

소녀가 혼절한 지 세 시진이 지나고 있었다. 그런데도 여전히 깨어나지 않았다.

태무악은 가부좌의 자세를 풀지 않았다. 워낙 비좁은 공간에 소녀가 누워 있기 때문에 조금만 움직여도 두 사람 몸이 짓눌리거나 겹쳐지게 될 것이기 때문이다.

그렇다고 불편하지는 않았다.

그는 거꾸로 매달아놓거나 좁은 상자 속에 몸을 구겨 넣어놔도 느긋하게 죽을 때까지라도 버틸 수 있었다.

그는 무심한 표정으로 소녀를 굽어보다가 가볍게 눈썹을 찌푸렸다.

옆으로 웅크린 채 누워 있는 소녀의 얼굴이 밀랍처럼 창백했으며 얼굴에서 송알송알 땀이 흘러내리는 것이 보였다.

또 온몸을 바들바들 가늘게 떨고 있었다.

그리고 그녀의 몸을 굳이 만져 보지 않아도 열기가 후끈후끈 느껴졌다.

태무악은 그녀가 상한(傷寒:감기)에 걸렸음을 간파했다.

그는 이곳에 들어오자마자 운공조식만 했고, 한차례 운공조식이 끝날 때마다 소녀가 깨어났는지 확인만 하고는 다시 곧바로 운공조식을 취했다.

그러느라 소녀가 상한에 걸렸다는 사실을 미처 알아차리지 못한 것이다.

한낮에도 쌀쌀한 초겨울 날씨에 차디찬 급류 속에서 오랫동안 떠내려 왔으니 허약한 그녀가 상한에 걸리지 않으면 그것이 오히려 이상한 일이었다.

태무악은 손을 내밀어 소녀의 손목을 잡고 맥을 재보았다.

맥이 매우 흐릿했고 혈류의 흐름도 극히 미약했다.

이대로 내버려 두면 자칫 상한이 독감이 되고, 또 폐렴으로 진행되어 오랫동안 일어나지 못할 수도 있다는 사실을 태무악은 경험을 통해서 잘 알고 있었다.

그는 소녀가 상한에 걸린 것 말고도 원래 몸이 선천적으로 허약하다는 사실을 깨달았다.

하지만 그하고는 상관없는 일이었다.

다만 몇 가지 정보를 듣기 위해서 상한 정도는 치료를 해줄 생각이었다.

무간옥은 무간자들에게 상처나 질병의 치료법에 대해서도 각별히 교육을 시켰다.

그래서 무간자들은 어린 나이에도 불구하고 웬만한 의원 뺨칠 정도로 의술이 뛰어나다.

무간옥은 무간자들에게 세상에 존재하는 재주나 기술에

대해서 몇 가지를 제외하고는 거의 전부 가르쳤다.

생존술, 추적술, 잠행술, 은둔술, 변장술, 암기술, 위조술, 잡기, 사술, 독술, 의술 등을 배웠으며, 장차 수많은 무공들까지 섭렵하게 되면 무간자들은 인간 중에서는 가히 전능(全能)한 수준이 될 것이다.

그렇지만 무간자들은 무간옥이 무엇 때문에 자신들을 가르치는지 이유를 몰랐다.

그러나 언젠가는 알게 될 것이고, 그때는 자신들을 실전에 투입할 것이라고 막연하게 추측은 하고 있었다.

태무악이 앉아 있는 위치에서는, 그리고 웅크리고 누워 있는 소녀의 자세로는 치료를 할 수가 없었다.

치료를 하려면 소녀를 똑바로 눕히고 태무악이 그녀의 전신 혈도를 원활하게 점할 수 있는 위치로 이동해야 한다.

이 공산은 가로 석 자, 세로 넉 자의 크기라서 한 사람이 똑바로 다리를 뻗고 눕기에도 좁았다.

소녀가 아무리 작은 체구라고는 하지만 엄연한 사람이다.

태무악은 소녀를 똑바로 눕히고 그녀의 다리를 넓게 벌리게 하여 자신은 사타구니 안쪽에 바투 다가앉았다.

공간이 좁아서 소녀의 벌려진 두 다리가 똑바로 펴지지 않고 무릎이 굽혀진 상태에서 책상다리로 앉은 태무악의 다리 위에 걸쳐졌다.

비좁은 공간에서 소녀의 몸과 자신의 몸을 동시에 움직이면서도 태무악의 동작은 민첩했고 부딪침도 없었다.

또한 상한 정도의 간단한 병을 치료하는 데 준비 단계 같은 것도 굳이 필요하지 않았다.

그는 즉시 치료에 들어갔다.

약간의 내공을 일으켜 양손에 주입시키고 소녀의 엉덩이 밑으로 손을 집어넣었다.

이어서 항문과 꼬리뼈 사이의 장강혈(長强穴)을 한 번 점혈할 때마다 다섯 호흡 정도의 시간을 두고 도합 다섯 번을 점혈했다.

장강혈은 엉덩이의 계곡 깊은 곳이고 지금의 상황에서는 눈으로 볼 수도 없지만, 그의 중지는 정확하게 장강혈을 다섯 번 눌렀다 떼기를 반복했다.

그다음에는 소녀의 몸 아래로 두 손을 넣어 꼬리뼈의 요유혈(腰兪穴)을 비롯하여 등의 정중선을 따라 거슬러 올라 뒷목의 아문혈(瘂門穴)과 정수리의 백회혈(百會穴)을 돌아 위 잇몸의 은교혈(齦交穴)까지 독맥(督脈) 이십팔 혈을 많게는 일곱 차례, 적게는 세 차례씩 점혈했다.

독맥은 양기의 바다다.

그곳의 혈도들을 개폐(開閉)하여 상한으로 뜨거워진 몸의 열기를 체외로 배출시킨 것이다.

이후 태무악은 소녀의 혈맥 세 군데를 더 점혈하고는 이윽고 두 손을 거두었다.

총 백이십팔 혈을 섭렵한 데 걸린 시각은 일각에 불과했다.

그는 마지막으로 소녀의 단전에 오른손 손바닥을 밀착시키고 부드러운 진기를 얼마 정도 주입시켜 주었다.

치료를 끝내고 손을 거둔 그는 땀은커녕 호흡조차 흐트러지지 않았다.

일단 그가 할 수 있는 일은 다 했다.

소녀의 상한은 심한 편이지만 이 정도의 치료면 능히 깨어날 것이다.

사실 그는 소녀의 상한을 깨끗이 낫게 해주지는 않았다.

그러려면 더 오래, 그리고 더 공을 들여야만 한다.

그러나 몇 마디 말만 들으면 그만이기 때문에 굳이 그렇게까지 할 이유가 없었다.

# 第四章
## 밀착(密着)

"아……."

태무악의 예상은 적중했다. 잠시 시간이 지나자 소녀가 가는 신음을 흘리며 깨어나기 시작했다.

그는 소녀가 힘겹게 눈을 뜨는 것을 지켜보았다.

그녀의 유난히 길고 섬연한 속눈썹이 파르르 떨리다가 보석 같은 두 개의 눈동자가 어둠 속에서 반짝였다.

그녀의 눈동자가 좌우로 오가더니 이내 얼굴에 두려움이 가득 떠올랐다.

오랫동안 혼절해 있다가 깨어났는데 사위가 온통 칠흑 같은 어둠 속이니 놀라는 것이 당연했다.

그녀의 마지막 기억은 강변에서 태무악을 만났다가 그의 억센 손에 양어깨를 잡힌 것으로 멈춰 있었다.

그래서 그녀는 이곳이 강변이며 태무악은 그냥 가버렸을 것이라고 생각했다.

"하아……."

그녀는 살며시 한숨을 내쉬었다. 앞날을 생각하니 눈앞이 캄캄해졌다.

이제부터 어떻게 해야 할지 방법은 알고 있지만 그 방법을 행할 몸이 따라주지 않았다.

문득 그녀는 강물 소리가 나지 않는다는 것을 깨달았다. 또한 바람 한 점 없었다.

그리고 마치 자신이 항아리 안에 들어와 있는 것처럼 답답함을 느꼈다.

'여긴… 어디지?

그녀는 비로소 이곳이 강변이 아닐 것이라고 생각했다.

그때 바로 앞에서 조용한 목소리가 들려왔다.

"벽라촌을 아느냐?"

"앗!"

소녀는 소스라치게 놀라서 반사적으로 벌떡 일어났다.

퍽!

"악!"

그러나 그녀는 머리를 흙 천장에 호되게 부딪치고 뾰족한 비명과 함께 앞으로 엎어지며 태무악의 품에 안겼다.

"누구… 읍!"

그녀는 더욱 놀라서 소리치려다가 입이 틀어막혔다.

태무악이 손으로 그녀의 입을 막고 다른 팔로 그녀를 끌어 안아 움직이지 못하도록 한 것이다.

그는 그 상태로 공력을 끌어올려 바깥의 동정을 살폈다.

방금 바깥에서 무엇인가 스치는 듯한 소리를 들은 것 같았 기 때문이다.

무엇인가 달려가면서 풀을 스치는 소리였다.

그러나 사람은 아니다.

사람의 발자국 소리는 그보다 훨씬 크고, 적귀나 아방나찰 이라면 거의 감지할 수 없을 정도다.

그러므로 태무악이 감지한 것은 작은 산짐승, 즉 산토끼나 족제비 같은 것일 게다.

소녀는 태무악의 품에서 애처로울 만큼 몸을 바들바들 떨 고 있었다.

태무악은 소녀의 귀에 나직이 속삭였다.

"묻는 말에만 최대한 작은 소리로 대답해라."

소녀는 억양의 고저가 없이 무미건조한 그 목소리의 주인 이 누군지 즉시 알아차렸다.

'아, 그는 가지 않았구나.'

설명하기 어려운 안도감이 찾아들었다.

그리고 그가 자신을 어딘가 안전한 곳으로 데리고 왔을 것이라고 나름대로 생각했다.

처음에 소녀는 책상다리를 하고 있는 태무악의 양쪽 무릎에 두 다리를 벌려 얹은 상태에서 누워 있었다.

그 후에 놀라서 벌떡 일어나다가 그에게 엎어졌으니, 그녀는 자연스럽게 태무악과 몸의 앞부분이 밀착된 채 마주 보는 자세로 안긴 상태가 되고 말았다.

방금 전에 태무악이 그녀를 끌어안는 바람에 두 사람은 더욱 밀착된 자세가 되었다.

소녀는 자신의 얼굴 바로 앞에 태무악의 얼굴이 닿을 듯이 있는 것을 느꼈다.

그녀의 가슴은 태무악의 완강한 가슴에 짓눌렸으며, 아랫배는 물론 다리를 활짝 벌리고 있는 은밀한 부위 바로 아래에 무엇인가 묵직하고 물컹한 것이 눌리듯 맞닿아 있는 것이 분명하게 느껴졌다.

소녀는 그것이 태무악의 음경이라는 사실을 깨닫고는 얼굴이 화끈거렸다.

그러나 절박한 상황이었으므로 극심한 부끄러움이나 수치심 같은 것은 느껴지지 않았다.

그때 태무악이 그녀의 입을 막은 손을 떼어냈다.

하지만 한 팔로 그녀의 허리를 바짝 안고 있는 것은 풀지 않았다.

다른 뜻이 있어서가 아니었다. 그녀가 어떤 돌발적인 행동을 취할지 모르기 때문이었다.

"벽라촌을 아느냐?"

태무악이 다시 한 번 똑같은 질문을 했다.

소녀는 태무악의 입술이 바로 앞에서 달싹이는 것을 느꼈지만, 그의 입김이나 숨결을 추호도 느끼지 못했다.

그것은 호흡을 뱉으면서 하는 말이 아니라 성대만을 울려서 한 말이었다.

소녀는 조금 전에도 태무악이 같은 것을 물었다는 사실을 그제야 깨달았다.

그녀는 정신을 수습하면서 태무악의 물음에 답하려고 잠시 생각에 잠겼다.

벽라촌이라는 이름은 그리 흔하지는 않지만 그렇다고 희귀하지도 않았다.

또한 중원의 지명에서 촌(村)은 가장 작은 단위다. 중원 전체로 치면 촌은 수십만 개쯤 될 것이고, 벽라촌이라는 이름은 최소한 수백 개쯤 될 터이다.

"어디의 벽라촌을 말씀하시는 것인가요?"

그래서 소녀는 그렇게 물을 수밖에 없었다.

그런데 말하다가 그녀는 깜짝 놀라 급히 얼굴을 뒤로 뺐다.

두 사람의 얼굴이 너무 가까이에 있어서 말을 하는 도중에 그녀의 입술이 태무악의 입술에 닿았기 때문이다.

반면에 태무악은 동시에 두 가지를 느꼈다.

소녀의 입술이 몹시 부드럽다는 것과, 그녀의 입김이 청아하고 달콤하다는 것이었다.

그러나 그것뿐, 아무런 감정의 동요도 일어나지 않았다.

소녀의 반문에 태무악은 말문이 막혔다.

그가 기억하고 있는 것은 '벽라촌'이 전부였다. 게다가 그는 소녀의 질문을 제대로 이해하지 못했다.

"어디의 벽라촌이라는 것은 무슨 뜻이냐?"

소녀는 잠시 눈을 깜빡였다.

그녀의 눈에는 여전히 암흑이지만 온몸으로 태무악을 느끼고 있었다.

"촌은 최소 단위예요. 그러므로 그보다 더 큰 리(里)나 읍(邑), 현(縣)에 속해 있기 마련이죠."

태무악은 처음 들어보는 단위였다.

"모른다. 그냥 벽라촌만으로는 찾을 수 없느냐?"

소녀는 부모를 제외한 사람에게서 하대를 처음 듣지만 거부감을 느끼지는 않았다.

"아마 천하에 벽라촌이라는 이름은 최소 수십 개, 최대 수백 개쯤 될 거예요."

"분명하냐?"

"네."

태무악의 얼굴에 설핏 실망감이 떠올랐다가 사라졌다.

“너는 천하의 지명에 대해서 잘 아느냐?”

그는 자신에게 안겨 있는 어린 소녀가 당대의 대석학을 능가하는 지식의 소유자라는 사실을 알 턱이 없었다.

“완벽하지는 않지만 어느 정도는 알고 있어요.”

그녀는 태무악의 도움이 절실하게 필요했다.

하지만 자신의 능력을 지나치게 과장하고 싶지는 않았다. 방금 그녀의 대답은 오히려 많이 겸손했다.

태무악은 소녀를 시험하는 한편 자신의 궁금증을 충족시키고 싶었다.

“이곳에서 서쪽으로 삼백오십여 리 거리의 위치는 어디냐?”

소녀는 생각하지도 않고 즉시 대답했다.

“노노아호산(努魯兒虎山) 남쪽의 고원지대(高原地帶)예요.”

“고원지대가 무엇이냐?”

“이천 척 높이의 산중에 넓게 펼쳐진 평야나 숲, 구릉지를 가리키는 것이에요.”

무간옥을 중심으로 수백 리 일대는 평야와 숲이 끝없이 펼쳐져 있었다.

“노노아호산도 어딘가에 속해 있는 것이냐?”

“열하성(熱河省) 중심에서 동서쪽으로 치우쳐서 동북과 남서로 팔백여 리가량 길게 뻗어 있는 산이에요.”

소녀의 대답은 막힘이 없었다.

태무악은 잠시 생각하다가 다시 물었다.

"성(省)이 최대 단위냐?"

열하성의 '성'이라는 말을 가리키는 것이었다.

"네."

"천하에는 성이 몇 개나 있느냐?"

"남칠성북육성(南七省北六省) 십삼 개 성을 중원이라 하고, 중원의 동서남북 변방에 이십삼 개의 성이 더 있어요."

"중원… 변방……."

태무악은 생전 처음 들어보는 말을 머릿속에 새겨 넣으려는 듯 나직이 중얼거렸다.

소녀는 어떤 연유인지는 모르지만 태무악이 천하의 지명에 대해서 아무것도 모른다는 사실을 짐작했다.

그래서 그녀는 조금 더 부연 설명을 해주었다.

"천하의 중심은 중원이며, 기후가 온화하고 땅이 비옥해서 대부분의 사람들이 중원에서 살고 있어요."

소녀는 자늑자늑하고 맑은 목소리로 차분하게 설명을 이었다.

태무악은 그녀의 얼굴을 뚫어지게 주시하며 들었다.

"중원 둘레의 변방은 대부분 산악지대거나 사막, 황무지 등으로 척박하며 이민족들이 살고 있어요."

"열하성은 변방인가?"

"네."

“이곳에서 중원은 먼가?”

“이곳에서 서남쪽으로 삼백여 리 정도 내려가면 중원의 동북쪽 가장자리인 하북성(河北省)이 있어요.”

소녀는 그렇게 말하면서 태무악이 중원으로 가주기를 은근히 기대했다.

태무악은 침묵을 지켰다. 그리고 침묵이 길어졌다.

그는 방금 알게 된 사실들을 토대로 생각에 골몰하고 있었다.

소녀는 참을성있게 기다렸다.

아까 강변에서, 그리고 이곳에서 처음 깨어났을 때의 두려움과 놀라움은 거의 사라진 상태였다.

아니, 오히려 아주 편안했다. 나흘 만에 처음 맛보는 편안함이었다.

이곳에서는 생사를 넘나드는 절박한 도주도 없고 모든 것이 정지되어 있는 듯했다.

문득 소녀는 자신의 몸이 태무악과 거의 한 몸처럼 밀착되어 있다는 사실을 새삼스럽게 깨달았다.

아니, 온몸으로 느꼈다.

태무악의 심장 소리가 두근두근 전해졌고, 그녀의 두 개의 젖가슴이 짓눌려 있는 것과 단단한 아랫배와 부드러운 아랫배가, 그리고 그의 은밀한 부위와 그녀의 은밀한 부위가 서로 하나인 것처럼 닿아 있는 것이 생생하게 느껴졌다.

그러자 부끄러움이 밀물처럼 몰려와 그녀의 얼굴이 소르륵 붉어지며 고개가 숙여졌다.

그러다가 그녀의 이마가 태무악의 콧등에 닿았다.

그녀는 화들짝 놀라 고개를 들었다.

다행히 칠흑 같은 어둠 속이라서 자신의 얼굴이 붉어진 것을 태무악이 모를 것이라고 생각했다.

그러나 태무악은 그녀의 얼굴이 붉어지는 것에는 관심조차 갖지 않았다.

“너.”

그때 태무악이 입을 열었다.

“나를 벽라촌으로 안내할 수 있느냐?”

소녀는 조심스럽게 대답했다.

“장담할 수는 없어요.”

그녀는 태무악의 도움이 절실하게 필요했지만, 그렇다고 거짓말을 할 수는 없었다.

태무악은 그녀가 왜 선뜻 그럴 수 있다고 대답하지 못하는지 이유를 알 것 같았다.

벽라촌에 대한 지식이 너무 희박하기 때문이었다.

“하지만 당신이 찾는 벽라촌이 중원인 것만은 분명해요. 그것도 하북성을 포함한 황하 이남 지역일 거예요.”

태무악은 소녀의 얼굴을 똑바로 주시했다.

“벽라(碧羅)의 원뜻은 ‘푸른 비단’이에요. 그러니까 ‘벽

라' 라는 지명을 사용하는 곳은 주변에 푸른 강이나 숲이 있
다는 뜻이에요. 그리고 경치가 매우 아름다운 곳일 거예요.”

　태무악은 소녀를 만나 새로운 사실을 많이 알게 되었다.

　“황하 이북 지역에는 벽라라고 불릴 만한 강이나 숲이 거
의 없어요.”

　그러니까 벽라촌은 황하 이남 지역에 있을 것이라는 뜻이
다.

　소녀는 그 말을 끝으로 입을 다물었다. 거기까지가 짐작할
수 있는 한계였다.

　그녀는 태무악이 자신을 필요없는 존재로 여길까 봐 두려
움이 앞섰다.

　“부디 소녀를…….”

　소녀가 간곡한 표정을 지으며 막 입을 여는데 갑자기 태무
악이 거친 손으로 그녀의 입을 틀어막았다.

　동시에 그녀의 허리를 두른 팔에 힘을 주어 더욱 바짝 끌어
당겼다.

　소녀는 놀랐지만 본능적으로 어떤 위험이 닥쳤다는 사실
을 깨달았다.

　그녀는 태무악의 뺨에 자신의 뺨을 댄 채 눈을 말똥거리면
서 가만히 있었다.

　가슴이 심하게 콩닥거리고 호흡이 거칠어졌다.

　태무악은 가볍게 움찔했다.

소녀의 숨소리와 심장 박동 때문이었다.

그는 즉시 소녀의 입을 막았던 손을 떼는 대신에 뒷머리를 감싸 쥔 채 앞으로 끌어당겨 자신의 입술로 그녀의 입술을 덮어버렸다.

"……?"

그냥 입술을 덮은 것이 아니라 태무악의 큰 입이 소녀의 작은 입을 삼킬 듯이 완전히 입 안에 구겨 넣어버렸다.

소녀는 너무나 놀라서 두 눈을 커다랗게 떴다.

그러나 그 와중에도 그녀는 태무악이 자신에게 해를 끼치려는 것은 아니라고 생각했다.

그가 그녀를 욕보이려고 하거나 해치려 했다면 구태여 지금까지 기다릴 필요가 없었고, 벽라촌이니 뭐니 물어볼 이유도 없었다.

그때 소녀는 자신의 입속으로 아주 청아하고 상쾌한 기운이 흘러드는 것을 느끼고는 깜짝 놀랐다.

그러나 다음 순간 소녀는 그보다 더욱 놀랐다.

태무악의 손이 자신의 배 쪽에서 빠르게 솟아올라 왼쪽 젖가슴을 더듬고 있었기 때문이다.

그녀가 놀라고 있는 사이에 태무악의 손은 그녀의 왼쪽 젖가슴 유두 바로 옆과 위쪽, 오른쪽의 세 군데 혈도를 번개같이 제압해 버렸다.

그리고는 그의 손은 아무 일 없었다는 듯이 스르르 미끄러져 내렸다.

소녀의 궁금증은 그리 길지 않았다. 그녀는 자신의 심장이 뛰지 않는다는 사실을 그 즉시 깨달았다.

심장 박동이 정지된 것이다.

그렇지만 그녀는 분명히 살아 있었다. 심장이 멈춘 것 말고는 모든 것이 정상이었다.

아니, 오히려 머리가 더할 나위 없이 상쾌했고 심신이 날아갈 것처럼 가벼웠다.

그녀는 그 이유가 태무악이 입을 통해서 불어넣어 주고 있는 어떤 신비한 기운 덕택일 것이라고 추측했다.

그리고 그가 갑자기 입을 맞추고 심장 박동을 멈추게 한 데에는 충분히 그럴 만한 이유가 있을 것이라고 생각했다.

그렇게 시간이 흘렀다.

원래 밀착되어 있던 두 사람이지만, 지금은 완전히 한 몸처럼 찰싹 붙어 있었다.

그런데 소녀는 기이한 안온함을 느끼고 있었다.

연건후의 등에 업혔을 때와는 전혀 다른 안온함이었다.

어찌 표현하면 자신이 완벽하게 보호를 받고 있는 것 같은 느낌이었다.

굳이 비유를 하자면, 태어나기 전에 어머니의 자궁 속에 들어 있을 때 아마도 이런 기분이었을 터이다.

태무악은 그 상태에서 자신의 심장 박동도 멈춘 채 공력을 끌어올려 밖의 동태를 감지했다.

오래지 않아서 귀에 익은 미약한 파공음이 감지됐다.

파공음은 세 개였다.

셋 다 미약하지만 그중에서 하나는 거의 감지하기 어려울 정도로 극미했다.

아방나찰 한 명과 적귀 두 명이 분명했다.

태무악이 알고 있는 바에 의하면, 무간옥에는 두 명의 명관과 열 명의 아방나찰, 그리고 백 명의 적귀가 있다.

아니, 얼마 전에 한 명의 적귀가 태무악에게 죽었으니 무간옥의 적귀는 이제 구십구 명일 것이다.

태무악이 지난 나흘 동안 도주하는 과정에서 아방나찰은 한 번도 모습을 드러내지 않았다.

한 명의 아방나찰은 열 명의 적귀를 거느리고 있다.

그리고 아무도 설명해 준 적이 없지만, 한 명의 아방나찰이 적귀 대여섯 명을 합친 정도의 실력이라는 사실을 무간자들은 모두 알고 있다.

아방나찰이 출현했지만 태무악은 긴장하지 않았다.

그는 애초에 긴장이나 두려움 따위의 감정을 모른다. 무간옥이 그렇게 만든 것이다.

그는 자신과 소녀 둘 다 귀식대법으로 호흡과 심장 박동을 멈추게 하고는 아방나찰과 적귀들이 지나가기를 기다렸다.

그때 문득 그는 혀에 이상한 감촉을 느꼈다.

매끄럽고 촉촉하며 부드럽고 또 따스한 물체가 그의 혀에 닿은 것이다.

소녀의 혀였다.

그녀는 태무악의 입술이 포개지는 순간 본능적으로 혀를 안쪽으로 바짝 당겼다.

그러나 시간이 흐르면서 힘이 들어 혀가 뻣뻣해지면서 그만 통제할 수 없게 돼버린 것이었다.

두 개의 입이 깊게 포개진 상태에서 혀를 바짝 잡아당기고 있지 않으면 혀끼리 얽힐 수밖에 없다.

태무악은 남녀 간의 애정이나 육체적인 것에 대해서는 백치나 다름없는 상태였다.

무간옥에서 가르치지 않은 몇 가지 중 하나가 이성에 관한 것이었다.

소녀는 혀를 어떻게 해야 할지 몰라서 잠시 당황했지만 그냥 내버려 두었다.

지금으로선 어떻게 할 방도가 없었기 때문이다.

그녀의 매끄러운 혀는 태무악의 혀 위에 얌전하게 올려진 상태에서 이따금씩 꼼지락거렸다.

잠시 후 태무악은 천천히 소녀의 입에서 입술을 뗐다. 진기를 다 주입한 것이다.

아니, 그녀의 입을 통째로 머금고 있다가 뱉어놓았다는 표현이 옳았다.

눈을 감고 있던 소녀는 가볍게 놀라며 반짝 눈을 떴다.

그녀는 이제 또 무슨 일이 벌어질지 바짝 긴장해서 온 신경을 곤두세웠다.

그러나 태무악은 석상이 돼버렸는지 그때부터 꼼짝도 하지 않았다.

한 팔로는 그녀의 허리를 바짝 끌어안은 채였지만, 뒷머리를 잡았던 손은 놔주었다.

약 일각의 시간이 지났는데도 태무악이 여전히 미동조차 하지 않자 소녀는 약간 긴장이 풀렸다.

하지만 몸을 움직이거나 뒤척이지는 않았다. 자신으로 인해 위험이 닥치게 할 수는 없기 때문이었다.

그렇게 또 일각의 시간이 흘렀으나 태무악은 변함이 없었다.

문득 소녀는 그제야 비로소 자신의 처지가 생각났다.

그녀의 눈으로 직접 목격하지는 못했지만, 연건후의 말로는 부모님이 처참하게 돌아가셨다고 했다.

그뿐만 아니라 가까운 일가친척이나 부모님을 추종하던 많은 사람들도 수백 명이나 떼죽음을 당했다는 것이다.

이제 세상천지에 소녀는 혈혈단신 혼자만 남게 되었다.

연건후가 소녀를 업고 이곳 열하성으로 온 것은 어떤 이유나 목적이 있어서가 아니었다.

오직 자객들로부터 소녀를 살리기 위한 일념으로 도주하

다 보니까 이곳 변방까지 오게 된 것이었다.

소녀는 돌아가신 부모님과 일가친척, 그리고 자신을 도주시키려다가 죽어간 열다섯 명의 협사들을 생각하자 슬픔이 왈칵 솟구쳤다.

그녀는 울음이 터지려고 하자 화들짝 놀라면서 급히 이를 악물었다.

그런데도 억눌린 듯한 신음 소리가 코로 새어 나왔다.

그리고 온몸이 가늘게 떨렸다.

그녀는 왜 갑자기 그런 생각을 해서 이런 상황을 만들었는지 후회가 밀려들었다.

하지만 그녀가 일부러 그런 생각을 하려고 했던 것이 아니라 불현듯 갑자기 떠오른 것이었다.

머리가 하는 일을 어찌 인력으로 거부할 수 있겠는가.

그녀는 손으로 입을 막고 싶었지만 두 손이 태무악의 양쪽 겨드랑이 밑으로 들어가 있고, 두 사람의 몸이 밀착되어 있어서 여의치 않았다.

그래서 그녀는 태무악의 어깨에 얼굴을 묻었다.

그렇게 해서 울음이 터지려는 것을 막을 수는 있었지만, 몸이 떨리는 것은 어쩌지 못했다.

눈을 감고 있던 태무악은 소녀가 자신의 어깨에 얼굴을 묻는데도 가만히 있었다.

그는 소녀가 울고 있는 것을 느꼈다.

운다는 것은 그의 기억 끝자락에 아련하게 남아 있었다.

그가 처음 무간옥에 납치되어 왔을 때에는 정말 어지간히도 울었었다.

부모에 대한 그리움과 낯선 환경에 대한 두려움 때문이었다.

그러나 울음에 대한 대가는 언제나 혹독했다.

적귀들은 우는 아이들을 때리지 않는 대신 가혹한 형벌로 다스렸다.

거의 비슷한 시기에 끌려온 아이들은 처음에는 공포에 질려서 맹렬하게 울어댔지만, 열흘이 지날 무렵에는 아무도 우는 아이가 없었다.

울음에는 반드시 치가 떨리는 형벌이 뒤따른다는 사실을 깨달았기 때문이다.

태무악은 소녀가 울고 있다는 사실을 알았지만, 그것이 그의 슬픔을 이끌어내지는 못했다.

그에게는 슬픔 따위가 아예 없거나, 아니면 너무도 단단하게 말라비틀어져 있는 것이 분명했다.

어느새 잠이 들었나 보다.

소녀는 뒷머리가 따가워서 잠에서 깼다.

직후 무엇인가 까칠까칠한 것이 그녀의 입술을 덮었다.

다음 순간 그녀는 두 가지를 동시에 깨달았다.

태무악의 어깨에 뺨을 댄 채 잠들어 있는 그녀를 그가 손으로 뒷머리 머리카락을 움켜쥔 채 잡아당겨 들어 올렸고, 직후 입을 맞춘 것이다.

태무악의 입을 통해서 소녀의 입으로 예의 청량한 기운이 쏟아져 들어왔다.

그 바람에 그녀는 심신이 상쾌해지면서 잠에서 완전히 깼다.

자세히는 모르지만 그녀는 태무악이 주입한 청량한 기운이 소진되면 심장이 뛰고 호흡을 하게 되기 때문에 그가 다시 그 기운을 주입하는 것이라고 짐작했다.

그녀의 짐작이 맞았다.

태무악이 그녀에게 전개한 귀식대법의 한계는 한 시진이고, 그녀는 한 시진 동안 잠들어 있었다.

그녀는 태어나서 처음으로 낯선 소년과 두 번씩이나 입맞춤을 했다.

어쩔 수 없는 상황이라고는 하지만 입맞춤이란 여자에게, 특히 어린 소녀에게는 각별한 의미가 있는 법이다.

그러나 태무악에게는 그저 침을 두 번 뱉은 것처럼 무의미한 일이었다.

이 두 번의 입맞춤이 자신에게만 각별하다는 사실을 소녀는 짐작할 수 있었다.

굳이 입을 맞출 때 태무악의 거친 태도가 아니더라도 그가 단지 위험을 초래하지 않으려고 그런다는 것을 깨달았다.

잠시 후에 태무악은 소녀에게서 입을 뗐고, 다시 아까와 같은 침묵이 이어졌다.

그렇지만 이번에는 소녀는 잠들지 않았다.

자신을 놓아주지 않은 채 꼿꼿하게 앉아 있는 낯선 소년의 품에 안겨서 그때부터 많은 생각을 했다.

소녀는 어둠 속에서 태무악의 얼굴을 빤히 응시하고 있었다.

어둠이 눈에 익자 아주 흐릿하게나마 태무악의 얼굴 윤곽이 보였다.

그때 태무악이 번쩍 눈을 떴다.

그가 눈을 뜨는 순간 두 개의 붉으면서도 새파란 작은 불꽃이 번뜩이는 것을 소녀는 보았다.

그것이 사람의 눈빛이라는 사실이 믿어지지 않았다.

태무악은 공력을 끌어올려 약간의 시간을 두고 다시 한 번 구덩이 밖의 상황을 살폈다.

은은한 바람 소리에 나뭇가지나 마른 풀이 흔들리는 소리 외에는 아무것도 감지되지 않았다.

사실 그가 소녀와의 대화가 끝난 후에도 계속 이곳에 머무르고 있었던 이유는, 간헐적으로 적귀들이 주변을 오가는 것을 감지했기 때문이다.

그러나 반 시진 전부터 적귀들의 기척은 감지되지 않았다.

그리고 지금도 마찬가지였다.

그는 소녀를 떼어내고 즉시 몸을 돌려 입구를 향해 기어나가기 시작했다.

그의 갑작스런 행동에 소녀는 깜짝 놀랐다.

태무악이 자신으로부터 멀어지고 있는 모습이 지극히 흐릿하게 보였다.

소녀는 그가 자신을 버리고 가려 한다는 사실을 직감했다.

그녀는 정신과 온몸이 팽팽하게 긴장했다.

앞뒤 생각할 겨를이 없었다.

그녀는 어디에서 힘이 솟았는지 몸을 던져 두 손으로 힘껏 태무악의 발목을 부여잡았다.

이어서 간곡하게 애원했다.

"제발… 소녀를 버리지 마세요."

퍽!

그 순간 소녀는 얼굴에 묵직한 통증을 느꼈다.

태무악이 발로 그녀의 얼굴을 내지른 것이었다.

그녀는 정신이 아득해지는 것을 느끼면서 그대로 혼절했다.

생애 최초의 입맞춤을, 그것도 두 번씩이나 한 소년의 마지막 선물은 매몰찬 발길질이었다.

태무악은 이미 오래전에 그녀를 필요없는 존재라고 결정

내리고 있었다.

  그런데도 구덩이 속에서 그녀를 안고 있었던 이유는 적귀
들에게 발각되지 않기 위해서였을 뿐이다.

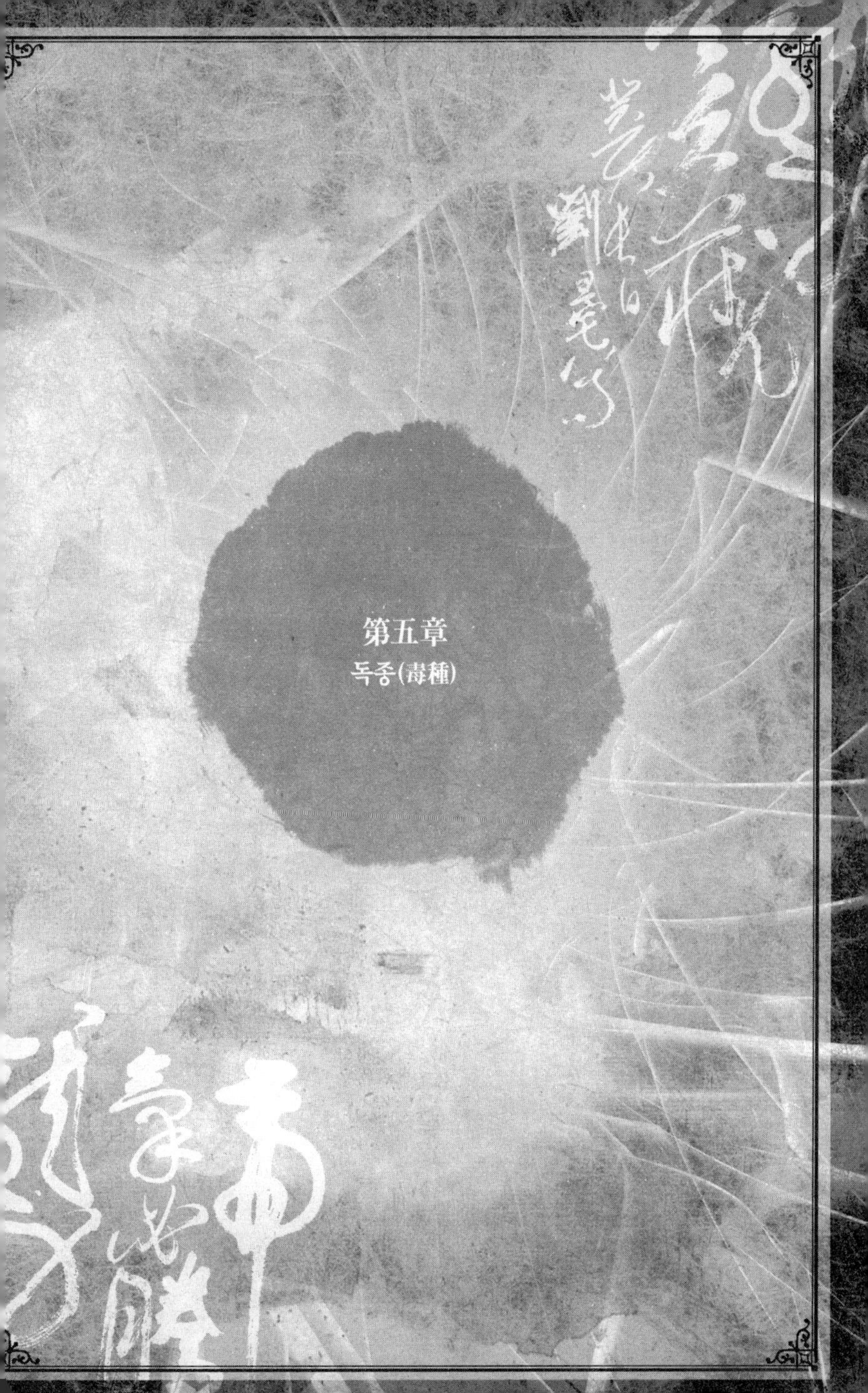

第五章
독종(毒種)

대무신
大武神

동이 트려면 한 시진가량 남았다.

태무악은 숨어 있던 구덩이에서 나와 반 시진 동안 남쪽으로 이십여 리 정도 이동했다.

그는 벽라촌이 황하 이남 지역에 존재할 것이라는 소녀의 말을 믿었다. 그녀가 거짓말을 할 이유가 없었다.

황하가 정확하게 어딘지는 모르지만 중원에 있을 것이고, 황하를 경계로 이남 지역이 중원일 것이라는 얕은 지식을 그녀에게서 얻었다.

태무악은 마음이 급했지만 빨리 달리지 않았다.

빨리 달리면 흔적이 남게 되기 때문이었다.

그래서 그는 중간 속도로 달리면서 일체 흔적을 남기지 않으려고 애썼다.

그는 흔적을 남기지 않는 데에는 거의 완벽하게 성공했다.

하지만 운이 따라주지 않았다.

높은 나무 위에서 잠시 휴식을 취하고 있던 추격자의 눈에 띄고 만 것이다.

태무악은 울창한 숲만 골라서 달리고 있었다.

반 시진 전에 헤어진 소녀의 존재는 이미 까맣게 잊었다.

다만 그녀가 해준 몇 마디 말, 아니, 필요한 정보만 기억하고 있을 뿐이었다.

그녀는 남쪽으로 삼백여 리를 가면 하북성이 나온다고 했다.

태무악은 지금의 속도로 남행한다면 내일 정오쯤에는 하북성이라는 곳에 당도할 수 있을 것이라고 계산했다.

무간자들의 속도와 거리에 대한 계산은 거의 착오가 없다. 그들 중에서도 태무악의 계산은 단연 으뜸이었다.

다만 그가 자신의 능력에 대해서 많은 부분을 감추고 있어서 드러나지 않았을 뿐이다.

그는 내일 정오까지 쉬지 않고 지금 이 속도로 달릴 생각을 하고 있었다.

바로 그 순간 그의 본능이 경고했다.

그러나 본능은 위험만 경고할 뿐이지 구체적이지는 않았다.

만약 그의 능력과 본능이 잘 조화를 이룬다면 위험에 대해서 더 구체적으로 감지하겠지만 지금은 능력이 본능을 따라주지 못했다.

단지 본능은 위험이 목전에 닥쳤다고 막연하게 경고할 뿐이었다.

태무악은 대부분의 보이지 않는 위험이 앞보다는 뒤, 그리고 뒤보다는 머리 위에서 닥쳐온다는 사실을 경험으로 알고 있었다.

그래서 그는 달리는 중에 급격하게 왼쪽으로 방향을 꺾는 것과 동시에 오른 주먹을 힘껏 뒤쪽 머리 위로 휘둘렀다.

품속에 있는 흑자검을 꺼낼 여유가 없어서 그저 맨주먹을 휘두른 것이다.

그 행위로 상대를 쓰러뜨린다기보다는 단지 무의식적인 방어의 행동이었다.

그는 왼쪽으로 방향을 바꾼 것만으로 그치지 않고 풀밭으로 몸을 날려 몇 바퀴 데굴데굴 구른 후 갑자기 오른쪽으로 펄쩍 튀어 올라 허공중에서 재빨리 사방을 휘둘러보았다.

자신이 허공으로 솟구쳤으니 머리 위에 있던 위험이 자신과 수평을 이루었을 것이라고 추측한 것이었다.

그러나 그는 아무것도 발견하지 못했다.

그때 그의 본능이 다시 머리 위에서 위험이 닥칠 것이라고 알려주었다.

그러나 언제나 그랬듯이 본능의 경고는 빨랐지만 미처 행동이 따라주지 못했다.

그가 다급히 위를 쳐다보기 위해서 고개를 들었을 때, 그보다 빨리 하나의 푸른 인영이 머리 위에서 그의 앞으로 뚝 떨어져 내렸다.

그는 푸른 인영의 모습을 제대로 확인하지 못했지만 그가 누군지 즉시 알아차렸다.

추격자들 중에서 푸른 옷을 입는 자는 한 종류밖에 없었다.

순간 온몸의 피가 얼어붙는 듯한 긴장이 엄습했다.

무간자들은 오욕칠정을 상실한 상태지만 적귀나 아방나찰, 명관을 대하면 자연적으로 두려움과 긴장을 느낀다.

그것은 배가 고플 때 구수한 냄새를 맡으면 입 안에 침이 고이는 것처럼 조건반사적인 습관이었다.

파파파팍!

한발 늦었다고 생각할 때, 태무악은 상체 네 군데의 혈도가 뜨끔한 것을 느꼈다.

쿵!

그는 마혈이 제압되어 몸이 뻣뻣하게 굳은 채 볼썽사납게 바닥에 나뒹굴었다.

척!

그 직후 그의 얼굴 앞에 한 쌍의 발이 가볍게 내려섰다.

태무악은 뺨을 바닥에 묻은 채 일그러진 얼굴로 한 쌍의 발을 쳐다보았다.

정강이까지 이르는 푸른 가죽 신발을 신은 예쁘고 앙증맞은 발이 거기에 있었다.

눈에 익은 아방나찰 고유의 신발이었다.

태무악은 무간옥의 염마왕(閻魔王)이라고 불리는 아방나찰에게 제압된 것이다.

사실 그는 일부러 아방나찰에게 제압되었다.

자신을 공격하는 것이 아방나찰이라는 사실을 깨달은 순간, 도망치거나 맞서 싸우는 것은 무의미하다는 사실을 동시에 깨달았다.

태무악은 자신의 진짜 실력을 전력으로 사용해도 아방나찰과 정면승부를 할 경우 채 십 초식도 버티지 못한다.

그래서 그는 방금 제압되기 직전에 온몸 혈도 위치를 바꾸었다.

아니, 더 정확히 설명하면 혈도를 바꾼 것은 그가 한 것이 아니라 몸이 본능적으로 대응한 것이었다.

그가 최초로 자신에게 혈도를 바꾸는 능력이 있다는 사실을 알게 된 것은 열두 살 때였다.

그가 무간옥의 규칙을 어겨서 적귀에게 제압되어 형벌을 받기 직전이었으며, 그는 적귀에게 제압되지 않으려는 처절한 심정이었다.

무간옥에서의 형벌의 종류는 수십 가지가 넘는데, 그때 적귀가 사용하려던 것은 점혈 수법으로 태무악의 서른여섯 군데 혈도를 점해서 온몸의 뼈와 근육이 뒤틀리는 고통을 맛보게 하는 분근착골(粉筋鑿骨)의 형벌이었다.

무간옥에서는 그것을 나락형계(奈落刑械)라고 불렀으며, 가장 지독한 형벌 가운데 하나였다.

그런데 적귀가 서른여섯 군데 혈도를 점해서 나락형계를 시도했는데도 태무악은 아무렇지도 않았다.

자신의 서른여섯 군데 혈도를 적귀가 점하는 것을 직접 당한 태무악은 순간적으로 뭔가 잘못됐다는 생각이 들었다.

그가 가만히 있자 적귀는 약간 당황하는 것 같더니 다시 나락형계를 시도하려고 태무악에게 다가들었다.

그 순간 태무악은 깨달았다.

무슨 이유에선지는 모르지만, 적귀가 나락형계를 전개했는데도 자신은 아무렇지도 않다는 사실을.

그리고 그는 순간적으로 기지를 발휘했다.

적귀가 다시 점혈을 하려는 순간 마치 나락형계에 제압된 것처럼 바닥에 쓰러져서 온몸을 비틀고 떨면서 처절한 비명을 질러댔다.

그제야 적귀는 흡족한 미소를 지으며 팔짱을 끼고 태무악의 고통을 느긋하게 지켜보았었다.

그날 이후, 태무악은 여러 차례의 시행착오 끝에 한 가지 놀라운 사실을 깨달았다.

마음만 먹으면 자신의 온몸 혈도를 마음대로 옮길 수 있다는 사실이었다.

그래서 그때부터 그는 그 능력을 익숙하게 실행할 수 있을 때까지 부지런히 노력했다.

그래서 결국 그 능력은 그의 여러 가지 숨은 능력 중의 하나로 추가될 수 있었다.

태무악은 아방나찰에게 마혈이 제압된 것처럼 몸의 앞면을 바닥으로 향하게 하여 쓰러뜨리면서 재빨리 오른손을 품속에 넣어 흑자검을 꺼내 소매 속에 감추었다.

슥!

아방나찰은 한 손으로 태무악의 멱살을 움켜잡고 가볍게 일으켜 세웠다.

열다섯 살의 태무악은 육 척에서 세 치 정도 모자라는 키로 또래의 소년들보다 훨씬 큰 편이었다.

아방나찰은 그런 태무악보다 반 뼘 정도 더 컸다. 여자로서는 무척 큰 키였다.

그녀가 들어 올리자 태무악의 두 발이 땅에서 반 자가량 떨어졌다.

"무간백구호, 드디어 네놈을 잡았구나."

아방나찰은 으스스한 미소를 입가에 떠올리고 푸르스름한 안광을 쏟아내면서 중얼거렸다.

적귀가 붉은 옷을 입는 것과는 달리 아방나찰들은 푸른 청삼에 푸른 가죽 신발을 신고, 엉덩이까지 덮는 푸른 견폐(肩蔽:망토)를 걸친 모습이다.

또한 적귀들이 철면으로 얼굴의 절반 이상을 가리고 있는 것에 반해서 아방나찰들은 얼굴을 가리지 않는다.

그녀는 긴 머리카락을 물결처럼 늘어뜨렸으며 잘 그을린 구릿빛 얼굴에 약간 찢어진 듯 날카로운 눈매에 얄팍한 입술을 지녔다.

가슴 한복판에는 원 안에 '오찰(五刹)'이라는 두 글자가 검은색으로 수놓아져 있었다.

아방오나찰이었다.

무간옥에서는 줄여서 '오방찰(五防刹)'이라고 부른다.

무간옥의 모든 아방나찰과 적귀들이 그렇듯이 오방찰 역시 일말의 표정도 없이 태무악을 응시했다.

태무악은 그녀와 마주 보는 자세에서 눈을 내리깔고 가만히 있었다.

그것은 모든 무간자들이 아방나찰과 적귀 앞에서 취해야 하는 태도였다.

그들은 무간자들이 불손한 태도와 표정을 짓는 것을 그 어떤 잘못을 저지르는 것보다 더 싫어했다.

하지만 태무악이 지금 공손한 태도를 취하는 것은 다른 의도가 있기 때문이었다.

오방찰을 안심시키기 위함이다. 그래야지만 그녀를 암습할 수 있는 가느다란 기회라도 주어질 것이다.

지금 오방찰은 태무악의 멱살을 잡고 들어 올린 상태여서 두 사람의 거리는 채 두 자도 되지 않았다.

또한 한 손으로 태무악의 멱살을 잡고 있기 때문에 지금 소매 속에 감춘 흑자검으로 급습, 그녀의 가슴이나 목을 찌른다면 간단히 성공할 수 있을 듯했다.

하지만 그것은 아방나찰의 능력을 모르는 사람의 어리석은 행동이다.

무간옥의 아방나찰이 얼마나 고강하며 치밀하고 빈틈이 없는지 무간자들보다 더 잘 알고 있는 사람들도 없다.

무간옥의 열 명의 아방나찰, 즉 십대방찰(十大防刹)은 무간자들에게 절대신(絶對神)으로 군림하고 있다.

그러므로 일개 무간자가 절대신을 급습하는 것은 완벽한 기회리고 헤도 십중필구 실패하고 말 것이다.

아방나찰을 상대함에 있어서 운(運)이란 손톱만큼도 기대할 수가 없다.

지금 태무악이 급습을 가한다면 오방찰은 간단하게 피하고 말 것이다.

그리고는 태무악이 혈도를 옮기는 재주가 있다는 사실을 깨닫게 될 터이다.

그다음에 벌어질 일은 충분히 상상할 수 있다.

"벌레 같은 놈."

문득 오방찰이 얄팍한 입술 끝을 씰룩이면서 눈에서 살기를 뿜어냈다.

패액!

순간 오방찰은 태무악을 근처의 나무를 향해 신경질적으로 집어 던졌다.

태무악은 나무를 향해 일직선을 그으며 날아갔다.

던진 힘이 너무나 강해서 쏘아낸 화살보다 더 빨랐다.

그런 상태에서는 태무악이 어떻게 해볼 방법은 없었다.

뻐억!

등을 아름드리나무에 정통으로 호되게 부딪쳐서 활처럼 휘게 하는 수밖에는.

그는 등뼈가 모조리 박살나는 극심한 고통과 함께 나무에서 튕겨졌다.

그러나 고통은 한 번으로 끝나지 않았다.

어느새 그림자처럼 쏘아온 오방찰이 튕겨진 태무악을 향해 발을 날렸다.

칵!

쭉 뻗은 그녀의 발뒤꿈치가 나무에서 튕겨 나온 태무악의 앙가슴을 찍었다.

태무악은 가슴이 쪼개지고 숨이 콱 막히는 고통과 함께 또다시 뒤로 튕겨져 날아갔다.

얼마나 지독한 고통인지 정신이 아득해졌다.

그에게는 놀라운 여러 본능적인 숨은 능력들이 있지만, 고통을 못 느끼게 해주는 능력은 없었다.

척!

태무악의 몸이 땅에 떨어지기도 전에 오방찰이 다시 그의 뒷덜미를 낚아채어 곧장 허공으로 솟구쳐 올랐다.

모든 아방나찰과 적귀들이 탈출한 무간자들을 못마땅하게 여기지만, 오방찰은 정도가 심한 것 같았다.

문득, 태무악은 입과 코에서 꾸역꾸역 피를 흘리며 허공으로 끌려 올라가다가 한 가지 사실을 깨달았다.

그가 어제 죽인 적귀는 사십팔적귀였다.

아방나찰은 열 명의 적귀를 수하로 거느리는데, 오방찰은 사십적귀부터 사십구적귀까지, 오방찰은 오십적귀부터 오십구적귀까지 거느린다.

즉, 태무악이 죽인 사십팔적귀는 오방찰의 수하였다.

그녀는 지금 자신의 수하를 죽인 것에 대한 분풀이를 태무악에게 퍼붓고 있는 것이었다.

슉!

지상에서 오 장여나 높이 솟구친 오방찰은 여태까지보다 훨씬 강한 힘을 실어 태무악을 아래를 향해 집어 던졌다.

맹렬한 속도로 추락하는 그의 아래쪽에는 단단하고 큰 바위가 버티고 있었다.

만약 이대로 바위에 부딪친다면 그는 필경 큰 부상을 입게 될 것이다.

그렇지만 그로서는 어떻게 손을 쓸 도리가 없었다.

다만 그는 소매 속에 감춘 흑자검을 놓치지 않으려고 사력을 다할 뿐이었다.

어느 한순간 오방찰을 암습할 절호의 기회가 찾아오기를 기대하면서.

퍽!

얼마나 세게 바위에 부딪쳤는지 그는 가죽으로 만든 공처럼 허공으로 반 장이나 튕겨 올랐다가 마른 풀밭에 떨어졌다.

그나마 다행인 것은, 그는 무간옥에 들어온 이후 지금껏 단 한 번도 뼈가 부러진 적이 없다는 것이었다.

아무리 극심한 상황에서도 그의 뼈는 강철처럼 튼튼했다.

그 사실을 알고 나서 그는 의심을 받지 않으려고 몇 차례 뼈가 부러진 것처럼 아픈 시늉을 하기도 했다.

그러나 뼈가 부러지지 않을 뿐이지 고통까지 느끼지 않는 것은 아니었다.

그는 입과 코, 귀에서까지 피를 흘리며 땅에 엎어졌다.

슥!

"무간백구호 네놈을 죽이지 않는 대신 앞으로 오 년 동안 죽음보다 더한 고통을 겪게 해주겠다."

오방찰은 으스스하게 중얼거리면서 태무악의 뒷덜미를 잡

아 일으켰다.

그녀의 말은, 태무악이 무간옥에 끌려가면 앞으로 오 년이나 더 지옥 생활을 해야 한다는 뜻이었다.

아방나찰에 의해서 들어 올려진 태무악의 상체 가슴 쪽이 마치 우연인 것처럼 빙글 오방찰 쪽으로 향했다.

고개를 푹 숙이고 있는 태무악의 두 눈에서 섬뜩한 안광이 일렁이는 것을 오방찰은 발견하지 못했다.

스팟!

순간 태무악의 오른손에 쥐어진 흑자검이 빛처럼 빠르게 오방찰의 얼굴을 향해 찔러갔다.

무표정한 한 겹의 가면을 쓰고 있는 듯한 오방찰의 얼굴에 찰나지간 움찔 놀라움이 떠올랐다.

치밀하기 짝이 없는 그녀지만 설마 그토록 호되게 당한 태무악이 급습을 가할 줄은 예상하지 못했다.

태무악이 크게 다쳤을 것이라는 안이한 생각이 방심을 불렀고, 결국 허점을 만들었다.

두 사람의 거리는 너무나 가까웠다.

더구나 태무악은 허공으로 들어 올려진 자신의 상체 가슴 쪽이 오방찰을 향해서 빙그르르 돌아가는 순간의 기회를 완벽하게 포착했다.

오방찰은 자신의 얼굴을 향해 곧장 쏘아오는 시커먼 물체를 발견하는 순간 피할 수 없음을 깨달았다.

하지만 이 위기를 모면할 방법이 전혀 없는 것은 아니었다.

찰나 그녀의 왼손이 견폐로 감싼 왼쪽 허리에서 쏜살같이 튀어나왔다.

키잇!

아방나찰의 무기는 모두 견폐 속에 감춰져 있다.

지금 그녀의 왼손에 쥐어진 채 최단거리인 태무악의 복부를 향해 찔러가고 있는 한 자 길이의 새파란 거삭도(鋸削刀)도 그중 하나였다.

인간은 누구라도 자신의 목숨을 아까워한다.

부모가 계시는 고향에 돌아가겠다는 일념으로 무간옥을 탈출한 무간자라면 더욱 그럴 것이다.

오방찰은 자신의 거삭도가 태무악의 복부를 찔러가면 위기를 느낀 그가 공격을 거둘 것이라고 판단했다.

그러나 그녀는 태무악이라는 독종을 너무도 모르고 있었다.

그녀가 알고 있는 것은 무간옥에서 철저하게 자신을 감춘 채 생활했던 무간백구호일 뿐이다.

팍!

푹!

흑자검이 오방찰의 왼쪽 눈을 찌른 것과 거삭도가 태무악의 복부 한가운데를 찌른 것은 거의 동시였다.

그러나 두 사람 다 비명은커녕 신음조차 흘리지 않았다.

떵!

다음 순간 오방찰의 가슴에서 큰북을 힘껏 때린 듯한 음향이 터졌다.

태무악의 전력이 실린 왼 주먹이 오방찰의 오른쪽 젖가슴을 가격한 것이다.

오방찰은 오른손으로 태무악의 뒷덜미를 잡고 있어서 한 손밖에 사용할 수 없지만, 반면에 태무악은 두 손을 다 사용할 수 있었다.

"악!"

왼 눈이 찔려서 눈알이 터지고도 신음조차 흘리지 않았던 오방찰은 일권을 가슴에 적중당하고는 입에서 핏덩이와 함께 비명을 터뜨리며 뒤로 날아갔다.

마지막 순간에 태무악이 복부에 거삭도를 찔리지 않았더라면, 그녀는 팔십 년 내공이 실린 일권을 고스란히 적중당했을 것이다.

그렇지만 육십 년 이상의 내공이 실린 일권을 정통으로 맞았으니 유방이 짓이겨지는 것은 물론, 갈비뼈가 박살나고 가볍지 않은 내상을 입었을 터이다.

"크으……."

태무악은 찔린 복부를 왼손으로 감싸 쥔 채 상처 입은 맹수 같은 신음을 흘리면서 오방찰을 쏘아보았다.

그는 오방찰에게 달려들어 아예 숨통을 끊어놓으려는 생

각을 하고 있었다.

그러나 오방찰은 이 장가량을 나뒹굴다가 퉁기듯이 벌떡 일어섰다.

그녀의 왼 눈에서는 새빨간 피가 콸콸 쏟아졌고, 입에서도 검붉은 피가 꾸역꾸역 흘러나와 처참한 모습이었다.

"흐으으… 이놈… 무간백구호……."

피범벅인 그녀의 표정에 분노와 놀라움이 뒤섞였다.

아방나찰인 자신이 한낱 무간자에게 당했다는 분노와, 태무악이 복부를 찔리고도 일 갑자 이상의 공력을 발휘했다는 사실에 대한 놀라움이었다.

휘익!

오방찰은 피를 쏟으면서 태무악을 향해 곧장 쏘아왔다.

태무악은 가볍게 움찔했다.

그는 핏발이 곤두선 눈으로 오방찰을 쏘아보다가 몸을 돌려 전력으로 달리기 시작했다.

오방찰과 싸우는 것이 얻는 것보다는 잃는 것이 더 많다고 판단한 것이다.

오방찰이 보고 있기 때문에 그는 동북쪽으로 달렸다.

그는 무간옥을 탈출한 이후 줄곧 동쪽으로만 도주했다.

그때는 아무것도 모르고 동쪽으로 내달렸지만, 지금은 오방찰을 속이기 위해서 달리는 것이다.

그는 어느 정도 동북쪽으로 달리다가 지혈을 한 후 남쪽으로 방향을 바꿀 생각이었다.

　달리면서 힐끗 뒤돌아보자 오방찰은 추격하지 않고 그 자리에서 선 채 태무악을 주시하고 있었다.

　태무악이 평소에 생각했던 것보다 아방나찰은 더 강했다. 그리고 잔인했다.

　뼈가 부러지지 않는 신체를 가진 그였지만, 칼에는 어쩔 수가 없었다.

　지금은 한 걸음이라도 더 도망쳐야 하는 상황이기 때문에 거삭도에 찔린 복부를 살펴볼 여유가 없었다.

　거삭도는 이름 그대로 한쪽은 칼날이지만 다른 한쪽은 뼈죽뼈죽한 톱날이다.

　톱날은 칼날하고는 달리 살과 내장을 찢고 자른다.

　그래서 칼에 다섯 치를 찔린 것보다 거삭도에 세 치를 찔린 것이 더 치명적이다.

　속히 상처를 치료하지 않으면 많은 피를 흘리게 되고, 다친 내장은 돌이킬 수 없는 상태가 돼버릴 것이다.

　하지만 오방찰에게서 겨우 몇백 장 벗어난 것으로는 안심할 수가 없다.

　삐이익—!

　그때 뒤쪽에서 날카로운 호각 소리가 터져 나왔다.

　오방찰이 수하인 적귀들을 부르는 신호였다.

　태무악은 왼손에 힘을 주어 복부의 상처를 힘껏 누른 채 어금니를 악물고 사력을 다해서 달렸다.

적귀들은 직속상관인 아방나찰에게서 멀리 떨어지지 않는 것이 원칙이다.

오방찰의 호각 소리를 듣고 적귀들이 몰려온다면 태무악은 사면초가에 처하고 말 것이다.

털썩!

호각을 불고 난 오방찰은 그 자리에 무너지듯 주저앉았다.

왼 눈과 입에서 흐른 피가 그녀의 상체를 시뻘겋게 물들이고 있었다.

그녀가 빠르고 익숙한 솜씨로 왼 눈 부위를 지혈하자 더 이상 피가 흐르지 않았다.

하지만 눈알이 터져 버렸다. 그녀는 이후 평생 애꾸로 살아야만 할 것이다.

가부좌의 자세를 틀고 운공조식에 들어가기 전, 그녀는 입술을 깨물면서 하나뿐인 눈에서 새파란 안광을 쏟아내며 저 멀리 작은 점으로 멀어지고 있는 태무악을 쏘아보았다.

"빠드득! 무간백구호 네놈은 절대로 내 손에서 벗어나지 못한다!"


태무악은 욕심을 부렸다.

그래서 결국 그 욕심이 화를 불렀다.

오방찰과 그녀가 부른 아홉 명의 적귀에게서 한 걸음이라도 더 도망치기 위해서 복부의 상처를 치료하지 않은 것이 화근이었다.

그는 오방찰을 뒤로하고 동북쪽으로 오 리쯤 달리다가 잠시 멈춰서 상처를 지혈했다.

그리고 오 리가량 더 가서 남쪽으로 방향을 꺾어 그때부터 쉬지 않고 계속 달렸다.

그러나 그는 그리 오래가지 못했다. 거삭도에 베어진 내장에서 계속 내출혈이 발생했기 때문이다.

지혈을 한 상태라서 장기에서 흐른 피는 몸 밖으로 배출되지 못하고 안에 고였다.

남쪽으로 방향을 꺾어 삼십여 리쯤 달렸을 때, 마침내 그는 가파른 언덕 위에서 정신을 잃고 수십 장 아래로 굴러 떨어졌다.

한 가지 다행한 것은 그의 몸이 언덕 아래에 수북이 쌓인 낙엽더미 속에 파묻혔다는 사실이다.

그리고 그 위로 한 잎 두 잎 나뭇잎이 떨어져서 덮였다.


태무악이 떠나고 나서 두 시진 후 소녀는 혼절에서 깨어나 구덩이에서 나왔다.

그녀는 혹시 주위에 태무악이 있는지 일말의 기대를 갖고 찾아보았지만 허사였다.

태무악의 발길질에 얻어맞은 그녀의 왼쪽 눈 주위가 시커멓게 멍이 들고 퉁퉁 부어 있었다.

그것은 마치 태어나면서부터 눈 주위에 검은 반점을 지닌 것 같은 모습이었다.

모습만 그런 것이 아니라 눈알이 빠지는 것처럼 아팠으며 머릿속이 심하게 흔들렸다. 그녀로서는 이런 고통을 난생처음 겪어보는 것이다.

그녀는 태무악이 자신을 버린 이유를 어렵지 않게 짐작할 수 있었다.

그는 벽라촌이라는 곳을 찾고 있는데, 그녀는 벽라촌을 모르고 있기 때문이었다.

그것 이상 간단명료한 이유가 없었다.

그러나 소녀는 태무악을 원망하지 않았다.

오히려 그에게 도움을 받았기 때문에 원망보다는 고마운 마음이 앞섰다.

더구나 태무악은 그녀 생애에서 첫 입맞춤을 한 남자다.

아무리 지금처럼 절박한 상황이라고 해도 그 사실은 그녀의 순결한 마음에 너무도 뚜렷한 화인(火印)을 새겼다.

구덩이 주변에 태무악이 없다는 사실을 확인한 그녀는 태양의 위치를 보고 방향을 가늠하고는 하북성이 있는 남쪽으로 향했다.

초겨울의 황량한 대자연 앞에 내던져진 그녀를 가장 괴롭힌 것은 혹독한 추위였다.

추위를 피하기 위해서 불을 피울 수도 있었지만, 그러면 걸음을 멈추어야만 했다.

그래서 그녀는 두 팔로 상체를 최대한 감싸고 몸을 웅크린 채 계속 걸었다.

하지만 워낙 몸이 허약한 그녀는 반 시진 이상 걷기가 어려웠다.

다리가 후들후들 떨렸고 몸이 휘청거리면서 금방이라도 쓰러질 것처럼 어지러웠다.

그래서 숲 속 나무 그루터기에 앉아 잠시 쉬려고 했더니 이번에는 추위가 뼛속까지 스며들었다.

걸을 때에는 다리가 아프고 힘든 데다 몸에서 열이 나서 그다지 추운 줄 몰랐다.

그런데 쉬려고 멈추니끼 기다렸다는 듯이 추위가 엄습했다.

그렇지만 잠시 쉬는 것뿐이라서 힘들여 불을 피울 엄두가 나지 않았다.

소녀는 휴식을 포기하고 다시 걷기 시작했다. 그 대신 쉬는 것처럼 느릿느릿 걷는 방법을 택했다.

그러다가 기운이 좀 회복된 것 같으면 다시 빠른 걸음으로 걸었다.

그렇지만 그녀의 '빠른 걸음' 과 '느린 걸음' 은 거의 구별이 되지 않을 정도였다.

'빠른 걸음' 이 열 호흡에 열대여섯 걸음이라면, '느린 걸음' 은 열 걸음으로 불과 대여섯 걸음 차이였다.

하지만 당사자인 그녀에게 '빠른 걸음' 과 '느린 걸음' 은 큰 차이가 있었다.

몹시 힘이 든다는 것과 조금 힘이 덜 드는 정도의 큰 차이인 것이다.

그렇게 '빠른 걸음' 과 '느린 걸음' 을 반복하던 그녀는 새로운 방법을 만들어냈다.

바로 '중간 걸음' 이었다. 말 그대로 빠르지도 느리지도 않은 속도였다.

'중간 걸음' 은 열 호흡에 열두세 걸음인데, '빠른 걸음' 에 비해서 그리 힘들지 않았고, '느린 걸음' 보다는 조금 더 힘이 들었지만 그 정도는 견딜 수 있었다.

그녀는 늦은 아침부터 뉘엿뉘엿 해가 질 무렵까지 하루 종일 쉬지 않고 중간 걸음으로 걸었다.

그렇게 해서 온 거리는 약 십오 리 남짓이었다.

건강한 보통 사람이라면 늦은 아침부터 해질녘까지 아무리 못해도 칠팔십 리는 족히 갈 수 있다.

그것에 견주어보면 소녀의 걸음이 얼마나 느린지 능히 짐작할 수 있을 터이다.

하지만 소녀는 세상에 태어나서 오늘처럼 많이 걸어본 적이 없었다.

예전의 그녀는 집 밖에 나갈 때에는 언제나 마차나 가마를 이용했다.

걷는 것이라고는 이 방에서 저 방, 이쪽 전각에서 저쪽 전각으로 옮겨 가는 정도가 전부였다.

그것도 많은 하녀와 호위무사들을 거느린 상태에서였다.

오늘처럼 황량한 숲 속을 혼자서 하루 종일 십오 리나 걸으리라고는 상상조차 해본 적이 없었다.

석양빛이 숲에 뿌려질 무렵 소녀는 기진맥진한 상태였다.

아무 데나 그대로 쓰러져서 눕고만 싶었다.

잠이 들든 죽든 모든 것을 운명에 맡기고 싶었다.

하지만 그녀의 정신력은 그래서는 안 된다고 지속적으로 설득하고 타일렀다.

곧 숲에 어둠이 찾아들 테고, 해가 떠 있는 낮하고는 비교도 할 수 없는 추위가 닥쳐올 것이다.

그것에 대비하지 않는다면 그녀는 이 숲 속에서 꼼짝없이 얼어 죽고 말 터이다.

'이대로 포기할 수는 없어. 난 죽지 않을 거야!'

소녀는 선천적으로 몸이 허약한 대신 강인한 정신력을 지니고 있었다.

이런 곳에서 죽어 들짐승의 먹이가 돼버리는 것은 너무나 억울했다.

부모님과 일가친척, 그리고 수많은 측근들이 누구에게 왜 죽었는지를 기필코 알아내야만 한다.

그리고 할 수만 있다면, 아니, 무슨 일이 있어도 반드시 그 원수를 갚고 싶었다.

그래야만 부모님을 비롯한 많은 원혼들이 구천을 떠돌지 않을 것이다.

그것은 어느 날 갑자기 구중궁궐에서 황량한 들판으로 내던져진 한 소녀의 사명이었다.

지금 그녀가 갖고 있는 유일한 무기는 정신력뿐이었다.

그마저 무너진다면 그녀의 사명도 무너지고 말 터이다.

소녀는 이를 악물고 극도로 지친 몸을 이끌면서 어두운 숲 속을 이리저리 헤맨 끝에 마침내 밤을 샐 적당한 장소를 찾아낼 수 있었다.

그곳은 숲 속의 공터 한쪽에 몇 개의 바위가 서로 어지럽게 기대 있어서 안쪽에 아담한 공간을 이루고 있는 장소였다.

소녀는 그 공간에 마른 나무와 낙엽더미를 충분히 구해서 가져다놓았다.

그 행동만으로 그녀는 숨을 쉬기 어려울 정도로 힘들어서 한동안 낙엽더미 위에 쓰러져 있어야만 했다.

그대로 잠이 들어버릴 만도 하지만 잠시 후에 그녀는 기어코 일어나서 앉았다.

불을 피워야 하기 때문이었다. 그대로 잠이 들면 얼어 죽을 것이라는 사실이 그녀를 일으켰다.

정신력만으로 따진다면 그녀는 태무악에 못지않았다.

그녀는 준비해 놓은 두 개의 마른 나무, 즉 단단하면서도 길쭉한 나무와 납작한 나무를 도구로 삼아서 불을 피우기 시작했다.

바닥에 놓은 납작하고 편평한 나무 복판에 길쭉한 나무를 세워서 두 손으로 잡고 쉬지 않고 손바닥으로 비벼 두 나무를 마찰시켰다.

나무끼리 비벼서 불을 피운다는 상식을 알고는 있었지만 실제 해보는 것은 처음이었다.

그러나 오래지 않아서 연약하기만 한 그녀의 두 손바닥이 터지고 피가 흘렀다.

너무나 쓰라리고 아팠지만, 불을 피워야만 하기 때문에 계속 나무를 비볐다.

그렇지만 흐릿한 연기만 피어날 뿐 불이 붙을 기미는 전혀 보이지 않았다.

결국 그녀는 두 손바닥이 다 찢어지고 터져서 피가 철철 나자 동작을 멈추고 말았다.

불을 피우기 전에 손바닥이 거덜이 나고 말 것 같았다. 그리고 기력도 크게 쇠잔해졌다.

그러나 두 손바닥이 만신창이가 되더라도 불을 피울 수만 있다면 포기하지 않을 것이다.

그녀는 강한 정신력만큼이나 강한 집념을 갖고 있었다.

손바닥의 아픔도 잊은 채 골똘하게 생각에 잠겨 있던 소녀는 이윽고 한 가지 방법을 생각해 냈다.

그녀는 자신이 입고 있는 최고급 비단 상의에서 두 겹으로 바느질한 밑단을 뜯어냈다.

이어서 밑단을 줄 대용으로 삼아 하나의 곧고 단단하며 가느다란 나무의 양쪽에 단단하게 묶었다.

그리고는 불을 피우던 길쭉한 나무의 위쪽을 줄로 한 바퀴 감은 후 나무의 뾰족한 아래쪽을 납작한 나무의 한복판에 대고 줄의 끝을 당겨보았다.

그러자 길쭉한 나무가 줄의 힘으로 조금도 힘들이지 않고 회전했다.

더구나 두 손바닥으로 비빌 때보다 회전력이 더 빠르고 힘도 더 가해졌다.

오래지 않아서 두 나무의 마찰 부분에 대어놓은 부싯깃에 불이 붙었고, 작은 불길은 낙엽으로, 그리고 다시 마른 나무로 옮겨 붙었다.

"아아!"

소담스럽게 활활 타오르는 모닥불에 몸을 쬐면서 소녀는 작은 성취감에 흐뭇한 미소를 지었다.

예전의 그녀는 자신이 하는 일이라곤 글을 읽는 것 외에는 아무것도 없었다. 모든 것을 하녀나 수하들이 해주었다.

그런 그녀가 제 손으로 직접 불을 피운 것이다. 그녀는 자신이 대견스러웠다.

그리고 앞으로 무슨 일이 닥쳐도 너끈히 헤쳐 나갈 수 있을 것 같은 작은 자신감이 생겼다.

따뜻한 불가에 앉아 있으니 졸음이 쏟아졌다.

배가 몹시 고팠지만 견딜 수 있었다. 지금은 무엇보다도 잠을 자고 싶었다.

그녀는 모닥불에 나무를 넉넉하게 얹은 후 불가에 옆으로 웅크리고 누워 팔베개를 했다.

기다렸다는 듯이 눈꺼풀이 천 근 무게로 덮였다.

꿈속에서 소녀는 태무악과 세 번째 입맞춤을 했다.

그 입맞춤은 전의 두 번과는 달리 몹시 달콤했다.

第六章

신체(神體)

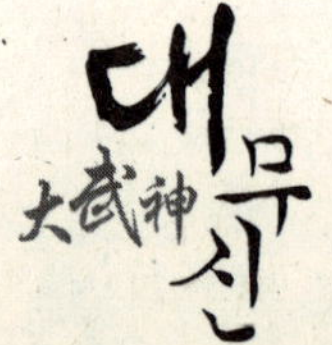

깊은 잠에 빠진 소녀는 모르고 있었지만, 밤사이에 한 명의 아방나찰과 세 명의 적귀가 그녀를 발견하고는 잠시 지켜보다가 사라졌다.

아방나찰이나 적귀들은 자신들이 추격하고 있는 무간자와 소녀가 아무런 연관이 없다는 판단을 내렸다.

그렇지 않았다면 소녀는 잠든 사이에 제압되어 어디론가 끌려갔을 것이다.

한 가지 다행인 것은, 소녀를 추격하던 자객들이 그녀를 발견하지 못했다는 사실이었다.

사실 자객들은 그녀가 낭떠러지에서 추락하여 빠졌던 강

의 하류 쪽을 이 잡듯이 뒤지고 있는 중이었다.

소녀가 죽었다면 시체를 찾아서 가져가야 하기 때문이었다.

다음날 아침에 깨어난 소녀는 다시 남쪽으로 길을 떠났다.

길을 가다가 우연히 낙엽더미 속에서 말라비틀어진 나무 열매 하나를 발견한 그녀는 허겁지겁 먹어치웠다.

그래서 그녀는 가을에 나무에서 떨어진 열매가 낙엽 속에 묻혀 있다는 사실을 알게 되었다.

그때부터 그녀는 길을 가다가 배가 고프면 그 자리에 멈추어서 낙엽더미를 파헤쳤다.

하지만 열매는 그다지 많지 않아서 허기를 면하기는 턱없이 부족했다.

그저 간신히 목숨을 연명시켜 주는 정도였다.

헛수고를 하는 경우가 허다했지만, 아주 가끔 나무 열매를 발견하여 그것을 먹을 때면 그동안의 고생이 씻은 듯이 사라지곤 했다.


사흘 후.

소녀는 처음 구덩이에서 나와 남쪽으로 오십여 리쯤 되는 곳에 이르렀다.

그녀는 자신이 얼마나 왔는지는 알지 못했다.

다만 앞으로 가야 할 길이 그보다 몇 배는 더 멀 것이라는 사실은 짐작할 수 있었다.

그녀의 몰골은 더 이상 사람이라고 부를 수 없을 만큼 참담하기 이를 데 없었다.

입고 있는 옷은 옷인지 헝겊 쪼가리인지 모를 정도로 너덜너덜해서 여기저기 맨살이 드러났다.

또한 드러난 맨살은 갈라지고 긁힌 자국투성이였으며 더럽기 짝이 없었다.

마구 헝클어진 머리카락에 때가 낀 새카만 얼굴에서 두 눈만 보석처럼 반짝거렸다.

예전에 그녀를 그림자처럼 시중들던 하녀가 본다고 해도 결코 알아보지 못할 듯했다.

하지만 그녀는 자신의 변한 모습을 알지 못했고, 설혹 안다고 해도 개의치 않을 터이다.

이 순간의 그녀에겐 오직 살아남아야 한다는 일념만이 존재하고 있을 뿐이었다.

살아남아서 원한을 갚을 수만 있다면, 그녀는 무슨 대가라도 서슴없이 치를 각오가 되어 있었다.

턱!

그때 쓰러질 듯이 비틀비틀 걷던 그녀가 발에 무엇인가 걸려 앞으로 고꾸라졌다.

극도로 지친 그녀는 간신히 일어나다가 무심코 자신이 방금 걸려 넘어졌던 물체를 발견했다.

그것은 수북한 낙엽더미 속에 파묻혀 있는 사람이었다.

죽었는지 꼼짝도 하지 않았다.

그러나 소녀는 황량한 숲 속에서 죽어 있는 사람을 발견하고도 전혀 놀라지 않았다.

사실 놀랄 기력조차 남아 있지 않았다.

두 다리를 바들바들 떨면서 일어서려던 그녀는 동작을 뚝 멈추었다.

낙엽더미 속에서 반쯤 드러난 낯익은 얼굴을 발견한 것이다.

태무악이었다.

소녀의 얼굴에 놀라움보다 반가운 표정이 제일 먼저 물결처럼 떠올랐다.

그러나 그다음에 찾아든 것은 초조함이었다. 태무악이 죽은 것 같은 모습이었기 때문이다.

어디에서 그런 힘이 났는지 그녀는 급히 태무악에게 달려들어 가슴에 귀를 대보았다.

그렇게 한동안 있던 그녀의 얼굴에 안도의 표정이 떠올랐다.

태무악의 심장이 미약하게나마 뛰고 있는 것을 확인했기 때문이다.

그녀는 그의 가슴에서 뺨을 떼고 고개를 들다가 그의 왼손이 복부를 움켜잡고 있는 것을 발견했다.

그의 손과 복부, 하체는 온통 피투성이였으며 검붉게 말라붙은 상태였다.

그녀는 태무악이 복부를 다쳤기 때문에 혼절했다는 사실을 깨달았다.

그녀는 적잖이 당황했지만 침착함을 유지하려고 애썼다.

태무악이 누군가와 싸우다가 중상을 입었으며, 어쩌면 쫓기고 있을지도 모른다는 생각이 들었다.

그렇다면 그를 이대로 놔둬서는 안 된다.

어딘가 눈에 띄지 않는 안전한 장소로 옮긴 후에 상처부터 치료해야만 한다고 판단했다.

거기까지 생각한 소녀는 태무악의 몸에 낙엽을 수북이 덮어 은폐시킨 후 급히 그곳을 떠나 적당한 장소를 찾아보았다.

잠시 후 그녀는 태무악이 있는 곳에서 이십여 장쯤 떨어진 곳에서 마침 알맞은 장소를 발견했다.

둘레가 족히 다섯 아름은 됨 직한 거목의 아래쪽 땅과 맞닿은 부분에 한 사람이 겨우 비집고 들어갈 수 있을 만한 거목의 썩은 구멍이 있는데, 그 아래쪽에 예상 외로 넓은 공간이 자리하고 있었다.

소녀는 그 공간에 낙엽을 쓸어 넣어 바닥을 푹신하게 만든 후 급히 태무악에게 돌아갔다.

그러나 거기에서 난관에 부딪쳤다. 그녀의 힘으로는 도저히 태무악을 거목까지 끌고 갈 수가 없었다.

여러 방법으로 시도해 봤지만 역시 그의 몸은 제자리에서 꼼짝도 하지 않았다.

"학학학!"

결국 원래 지쳐 있던 소녀는 더욱 극도로 지치고 말았다.

그녀는 태무악 옆에 주저앉아 어떻게 하면 그를 거목까지 옮길 수 있을지 곰곰이 궁리를 해보았다.

일각쯤 지난 후 그녀는 착잡한 표정으로 고개를 살래살래 가로저었다.

지금 상황에서는 자신의 힘만으로 끌고 가는 것 말고는 달리 방법이 없었다.

이런 곳에서의 지혜는 한계가 있었다.

그녀는 지금 자신에게 필요한 것이 초인적인 능력이라는 결론을 내렸다.

원래 그녀는 제 몸무게 정도의 물체조차도 들지 못했다.

그런 그녀가 초인적인 능력을 발휘하려면 강인한 정신력이 밑바탕이 되어야만 할 것이다.

그녀가 이곳까지 오는 동안 발휘했던 정신력보다 몇 배는 더 강인한 정신력이 필요했다.

인간에게는 초인적인 능력이 잠재되어 있다는 사실을 소녀는 잘 알고 있다.

그녀는 잠시 태무악을 굽어보다가 지그시 입술을 깨물고는 몸을 일으켰다.

태무악은 하늘을 향해 누워 있는 자세였다.

그녀는 그의 몸 위에 등을 대고 누워서 그의 양팔을 잡아 자신의 어깨에 걸쳤다.

그리고 다리를 넓게 벌려 무릎을 세우고 발바닥으로 바닥을 힘껏 디뎠다.

이후 몸을 좌우로 서너 차례 흔들다가 한순간 온 힘을 쏟아 왼쪽으로 몸을 쓰러뜨려 엎드리는 자세를 취하면서 태무악을 업었다.

그녀는 태무악의 양팔을 잡은 채 무릎을 꿇고 잔뜩 웅크린 자세에서 그를 등에 업는 데 가까스로 성공했다.

'해냈어!'

그녀는 설마 자신이 태무악을 업으리라고는 예상하지 못하고 있었는데, 이 작은 성공이 그녀를 크게 고무시켰다.

그래서 그녀는 어쩌면 태무악을 업은 채 일어나는 것도 해낼 수 있을 것이라는 생각이 들었다.

그녀의 체구가 워낙 가냘프기 때문에 위에서 보면 태무악의 몸에 가려서 그녀의 모습은 아예 보이지도 않았다.

'이 사람을 살려야만 해!'

소녀는 잔뜩 웅크린 채 헐떡이면서 속으로 외쳤다.

그를 위해서가 아니라 자신을 위해서 그를 살려야만 했다.

그녀가 태무악을 돌보아서 천행으로 살리게 된다면, 그는 이번만큼은 그녀를 매몰차게 뿌리치지 못할 것이다.

소녀는 절실하게 태무악이 필요했다.

그녀는 자신의 힘으로 목적지까지 갈 자신이 없었다.

'제발 소녀에게 힘을 주세요.'

그녀는 눈을 꼭 감고 돌아가신 부모님께 간절히 빌었다.

"후우… 후우… 후우……."

이어서 호흡을 깊고 길게 들이쉬고 내쉬기를 십여 차례 계속했다.

한순간 그녀는 숨을 크게 들이쉰 후 이를 힘껏 악물고 두 발에 온 힘을 집중시켰다.

다 찢어지고 더러워진 치마에 감싸인 그녀의 가느다란 두 다리가 애처로울 정도로 바들바들 떨어댔다.

"으으……."

부러질 듯이 악다문 이빨 사이로 진득한 신음이 새어 나왔다.

그러면서 무릎이 아주 느릿하게 펴졌다.

그녀의 얼굴에 피가 몰려 홍시처럼 새빨갛게 물들었다.

목과 이마에 굵은 힘줄이 불끈불끈 솟았으며, 두 눈은 금방이라도 찢어질 듯이 부릅떠졌다.

지금껏 살아온 십사 년의 세월 동안 소녀는 지금처럼 눈을 부릅뜨고 힘줄이 불거지기는 처음이었다.

'오래 버틸수록 더 힘들어질 거야.'

그녀는 자신의 초인적인 능력이 그리 오래가지 않으리라

는 사실을 잘 알고 있었다.

이윽고 그녀의 무릎이 다 펴졌다.

서 있는 것조차도 사력을 다해서 버티고 있는 중이었다.

하지만 앞으로 걸음을 옮겨야지 서 있는 것만으로는 아무런 의미가 없었다.

얼마나 이를 악물었는지 그녀의 까칠하고 창백한 입술이 터져서 피가 흘러나왔다.

마침내 그녀는 온몸을 사시나무 떨 듯이 떨어대며 첫발을 내디뎠다.

이어서 두 걸음 세 걸음, 느리지만 규칙적으로 떨리는 걸음을 옮겨놓았다.

그녀는 오직 한 가지 생각만 했다.

여기에서 쓰러지면 목적지까지 갈 수 없으며, 그럼 부모님의 원수를 갚지 못할 것이라고.

채 열 걸음을 걷기도 전에 그녀의 허리가 점점 굽어져서 얼굴과 땅의 거리가 채 두 자도 되지 않았다.

태무악의 발은 바닥에 질질 끌렸다.

또한 그의 몸이 마치 태산처럼 무거웠다.

약간 떨어져서 보면 소녀의 모습은 태무악에게 파묻혀서 보이지도 않았다.

마치 태무악이 혼자 이상한 자세로 아주 느리게 나아가고 있는 것 같은 모습이었다.

소녀의 바들바들 떨리는 무릎도 점점 더 구부러졌다.

그러나 그녀는 악착같이 걸음을 멈추지 않았다. 그대로 엎어지면 기어서라도 갈 각오였다.

결국 그녀는 태무악을 거목까지 업고, 아니, 끌고 오는 데 성공했다.

이십여 장 거리를 오는 데 무려 반 시진이나 걸렸다. 그렇지만 그것이 끝이 아니었다.

태무악을 거목의 구멍 속으로 구겨 넣어야 하는 일이 남아 있었다.

그녀의 온몸은 땀으로 흠뻑 젖었고, 방금 감은 듯한 머리에서는 뽀얀 김이 모락모락 피어올랐다.

그녀는 마지막 힘을 다해 이각에 걸쳐서 태무악을 구멍 속으로 밀어 넣었다.

쿵!

태무악이 거목 속 바닥으로 묵직하게 떨어지는 것과 동시에 그녀도 그 자리에 엎어졌다.

"하아아… 하아… 학학……!"

그녀는 금방이라도 숨이 넘어갈 것처럼 할딱거렸다.

물에 담갔다가 꺼낸 듯이 온몸이 흠뻑 젖은 그녀는 엎드린 채 사지를 푸들푸들 떨어댔다.

그녀는 곧 숨이 끊어질 것처럼 헐떡이면서 일각 동안 그 자세로 있다가 다시 가까스로 몸을 일으켰다.

그러나 거목 안으로 들어가지는 않았다.

아직 할 일이 남아 있기 때문이었다.

그녀는 태무악이 쓰러져 있던 곳으로 발을 끌 듯이 비틀거리면서 걸어갔다.

그곳에서부터 오랜 시간과 노력을 쏟아 남아 있는 흔적들을 최대한 없애면서 거목까지 뒷걸음쳤다.

그러면서 몇 번이나 엉덩방아를 찧었는지 모른다.

초인적인 능력 같은 것은 아까 태무악을 거목 속으로 밀어넣을 때 이미 다 소진했다.

지금 흔적을 지우고 있는 그녀의 힘은 조금 전까지만 해도 없는 것이었다.

그것은 독기(毒氣)였다.


소녀가 눈을 떴을 때에는 어두컴컴한 중에 몇 가닥 흐릿한 빛이 넘실거리듯 새어 들어오고 있었다.

거목의 위쪽 가느다랗게 갈라진 틈이나 벌레 구멍으로 햇살이 스며드는 것이었다.

태무악을 거목까지 끌고 오면서 생긴 흔적과 거목의 구멍을 나뭇가지와 낙엽으로 막은 것이 그녀가 기억하고 있는 마지막이었다.

그리고는 거목 속으로 굴러 떨어져서 그대로 혼절했다.

소녀는 눈을 뜨고 가만히 있었다.

그녀는 태무악의 어깨를 베고 있는 자신을 발견했다.

뿐만이 아니라 자신의 팔로 그의 가슴을 안고 있는 사실을 깨달았다.

하지만 약간의 부끄러움이 오롯이 피어날 뿐 놀라거나 당황하지는 않았다.

그녀는 태무악이 남처럼 느껴지지 않았다.

절박한 상황에서 그를 두 번씩이나 만났고, 입맞춤을 했으며, 거의 목숨을 걸다시피 그를 거목 안으로 옮겼다.

그런 것들은 마치 그와 생사고락을 함께한 것 같은 느낌이 들게 하였다.

상황이 원수, 혹은 벗을 만드는 법이다.

소녀는 추위를 느끼지 못했다.

자는 동안에도 추웠다면 잠이 깼을 텐데 한 번도 깨지 않고 잘 잤다.

나무속이라서 찬바람이 스며들지 않고 낙엽을 수북이 깔아놓은 데다 태무악의 품에 안겨서 잤기 때문일 것이다.

'얼마나 잤을까?'

그녀는 몸을 일으켰다.

"아……!"

그러나 그녀는 온몸이 부서지는 듯한 통증을 느끼며 쓰러지듯 다시 누웠다.

태무악을 끌고 오느라 사력을 다했던 것이 한숨 자고 나니까 온몸의 통증으로 나타난 것이다.

그녀는 잠시 누워 있다가 몸을 뒤척여서 돌아누운 후 손으로 벽을 짚고 조심스럽게 일어나 앉았다.

단지 일어나 앉는 것만으로도 그녀는 온몸이 조각나는 듯한 고통을 맛보아야만 했다.

힘겹게 자세를 똑바로 하고 앉은 그녀는 태무악의 얼굴을 살펴보았다.

그의 안색은 창백하기 짝이 없었다.

소녀는 겁이 더럭 났다.

혹시 그사이에 그의 숨이 끊어진 것은 아닐까 하는 걱정이 먹구름처럼 피어났다.

조심스럽게 태무악의 손목을 잡고 맥을 짚어보았다.

명문의 자손들은 여러 학문과 더불어 병법(兵法)과 의술(醫術)을 익히는 것이 거의 의무화되어 있었다.

소녀도 예외는 아니었다.

아니, 오히려 그녀는 어릴 때부터 의술에 남다른 흥미를 느껴 수많은 의서를 탐독하고 명의들을 초빙하여 스승으로 삼았다.

그렇게 배운 의술을 여태껏 사람에게 직접 펼친 적은 없었지만, 그녀는 스승들로부터 청출어람이라는 칭찬을 귀가 따갑게 들었다.

태무악의 맥을 짚어본 소녀는 일단 안심했다. 미약하기는 하지만 맥이 뛰고 있었기 때문이다.

하지만 몹시 위험한 상태라서 당장 손을 써야만 했다.

그를 거목 속으로 옮겨온 직후에 치료를 해야 했는데 소녀는 초주검 상태여서 그럴 수가 없었다.

도대체 그때부터 지금까지 시간이 얼마나 지난 것일까?

치료가 너무 늦어버린 것은 아닐까?

손을 쓸 수 없는 상태가 돼버렸다면 어쩌나?

그런 여러 생각들이 기다렸다는 듯이 한꺼번에 밀물처럼 엄습하자 소녀는 자신의 몸이 아프다는 사실도 잊은 채 빠르게 움직이기 시작했다.

그녀는 우선 태무악이 자신의 배를 움키듯이 짓누르고 있는 왼손을 치우려고 했다.

그런데 어찌 된 일인지 손이 좀처럼 움직이지 않았다.

그녀가 두 손으로 온 힘을 다 쏟아도 그의 왼손은 끄떡도 하지 않았다.

결국 그녀는 한참 후에 숨을 할딱이며 손을 떼고 말았다.

어떻게 해볼 도리가 없었다.

그녀는 믿어지지 않는다는 표정으로 태무악의 얼굴을 바라보았다.

시체나 다름없는 상태면서도 이처럼 완강하게 힘을 주고 있다는 것은 그의 정신력이 얼마나 강인한지를 보여주고 있는 것이다.

‘어쩌면 이 사람에게도 나처럼 기필코 해야만 할 일이 있는 걸지도 몰라.’

소녀는 그렇게 이해하기로 했다. 그리고 이것은 힘으로 해결할 일이 아님을 깨달았다.

그녀는 상체를 숙여 그의 귀에 입술을 바짝 대고 부드럽게 속삭였다.

“소녀는 당신 편이에요. 그러니 당신을 도울 수 있도록 손을 치워주세요.”

그렇게 말하면서 그녀는 문득 자신의 원한이 생각나 눈시울이 뜨거워졌다.

그래서 더 애절하고 간절한 목소리가 흘러나왔다.

“당신이 죽으면 벽라촌에는 갈 수 없어요. 그곳이 당신의 고향인가요? 그래서 가족을 만나러 가려는 것인가요? 그렇다면 반드시 살아야만 해요. 부디 내가 치료할 수 있도록 손을 치워주세요.”

그리고 나서 소녀가 태무악의 왼손을 조심스럽게 잡고 들어 올리자 놀랍게도 가볍게 들려졌다.

그러나 그녀는 이 괴이한 현상에 조금도 놀라지 않았다.

뭐라고 설명할 수는 없지만 충분히 이해할 수 있었다.

그리고 이 신비한 현상 덕분에 그녀는 태무악이 더욱 친밀하게 느껴졌다.

그녀가 상처 부위의 말라붙고 찢어진 옷을 조심스럽게 걷어내자 상처가 드러났다.

피는 흐르지 않았는데 마치 밥을 잔뜩 먹은 직후처럼 배가 불룩하게 솟아 있었다.

상처를 잠시 살펴본 그녀는 그렇게 된 원인을 어렵지 않게 알아냈다.

복부를 칼에 깊이 찔렸는데 임시방편으로 겉의 상처만 지혈했기 때문에 안쪽의 베어진 장기(臟器)에서 흐른 피가 안에서 고여 썩고 있는 것이었다.

소녀는 태무악이 서둘러서 겉의 상처만 지혈한 이유가 도주를 하면서 피를 흘려 흔적을 남기지 않으려는 의도였음을 짐작할 수 있었다.

그는 분명히 쫓기고 있는 몸이었다.

그와 소녀는 쫓기고 있다는 공통점까지 있었다.

그런데 한 가지 이상한 점이 있었다.

태무악의 칼에 찔린 상처가 어느 정도 아물어 있었다.

아니, 지금도 아물고 있는 중이었다.

상처에 딱지가 앉았고 그 주위에 새살이 돋아나고 있는 것이 보였다.

'어떻게 이럴 수가 있지?'

소녀가 놀란 얼굴로 몇 번이나 자세히 살펴봤지만 잘못 본 것이 아니었다.

소녀가 태무악과 헤어진 것은 사흘 전이었다.

그렇다면 태무악은 그 사흘 사이에 상처를 입었을 것이다.

설혹 그가 소녀와 헤어진 직후에 상처를 입었다고 해도 사흘 만에 상처가 아물고 새살이 돋아난다는 것은 실로 놀라운 일이었다.

소녀는 비록 어린 나이지만 저명한 의원 못지않은 방대한 양의 의서를 읽었다.

그렇지만 그녀의 박식한 의학적 상식으로도 태무악의 이런 상태를 이해할 수가 없었다.

치료를 하지도 않은 상태에서 상처가 아문다는 것은 금시초문이었다.

그래서 결국 그녀는 태무악이 예전에 신비한 영약을 먹었거나, 아니면 선천적으로 특수한 신체를 갖고 태어났을 것이라고 결론을 내렸다.

두 가지 다 설득력이 없었지만, 현재로선 그렇게 이해할 수밖에 없었다.

소녀는 또 한 가지 결론을 내렸다.

태무악의 겉의 상처가 아물고 있다면, 칼에 의해서 베어진 안쪽의 장기도 아물고 있다고 봐야 한다는 사실이다.

그렇다면 그녀가 할 일은 복부 안에 차 있는 썩은 피를 뽑아주기만 하면 된다.

그녀는 두 손을 들어 자신의 엉망으로 헝클어진 머릿속을 더듬었다.

잠시 후 그녀의 양손에는 똑같은 모양의 비녀가 하나씩 쥐어져 있었다.

아니, 똑같은 모양이 아니었다.

둘 다 손가락 하나 반 정도의 길이이고 비취색인 것은 같은데, 하나는 비녀 머리 부분에 봉(鳳)이 새겨졌고 다른 하나는 황(凰)이 새겨져 있었다.

즉, 그 비녀 한 쌍은 취봉황잠(翠鳳凰簪)이라는 것으로, 천하를 통틀어 몇 개밖에 없는 극히 귀한 물건이었다.

소녀는 한 쌍의 비녀 중에 봉이 새겨진 취봉잠을 힘을 주어 두 손으로 움켜쥐고 뾰족한 부위를 태무악의 불룩한 배 한곳에 갖다 댔다.

"후우!"

그녀는 한차례 길게 심호흡을 하고 나서 주저하지 않고 힘껏 찔렀다.

푹!

그냥 무턱대고 찌르는 것이 아니다. 너무 깊으면 내장이 다치고 얕으면 다시 찔러야 하기 때문에 적절한 힘의 안배가 필요했다.

소녀는 취봉잠의 끝 부분이 상피와 내피를 뚫고 두 치쯤 더 들어가자 즉시 취봉잠을 뽑아냈다.

순간 뚫린 구멍으로 검붉은 액체가 분수처럼 뿜어졌다.

죽은피, 즉 사혈(死血)이었다.

　분출이 멈추자 소녀는 두 손으로 태무악의 복부를 누르고 주물러서 마지막 한 방울까지 짜냈다.

　그러자 오래지 않아서 불룩하던 배가 거짓말처럼 납작하게 변했다.

　그의 배는 구릿빛으로 잘 그을려져 있었으며 울퉁불퉁 근육의 골이 새겨져 있었다.

　소녀가 할 수 있는 일은 거기까지뿐이었다.

　약도 침도 뜸도 없기 때문에 지금과 같은 상황에서 그녀의 해박한 의학적 지식은 그다지 쓸모가 없었다.

　그녀는 자신의 옷을 찢어내서 태무악의 배 주위에 묻은 썩은 피를 닦아주었다.

　그 과정에서 그녀는 태무악의 복부뿐만이 아니라 온몸에 무수한 상처가 난 것을 보았다.

　그중에서 옆구리와 허벅지의 상처가 가장 깊다는 사실을 알게 되었다.

　하지만 그 두 군데 상처는 거의 아문 상태였다.

　소녀는 태무악의 등에도 깊은 상처가 있다는 사실은 알지 못했다. 하지만 그 상처 역시 거의 아물어 있었다.

　소녀는 태무악의 옆에 앉아서 간절한 마음으로 그가 회복되기를 기다렸다.

　그러다가 깜빡 잠이 들었다.

# 第七章
동행(同行)

그녀가 다시 깼을 때에는 주위가 칠흑처럼 캄캄했다.

그녀는 눈을 뜨는 것과 동시에 주위를 더듬었다.

태무악의 상태가 궁금했기 때문이다.

거목 속 구덩이는 좁기 때문에 그녀가 앉아서 두 팔을 벌려 휘저으면 어디든 닿는다.

그런데 어찌 된 일인지 태무악의 몸이 만져지지 않았다.

소녀는 가슴이 철렁 내려앉았다.

'날 두고 가버렸어.'

한 번 그녀를 버리고 떠났던 사람인데, 두 번은 왜 버리지 못하겠는가?

그런데 어째서 그녀는 그가 자신을 데리고 갈 것이라고 철석같이 믿고 있었단 말인가?

그는 가버렸다.

그래서 그녀는 다시 처음처럼 혼자가 됐다.

그녀는 더없이 슬픈 얼굴로 그 자리에 오도카니 앉아서 언제까지고 움직이지 않았다.

아무 생각도 떠오르지 않았다. 머릿속이 백지처럼 하얗기만 했다.

그저 텅 빈 머리로 아무것도 보이지 않는 캄캄한 허공만을 응시하고 있었다.

그녀는 머릿속에서 뇌가 빠져나간 것 같았다.

그뿐 아니라 심장도, 몸속의 온갖 내장도 다 사라져 버린 것 같은 기분이었다.

태무악이 말없이 가버린 것은 그녀를 목적지까지 데려다 줄 길잡이를 잃은 것 이상의 의미가 있었다.

하지만 그것이 무엇인지 알 수 없었고, 지금은 알고 싶은 생각도 없었다.

바스락.

그때 멍하니 앉아 있는 소녀의 앞쪽 머리 위에서 작은 소리가 흘러나왔다.

그녀는 그것이 누군가 거목의 구멍을 막아놓은 나뭇가지와 낙엽을 치우는 소리라는 것을 깨달았다. 갑자기 가슴이 마구 뛰기 시작했다.

삭!

그리고 어떤 물체가 자신의 앞에 내려서는 것을 느꼈다.

아무것도 보이지 않았지만 소녀는 그것이 태무악이라는 사실을 직감했다.

'날 버리지 않았어.'

몸이 바닥 속으로 푹 꺼지는 듯한 안도감과 함께 이유를 알 수 없는 눈물이 왈칵 쏟아졌다.

태무악은 소녀의 맞은편에 앉아서 그녀가 소리없이 눈물을 흘리는 것을 무표정하게 응시하고 있었다.

그때 갑자기 소녀가 태무악을 향해 쓰러지는 듯하더니 그의 품으로 안겨들었다.

그녀는 감정에 솔직했다. 그것이 태무악과 극명하게 다른 점이었다.

태무악은 뻣뻣하게 앉아 있고, 소녀는 그의 가슴에 얼굴을 묻은 채 몸을 떨면서 울음소리를 내지 않으려고 애쓰면서 흐느꼈다.

툭!

그때 태무악이 그녀의 가슴을 가볍게 밀쳤다.

소녀는 뒤로 확 밀려나 엉덩방아를 찧으면서 뒷머리와 등을 나무 벽에 세게 부딪쳤다.

그는 가볍게 밀었으나 소녀에게는 결코 가볍지 않았다.

소녀는 등과 뒷머리가 아팠으나 태무악이 떠나지 않았다는 감격이 사라지지는 않았다.

그녀는 가만히 앉아서 태무악이 있을 것이라고 짐작되는 방향을 말끄러미 바라보았다.

조금 전까지만 해도 하늘이 무너지는 것 같았는데, 지금은 세상을 다 얻은 것 같은 기분이었다.

사삭, 삭.

그때 태무악 쪽에서 작은 소리가 들렸다.

그러더니 곧 비린내가 확 풍겨왔다. 한 번도 맡아본 적이 없는 역한 비린내였다.

으적으적.

그리고는 곧 태무악이 무언가를 씹어 먹는 소리가 들렸다.

그러자 좁은 공간 내에 비린내가 더 심하게 퍼졌다.

소녀는 태무악이 무엇을 먹고 있다는 것을 깨달았다.

갑자기 극심한 허기가 느껴졌다.

연건후와 헤어진 지난 나흘 동안 그녀가 먹은 것은 말라비틀어진 나무 열매 몇 개가 고작이었다.

허기보다도 무엇이든 먹어야만 힘을 차릴 수 있다는 생각이 더 강하게 들었다.

그리 오래 겪어보지는 않았지만 이제 소녀는 태무악의 성격을 어느 정도 짐작할 수 있었다.

우선 그는 누구와 비교할 수 없을 정도로 과묵하다.

그리고 무뚝뚝하다. 아니, 인간적인 감정 같은 것이라곤 찾아볼 수가 없다.

그러므로 그가 자상하게 소녀에게 먹을 것을 챙겨줄 것을 기대하기는 어려웠다.

그는 그 자신밖에 모르는 사람이다.

그렇지만 이대로 가만히 있는다면 꼼짝없이 굶어야만 할 것이다.

"저……."

이윽고 소녀는 용기를 내어 입을 열었다.

상대가 과묵하고 무심한 성격이라면, 반대로 이쪽에서 사근사근 정감있게 행동해야 한다.

다행히 소녀는 원래 천성적으로 다정다감하고 감성이 풍부한 성격이었다.

"소녀에게도 먹을 것을 조금 나눠 줄 수 없나요?"

그러자 태무악의 씹는 소리가 뚝 멈추었다.

소녀는 바짝 긴장했다. 큰 눈을 더 크게 뜨고 보이지 않는 태무악 쪽을 응시했다.

가슴이 콩닥콩닥 뛰는 소리가 그녀의 귀에 너무도 크게 들려왔다.

툭!

갑자기 그녀의 무릎 위로 무언가 묵직한 물체가 던져졌다.

예전 같았으면 화들짝 놀랐겠지만, 현실에 빠른 속도로 적응하고 있는 소녀는 가슴이 한차례 두근거렸을 뿐 아무렇지도 않았다.

소녀는 무릎 위에 놓인 물체를 두 손으로 집어 들었다.

미끌거리면서도 축축한 감촉이었다. 그리고 그것에서 여태까지보다 더 역한 비린내가 풍겼다.

"욱!"

헛구역질이 올라왔다.

우적우적!

태무악의 씹는 소리가 들려왔다.

역한 비린내가 나지만 태무악이 먹고 있다.

그가 먹는 것을 자신이라고 먹지 못할 리가 없다고 소녀는 생각했다.

소녀는 물체, 즉 고깃덩이를 두 손으로 잡고 천천히 입으로 가져갔다.

먹어야 한다는 생각과는 달리 고깃덩이에서 풍기는 비린내가 더욱 짙어지자 몸이 먼저 반응했다.

"우욱! 욱!"

그녀는 헛구역질을 해대면서도 결사적으로 고깃덩이를 입에 갖다 댔다.

그리고 숨을 멈추었다. 그러면 비린내를 맡지 못할 것이라고 생각한 것이다.

눈을 질끈 감고 살점을 작게 베어 물었다.

가만히 입 안에 물고 있다가 숨이 차기 전에 씹어서 삼켜야 한다는 생각이 들었다.

그녀는 거의 미친 듯이 씹기 시작했다.

그녀의 정신은 고깃덩이에서 극심한 비린내가 나서 꺼려하고 있었다.

하지만 실로 오랜만에 왕성한 저작(詛嚼:씹는 것) 활동을 하게 된 입은 반대로 흥분을 감추지 못하고 있었다.

더구나 고깃덩이가 잘게 부서지고 침과 섞이자 뜻밖에도 고소한 육즙의 맛이 우러나왔다.

흥분을 느낀 그녀는 자신도 모르는 사이에 고기를 한 입 더 베어 물었다.

이번에는 더 크게 물어뜯었으며 거리낌없이 씹었다.

그리고 그녀는 자신이 언제부턴가 숨을 쉬고 있다는 사실을 깨달았다.

더 이상 비린내가 나지 않았다.

아니, 분명히 비린내가 나고 있겠지만, 씹는 즐거움과 고소한 육즙, 그리고 목 안으로 씹은 것을 삼키는 쾌감 때문에 비린내를 망각한 것이 분명했다.

어느새 그녀는 태무악이 준 큼직한 고깃덩이 하나를 다 먹어치우고 만족한 듯 새빨간 혀로 입술을 핥았다.

신기한 일이었다.

조금 전까지만 해도 힘이 하나도 없었는데, 지금은 온몸에서 힘이 느껴졌다.

뱃속에 먹을 것이 들어갔다는 사실이 이처럼 큰 변화를 일으킬 줄이야.

소녀는 배가 불러오며 든든한 느낌이 들었다. 정말 오랜만에 느껴보는 포만감이었다.

그녀는 만족한 미소를 배시시 지으면서 태무악에게 물었다.

"무슨 고기죠?"

그러나 태무악은 대답하지 않았다. 대신 나직하고도 암울한 목소리로 반문했다.

"내게 무엇을 원하느냐?"

순간 소녀는 바짝 긴장했다. 태무악의 질문에 대한 대답은 조금 전에 먹은 고기가 무엇이냐 하는 것보다 훨씬 중요한 문제였다.

이윽고 그녀는 마음을 가다듬은 후 조금은 떨리는 목소리로 조심스럽게 대답했다.

"소녀를 중원의 제남(濟南)에 데려다 주세요. 제남은 남쪽에 있으며 이곳에서 천오백여 리 거리예요."

그가 무슨 말인가 하려고 할 때, 소녀가 다시 입을 열었다.

"그 대신 무슨 일이 있어도 반드시 당신이 원하는 벽라촌까지 안내하겠어요."

입을 열려던 태무악은 소녀를 한동안 묵묵히 응시하다가

고개를 끄덕였다.

"단, 나를 거슬리지 마라."

즉, 그가 하는 어떤 행동이든 무엇을 원하든 거역하지 말라는 뜻이다.

소녀는 고개를 숙였다.

"그러겠어요."

그리고 그녀에게도 조건이 있었다.

"당신을 거슬리지 않는 한, 소녀를 버리지 않겠다고 약속해 주세요."

태무악은 대답하지 않았다.

그의 침묵이 승낙이라는 사실을 소녀는 그동안의 경험으로 알 수 있었다.

그렇게 두 사람의 거래가 성립되었다.

소녀는 자세를 바로 하고 고개를 숙이면서 정식으로 자기 소개를 했다.

"소녀의 이름은 주령(朱玲)이에요."

소녀 주령은 태무악처럼 과묵한 사람이 답례로 자신의 이름을 밝힐 것이라고는 기대하지 않았다.

답례 대신 태무악이 몸을 일으켰다.

주령은 그가 출발하려는 것을 알아차리고 즉시 따라 일어서며 조심스럽게 말했다.

"조금 천천히 가면 소녀가 열심히 따라가겠어요."

태무악은 먼저 거목의 구멍 밖으로 나갔다.

그는 아까 주령이 잠든 사이에 밖으로 나와 주변을 자세히 살펴보았었다.

그래서 자신이 쓰러져 있던 그곳에서 거목까지 무거운 물체를 끌고 온 듯한 흔적을 발견할 수 있었다.

주령이 흔적을 없애느라 애쓴 것 같았지만 태무악의 눈에는 너무도 뚜렷하게 보였다.

그가 혼절해 있는 동안에 아방나찰이나 적귀들이 이곳에 오지 않은 것이 천만다행이었다.

태무악은 주령이 자신을 거목 안으로 옮긴 것과, 그녀가 자신을 치료한 사실도 알게 되었다.

그는 주변의 흔적을 완벽하게 없앤 후 먹을 것을 구해서 돌아왔던 것이다.

주령이 나오지 않고 있었다.

태무악이 거목의 구멍 안으로 고개를 디밀자 주령이 구멍 위로 오르려고 안간힘을 쓰면서 바동거리고 있는 애처로운 모습이 보였다.

슥─

태무악은 손을 뻗어 그녀의 뒷덜미를 잡고 간단하게 끌어 올려주었다.

그는 우뚝 서서 천천히 주위를 살피고 있었다.

주령은 일어나서 그의 곁에 다소곳이 섰다.

그녀는 모르고 있지만 지금 그녀의 입 주위와 두 손, 상의
는 온통 피투성이였다.

조금 전에 태무악이 던져 준 고깃덩이를 잡고 뜯어 먹는 와
중에 묻은 것이다.

그것은 갓 잡은 너구리의 껍질을 벗겨낸 뒷다리였다.

주령은 자신보다 머리 하나는 더 크고 체구도 훨씬 큰 태무
악을 올려다보면서 배시시 미소를 지었다.

지금 누군가 그녀의 모습을 본다면 비명을 지르면서 도망
칠 것이 분명했다.

입 주위에 온통 피 칠을 한 채 미소 짓고 있는 모습은 영락
없는 흡혈귀였다.

휙!

그때 태무악이 남쪽으로 방향을 잡고 달리기 시작했다.

그는 주령이 따라올 수 있도록 최대한 천천히 달렸다.

그런데 얼마쯤 달리다가 잠시 후에 뒤돌아보자 주령의 모
습이 보이지 않았다.

그는 왔던 길을 다시 되돌아가 보았다.

그러자 주령이 아장거리면서 뛰어오고 있는 모습이 보였
다.

그녀 딴에는 전력으로 달리고 있었지만, 태무악이 최대한
천천히 달리는 것에 비해 일 할에도 못 미쳤다.

더구나 그녀는 태무악을 놓치면 안 된다는 생각으로 바닥

에 온통 흔적을 만들어놓고 있었다.

태무악이 자신의 앞에 나타나자 멈춰 선 주령은 허리를 굽힌 채 가쁜 숨을 토해냈다.

"하아아… 하아… 미… 안해요……."

태무악이 그녀의 뒤쪽을 쳐다보자 거목에서 겨우 삼십여 장가량 달려왔을 뿐이다.

그는 주령을 지나쳐 달려가서 거목에서부터 그녀가 만들어놓은 흔적들을 지우면서 돌아왔다.

그 모습을 보면서 주령은 더욱 미안한 마음이 생겨 어쩔 줄을 몰라 했다.

출발 때부터 이런 상황이니 장차 제남까지 천오백여 리 길을 어떻게 가야 할지 눈앞이 캄캄해졌다.

그때 태무악이 그녀의 앞에 등을 보이고 섰다.

주령이 무슨 뜻인지 몰라 의아한 표정을 짓자 그가 무릎을 굽히며 자세를 낮추었다.

누가 보기에도 그것은 업히라는 뜻이었다.

주령은 미안함에 죄스러운 마음까지 가중되어 감히 그의 등에 업히지 못하고 쩔쩔맸다.

그러자 태무악이 뒤돌아보지도 않은 채 정나미가 뚝뚝 떨어질 정도의 목소리로 나직이 중얼거렸다.

"두고 가기를 원하느냐?"

순간 주령은 소스라치게 놀라서 번개같이 그의 등에 찰싹 업혔다.

태무악의 등은 완강하면서도 넓었다.

주령은 두 팔로 그의 목을 안았다가 그가 행동하기에 불편할 것 같아서 다시 두 팔을 그의 겨드랑이 아래로 집어넣어 가슴을 꼭 안았다.

그녀의 두 손에 무쇠처럼 단단하게 솟은 태무악의 가슴 근육이 가득 느껴졌다.

그런데 그녀는 왼손에 무엇인가 길쭉하고도 단단한 것이 만져지는 것을 느꼈다.

길게 생각하지 않아도 그것이 무기라는 것을 깨달을 수 있었다.

그녀는 자신이 그의 무기를 누르고 있으면 유사시에 그가 무기를 꺼내기 불편할 것이라는 생각이 들었다.

그래서 두 손을 아래로 조금 내려서 가슴과 배의 경계 부위를 안았다.

십사 세의 주령은 어린 소녀의 티를 벗고 성숙한 여자의 몸을 만들어가고 있는 중이었다.

복숭아처럼 봉긋한 젖가슴과 잘록해지기 시작한 허리, 그리고 아담하면서도 탄력있는 둔부를 갖고 있었다.

그녀가 두 팔로 태무악을 끌어안자, 그녀의 젖가슴과 은밀한 부위가 그의 몸에 바짝 밀착됐다.

하지만 그녀는 지금이 어린 소녀의 부끄러움을 느낄 때가 아니라고 생각했다.

그때 주령은 태무악의 커다란 손이 자신의 엉덩이를 만지는 것을 느끼고는 깜짝 놀랐다.

그러나 그녀는 태무악이 그녀가 흘러내리지 않도록 왼손으로 엉덩이를 받치는 것이라는 사실을 곧 깨달았다.

그렇지만 너무도 부끄러웠다.

그녀의 얼굴이 능금처럼 붉어지고 있을 때, 갑자기 태무악이 달리기 시작했다.

조금 전에 그가 주령을 염두에 두고 천천히 달릴 때보다 서너 배는 더 빠른 속도였다.

주령은 주위의 경물이 쌩쌩 스쳐 지나가는 것을 보다가 뺨을 그의 등에 묻었다.

더없이 편안하고 따스했다.

그녀가 과거에 누렸던 그 어떤 편안함도 지금의 편안함에는 미치지 못했다.

문득 그녀는 태무악의 등이 자신이 쉴 수 있는 유일한 안식처라는 생각이 들었다.


*　　　*　　　*


흥륭현(興隆縣)은 하북성의 북단에 위치하고 있으며, 그곳에서 열하성 경계까지는 오십여 리밖에 되지 않았다.

　노노아호산은 그곳에서 북쪽으로 사백여 리 거리에 위치
해 있었다.

　홍릉현 외곽의 어느 주루 이층.

　"잡았느냐?"

　굵으면서도 우렁우렁한 낮은 목소리가 흘러나왔다.

　"한… 놈만 잡았습니다……."

　기어드는 목소리로 간신히 대답하는 목소리에는 죄스러움
이 진득하게 묻어 있었다.

　창가에 한 사람이 앉아서 창밖을 응시하고 있고, 그 옆 바
닥에 한 사람이 무릎을 꿇은 채 이마를 바닥에 붙이고 납작하
게 부복해 있었다.

　"누굴 잡았느냐?"

　앉아 있는 인물은 오십대 중반의 초로인(初老人)으로 백의
에 남색 비단 겉옷을 입었으며, 기골이 장대하고 윤기 흐르는
흑염을 길게 기른 모습이었다.

　"무간삼십호입니다."

　부복한 인물은 위아래 흑포 차림이며 얼굴을 바닥으로 향
하고 있어서 모습을 알아볼 수는 없었다.

　머리맡 바닥에는 한 자루 장검이 놓여 있는데 그의 무기인
듯했다.

　"음!"

　무거운 신음을 흘리는 초로인의 얼굴에 못마땅한 기색이

은은하게 떠올랐다.

"어떤 조치를 취했느냐?"

"명관과 아방나찰, 적귀들을 총동원했습니다."

"처음부터 그랬느냐?"

부복한 흑포인의 몸이 눈에 띄게 움찔했다.

"처… 음에는 적귀 사십 명으로 하여금 그들 네 명을 잡아들이게 했습니다."

"그런데?"

흑포인의 부복한 몸이 더욱 납작하게 바닥에 붙었다.

"사… 흘이 지나도… 놈들을 잡아들이지 못해 명관과 아방나찰, 적귀들을 전원 투입한 것입니다."

"멍청한 놈."

초로인은 창밖에서 시선을 거두며 가볍게 눈살을 찌푸렸다.

"십이 년 전에 무간백구호를 너에게 인계할 때 내가 무어라 했더냐?"

꾸중을 들은 흑포인은 비지땀을 흘리면서 대답했다.

"무간옥이 보유한 모든 무공의 구결과 수법을 전수하고, 공력이 일 갑자에 이르면 본격적으로 무공을 가르치되 특별하게 다루라고 하명하셨습니다."

쪼르르.

초로인은 술 주담자의 술을 잔에 따랐다.

"지난 삼십여 년 동안 무간옥에서 이백오십 명의 회명자(劊
命者)를 배출하는 과정에서 내가 '특별히' 지켜보라고 한 자
가 몇 명이나 있었느냐?"

"하, 한 명뿐입니다."

"누구였느냐?"

"무, 무간백구호입니다."

초로인은 잔에 술을 따라놓고도 마실 생각을 하지 않고 잔
을 쏘아보기만 했다.

"무간백구호가 그만큼 중요하다는 뜻이겠지?"

"그, 그렇습니다."

흑포인은 평소 초로인을 몹시 두려워하고 있었는데, 지금
이런 상황이 닥치자 펄펄 끓는 가마솥 안에 들어앉은 듯한 심
정이었다.

"염제(閻帝)."

초로인은 술잔을 만지작거리면서 조용한 어조로 입을 열
었다.

흑포인은 아예 가슴까지 바닥에 밀착시켰다.

"하명하십시오."

사실 그는 무간옥 제일인자인 염제라는 인물이었다.

그의 휘하에는 두 명의 명관과 열 명의 아방나찰, 백 명의
적귀가 있다.

평소에 그는 무간옥을 두 명의 천지명관(天地冥官)에게 맡

겨놓고 자신은 거의 바깥일을 도맡아하고 있었다.

무간옥 전원의 생살여탈권을 한 손에 쥐고 있는 염제이지만, 초로인 앞에서는 고양이 앞의 쥐 같은 신세였다.

"너는 두 가지 실수를 저질렀다."

초로인의 조용한 지적에 염제는 눈에 띄게 몸을 움찔했다.

"무간백구호가 탈출하게 만든 것, 그리고 처음부터 총력을 기울여서 그를 잡아들이지 못한 것이다."

그의 말에서 염제는 한 가지 사실을 깨달았다.

그는 조심스럽게 고개를 들고 초로인을 올려다보았다.

"백호사자(白虎使者)님 말씀은… 무간자 네 명이 동시에 탈출했는데 다른 세 명은 놔두고 무간백구호를 잡아들이는 것에만 총력을 기울였어야 했다는……."

"특별히 다루라는 것은 그런 뜻이 아니겠느냐?"

"……."

부복한 상태에서 겨우 고개를 들고 있는 염제의 얼굴이 해쓱하게 변했다.

사실 그는 십이 년 전에 무간백구호에게 무간옥이 보유하고 있는 모든 수법과 무공을 총망라해서 가르치고 예의 주시하라고 천지명관에게 지시하고는 무간백구호에 대해서는 까맣게 잊고 있었다.

만약 무간백구호가 발군의 기량을 보였다든지, 그 반대로 형편없는 성취를 이루었다면 염제가 그에 대해서 조금쯤은 관심을 가졌을 것이고, 과거 백호사자가 당부한 말을 새삼 상기했을 수도 있었다.

하지만 문제는 무간백구호가 지나치게 평범해서 그 누구의 눈에도 띄지 않는 존재였다는 사실이다.

백호사자가 이토록 무간백구호에게 신경을 쓰는 것을 보면, 그동안 무간백구호는 철저히 자신의 능력을 감추고 있었던 것이 분명했다.

바로 이번의 탈출을 위해서 말이다.

염제는 이마를 바닥에 대면서 가늘게 떨리는 목소리로 간신히 아뢰었다.

"속하가 진두지휘하여 반드시 무간백구호를 잡아들이겠습니다."

초로인 백호사자는 술잔을 들며 말했다.

"무간옥을 중심으로 소천색령(小天索令)이 내려졌다."

염제는 움찔 가볍게 몸을 떨고 나서 고개를 늘어 백호사자를 올려다보았다.

사십대 중반의 나이에 검고 짧은 수염을 길렀으며, 광대뼈가 불거지고 각진 턱을 지닌 굴강하게 생긴 염제의 얼굴에 놀라움이 일렁였다.

소천색령이란 특정한 지역을 중심으로 사방 천 리 일대에 내려지는 명령이다.

일단 소천색령이 발동되면 천 리 이내에 있는 모든 방, 문파들은 소천색령에 가담해야만 한다.

무간옥이 있는 노노아호산 남부 지역을 중심으로 사방 천 리라면, 동쪽의 요령성(遼寧省)과 동북의 요북성(遼北省), 북쪽으로는 열하성 전역, 서쪽으로는 찰합이성(察哈爾省) 남부 지역, 그리고 남쪽의 하북성 북부 지역 등 무려 다섯 개 성을 모두 아우르는 광대한 지역이다.

하북성을 제외한 다른 네 개의 성은 변방이라서 방, 문파들이 그다지 많지 않다.

그 점을 감안하더라도 천 리 이내에 있는 방, 문파의 수는 족히 이백 개 이상은 될 터이다.

만약 소천색령이 중원 한복판에 내려진다면 참가하는 방, 문파의 수는 그보다 대여섯 배 이상 많을 것이다.

염제는 놀라움을 금치 못했다.

일개 무간자 한 명을 잡아들이기 위해서 소천색령이 발동되다니, 일찍이 이런 경우는 없었기 때문이다.

사람이나 특정 물건을 찾아내는 천색령(天索令)은 소, 중, 대 세 종류가 있다.

백호사자를 비롯한 네 명의 사자, 즉 태상사사자(太上四使者)에게는 천색령을 발동할 권한이 없다.

오직 한 사람만이 천색령 이외에 여러 권한을 한 손에 틀어쥐고 있다.

천색령에 '천(天)'이라는 글자가 들어 있기 때문이다.

‘천’, 즉 하늘이라는 글자가 들어 있는 명령권은 천하에서 오직 인간이면서도 하늘이라고 존경받는 한 사람만이 발동할 수가 있다.

염제는 놀란 얼굴을 쉽사리 지우지 못했다.

태상사사자와 염제 위에 절대자로 군림하고 있는 ‘그분’이 소천색령을 발동한 것이다.

그것은 ‘그분’이 무간백구호에게 지대한 관심을 갖고 있다는 뜻이다.

그때 백호사자가 들고 있던 술잔을 다시 탁자에 내려놓으며 진중한 어조로 중얼거렸다.

“반드시 내 손으로 놈을 잡아들여야 한다. 다른 삼사자(三使者)가 개입하거나 더 나아가 주군(主君)께서 친히 움직이시는 일은 결단코 없어야 한다.”

“……”

염제는 대경실색해서 자신이 어떤 표징을 짓고 있는지도 알지 못했다.

백호사자의 말로 미루어보건대 주군은 무간백구호에게 비단 지대한 관심만 갖고 있는 것이 아닌 듯했기 때문이다.

염제는 이날까지 살아오면서 어떤 일에도 주군이 몸소 나섰다는 말을 한 번도 들은 적이 없었다.

그는 비로소 사태가 얼마나 엄중한 것인지 조금쯤 절감했다.

그는 조심스럽게 백호사자의 얼굴을 쳐다보았다.

백호사자의 눈가에 잔경련이 파르르 일어났다.

염제는 그가 자신보다 더 긴장하고 있다는 사실을 깨달았
다.

# 第八章

## 위기(危機)

무간옥의 거의 모든 인원, 즉 두 명의 천지명관과 열 명의 아방나찰, 구십구 명의 적귀는 대부분 한 지역을 집중적으로 수색하고 있는 중이었다.

태무악이 오방찰의 왼 눈을 찌르고 몇 개의 갈비뼈를 부러뜨렸던, 그가 마지막으로 모습을 드러낸 곳에서 동북쪽으로 이동하면서 수색을 진행했다.

태무악이 무간옥을 탈출하여 나흘 동안 내내 동쪽 한 방향으로만 간 것 때문이었다.

천지명관은 그동안 태무악을 추격했던 적귀와 아방나찰들의 보고를 토대로 하여 그의 목적지가 동쪽의 끝인 요령성 바닷가라는 판단을 내렸다.

그곳 사방 삼백여 리의 지역에는 무간옥 인물들만 있는 것이 아니었다.

소천색령의 발동으로 수많은 방, 문파에서 고수들을 파견했는데, 삼백여 리 이내에서 수색 활동을 하고 있는 고수들의 수만 해도 무려 삼천여 명에 달했다.

무림에서는 무간옥이라는 존재에 대해서 아무도 모르기 때문에 무간옥의 고수들은 은밀하게 움직였다.

삼백여 리라는 비록 좁은 지역이지만, 무간옥 사람들이 마음만 먹으면 죽을 때까지 아무에게도 발견되지 않을 터이다.

소천색령의 발동으로 운집한 삼천여 고수들을 지휘하는 자들은 따로 있었다.

백호사자의 최측근 호위인 백호십위(白虎十衛)라고 불리는 일류고수들이었다.

*　　　*　　　*

무간옥을 비롯한 삼천여 명의 무림고수들이 열하성과 요령성의 경계 지역을 이 잡듯이 수색하고 있을 때,

태무악은 그곳에서 남쪽으로 이백오십여 리 떨어진 지점에서 부지런히 남행하고 있었다.

그곳에서 넉넉잡아 칠팔십여 리만 더 가면 하북성으로 진입하게 된다.

그는 주령을 업고 이백여 리 가깝게 오는 동안 아방나찰이나 적귀를 한 명도 만나지 못했다.

그들 모두가 태무악이 있는 곳에서 북쪽에 몰려 있기 때문이었고, 태무악은 그 사실을 짐작하고 있었다.

주령과의 모종의 거래가 성립됐던 거목을 출발한 지 이틀째 늦은 오후가 되어가고 있었다.

또한 무간옥을 탈출한 지는 구 일째가 되었다.

태무악은 달리는 속도를 두 배로 높였다.

그러면 흔적이 좀 남겠지만 지금은 그것보다 한시바삐 이 지역을 벗어나 중원, 즉 하북성으로 진입하는 것이 급선무라고 판단했다.

문득 자신과 함께 도주했던 세 명의 무간자가 어떻게 되었을까 궁금해졌다.

하지만 그들에 대한 생각은 그리 오래가지 않았다.

그들을 순전히 자신의 탈출에 이용하려고 했던 것뿐이지 무슨 우정이나 책임감 같은 것은 추호도 없었다.

지금 그가 업고 있는 어린 계집애도 마찬가지였다.

그가 죽어서라도 돌아가고 싶은 고향 벽라촌에 가기 위해서 그녀가 필요한 것이지, 그녀에게는 일말의 사사로운 감정 따위가 있을 리 없었다.

만약 지금이라도 벽라촌을 찾아가는 방법을 알게 된다면 미련없이 주령을 땅바닥에 내팽개치고 훌훌 혼자 달려갈 준비가 되어 있었다.

태무악의 그런 마음을 아는지 모르는지 주령은 그의 등에 뺨을 붙이고 포근하게 안긴 채 눈을 꼭 감고 있었다.

거목을 출발한 지 하루 반이 훌쩍 지나고 있지만 그녀는 한숨도 자지 않았다.

이유는 한 가지뿐이다. 태무악이 자지 않으니까 그녀도 자지 않는 것이다.

거목을 출발한 하루 반 동안 태무악은 한시도 쉬지 않고 달리고 있는 중이었다.

주령은 태무악의 지칠 줄 모르는 체력에 놀라움을 금하지 못했다.

어떻게 사람이 하루 반 동안 잠시 쉬지도 먹지도 자지도 않은 채 달릴 수 있는지 신기하기만 했다.

그때 태무악이 달리는 것을 멈추고 주위를 살피더니 곧 한쪽 방향으로 다시 달려갔다.

이어서 어느 가파른 언덕 아래에 커다란 바위가 기대듯이 서 있는 뒤쪽으로 들어갔다.

그는 그곳에 주령을 팽개치듯이 내려놓고 순식간에 사라져 버렸다.

일어선 주령은 바위 밖으로 고개를 내밀고 태무악의 모습을 찾아봤으나 어디에서도 보이지 않았다.

그녀는 태무악이 자신을 버리고 떠났을 것이라고는 생각하지 않았다.

그는 거목의 구덩이에서 자신을 거역하지 않는 한 주령을 버리지 않겠다고 말했다.

그리고 그에게 업혀서 입도 벙긋하지 않은 그녀가 그를 거역했을 리가 없다.

과연 그녀의 생각이 옳았다. 태무악은 일각 만에 그녀가 있는 곳으로 다시 돌아왔다.

낙엽더미 위에 다소곳이 앉아 있던 주령은 바위 뒤로 들어서는 태무악을 발견하고는 반가운 마음에 벌떡 일어나 그에게 다가갔다.

그가 돌아올 것을 믿고는 있었지만, 혼자 있는 동안 몹시 무서웠던 것이다.

그러나 다가서던 그녀는 곧 크게 놀라서 그 자리에 굳은 듯이 멈춰 섰다.

그녀는 큰 눈을 더욱 크게 뜨고 태무악의 왼손을 뚫어지게 쳐다보았다.

그의 왼손에는 서너 마리의 뱀이 쥐어져 있는데, 그것들이 그의 팔뚝을 칭칭 감고 또 어떤 것은 독니를 드러낸 채 팔을 물어뜯고 있었다.

독니에서 흘러나온 누런 독액이 깨물린 상처와 팔뚝에 흥

건하게 묻어 있었다.

　그런데도 그는 아무렇지도 않은 듯 그 자리에 주저앉았다.

　태무악은 상처를 입어도 스스로 치료하는 선천적인 체질을 타고났으며, 또한 독물에게 물리거나 쏘여도 끄떡없는 능력을 지니고 있었다.

　그것 역시 그가 무간옥에서 생활하는 십이 년 동안에 깨닫게 된 사실이었다.

　그는 여러 가지 놀라운 능력을 지니고 있다.

　만약 그가 무간옥에서 다른 무간자들과 생활하지 않았었다면, 그래서 그들에게는 그런 능력이 없다는 사실을 몰랐었다면 자신의 그런 능력이 모든 사람들에게도 있는 것이라고 여겼을 터이다.

　주령은 태무악에게 자신의 연약한 모습을 보이지 않기 위해서 조심스럽게 그의 맞은편에 앉았다. 그러나 뱀이 너무나 무서워 쳐다보지도 못했다.

　툭!

　그때 주령은 자신의 발 위로 뭔가 떨어진 것을 느끼곤 의아한 표정으로 쳐다보았다.

　그런데 놀랍게도 뱀 한 마리가 그녀의 무릎 위에서 꿈틀거리고 있었다.

　뱀은 가늘고 긴 혀를 날름거리면서 작고 파란 눈으로 그녀를 쏘아보았다.

"악!"

순간 그녀는 날카로운 비명을 지르면서 벌떡 일어나 뒤로 도망쳤다.

이때만큼은 너무나 놀랐기 때문에 비명을 지르면 안 된다는 사실마저도 잊어버렸다.

태무악은 칼날 같은 눈빛으로 주령을 쏘아보았다.

주령은 자신이 실수했음을 깨닫곤 움찔했다.

어쩌면 추격자들이 그녀의 비명 소리를 들었을지도 모르는 일이다.

그때 태무악이 뱀들을 바닥에 내던지고는 몸을 돌려 바위를 돌아 나갔다.

주령은 자신의 비명 때문에 그가 주변을 경계하러 갔을 것이라고 생각했다.

그러나 바닥에서 꿈틀거리고 있는 뱀이 무서워서 태무악에 대한 미안한 마음이 들 겨를이 없었다.

그녀는 바위에 등을 붙이고 서서 몸을 바들바들 떨며 어쩔 줄을 몰라 했다.

하지만 뱀들은 바닥에서 꿈틀거리고 있을 뿐 움직임이 그다지 원활하지 못했다.

지금은 겨울이고 뱀은 땅속이나 바위틈에서 동면을 하고 있는 중이었다.

마땅한 먹을거리를 발견하지 못한 태무악은 손쉽게 구할 수 있는 먹을거리, 즉 동면 중인 뱀을 잡아온 것이었다.

주령이 꼼짝도 하지 못하고 일각의 시간을 보냈을 때 태무악이 기척도 없이 돌아왔다.

그는 몸을 감춘 채 주변을 샅샅이 살폈지만 다행히 아방나찰이나 적귀는 발견하지 못했다.

그는 바위 뒤쪽으로 들어와서는 우뚝 선 채 무표정한 얼굴로 주령을 주시했다.

주령은 뱀을 볼 때보다 더 두려운 얼굴로 태무악을 조심스럽게 바라보았다.

그를 거역한 것은 아니지만, 그녀가 비명을 지르는 바람에 위험한 지경에 처할 뻔했기 때문이다.

태무악은 한동안 묵묵히 그녀를 응시했다.

그가 처음에 그녀를 만났을 때에는 이상한 점이 많았다.

백구 명의 무간자 중에는 여자가 이십오 명이 있었다.

태무악은 그녀들, 즉 무간낭자(無間娘子) 이십오 명을 모두 알고 있다.

지난 십이 년 동안 무간낭자들 각자와 적게는 수십 차례, 많게는 수백 차례씩이나 함께 짝을 이루어 훈련을 해봤기 때문이다.

그녀들 외에 태무악은 또 다른 여자들을 알고 있다.

열 명의 아방나찰이다.

아방나찰과 무간낭자들은 각기 다른 존재들이지만 한 가지 공통점이 있다.

전혀 여자답지 않다는 사실이다.

그녀들은 남자들처럼, 아니, 어떤 점에서는 남자들보다 더 거칠고 잔인하게 행동했다.

태무악은 인간이 남녀로 구분되고, 자신은 남자며 그녀들은 여자라는 사실을 알고 있다.

하지만 자신과 그녀들이 크게 다르다는 생각을 한 번도 해본 적이 없었다.

다른 점을 본 적이 없기 때문이다.

아방나찰과 무간낭자들은 평소 유방을 천으로 꽁꽁 동여매고 속에는 몸에 꽉 끼는 옷을, 겉에는 헐렁한 옷을 입고 행동한다.

그렇기 때문에 태무악을 비롯한 무간자들은 남자와 여자가 육체적으로 다르다는 사실을 몰랐다.

다만 같이 훈련 중이던 무간낭자들이 태무악 앞에서 버젓이 바지를 내리고 앉아서 오줌을 누는 것을 본 적이 있는 정도에 불과했다.

하지만 남자인 무간자들도 여자처럼 앉아서 오줌을 누는 경우가 많다. 훈련 중이라서 일어나 오줌을 눌 수 없는 상황이기 때문이다.

무간낭자들에게는 일말의 수치심 같은 것조차 없다.

그녀들 역시 자신들이 여자라는 사실을 인식하지 못하기 때문이었다.

태무악은 그녀들이 앉아서 오줌을 눌 때 자신처럼 음경이 없다는 사실을 셀 수도 없을 만큼 많이 보았다.

그래서 음경이 있고 없고의 차이가 남녀를 구분하는 것이라고 잠시 생각했을 뿐이다.

태무악이 설혹 남자와 여자의 차이점을 더 많이 알게 됐다고 해도 그다지 문제될 것은 없었다.

무간자와 무간낭자는 무간옥에서 똑같이 사육당하고 있는 신세이기 때문이다.

태무악은 모친과 몇 명의 하녀에 대해서 희미하게나마 기억하고 있다.

그가 세 살 때의 일을 기억하고 있다고는 하지만 그리 또렷하지는 않다.

단지 모친과 하녀들은 여자이면서도 아방나찰이나 무간낭자하고는 달랐다는 정도로만 기억하고 있을 뿐이다.

태무악이 처음에 주령을 만났을 때 그녀는 아방나찰이나 무간낭자들과 닮은 점이 조금도 없었다.

그중에서도 그녀가 몹시 허약하고 무공을 모르며 겁이 많다는 사실이 가장 눈에 띄었다.

지난 십이 년 동안 아방나찰이나 무간낭자들만 상대했던 태무악의 눈에 그녀가 생소하면서도 이상한 여자로 보이는 것은 당연했다.

그가 봤을 때 주령은 할 줄 아는 것이 아무것도 없었다.

어디에도 쓸모가 없는 존재였다.

뱀 따위를 보고 놀라서 비명을 지르다니, 쓸모없는 존재 정도가 아니라 백해무익한 존재였다.

그녀가 벽라촌을 찾아줄 것이라는 기대감만이 단 하나뿐인 쓸모였다.

태무악은 주령에게서 시선을 거두고 바위를 등지고 앉으며 바닥에서 꿈틀거리고 있는 뱀 한 마리를 집어 들었다.

찌익!

이어서 손톱으로 뱀의 대가리 어림을 만지는가 싶더니 단숨에 껍질을 벗겼다.

그리고는 뱀의 머리를 뚝 떼어내고 다시 한 번 훑어내자 뼈와 내장이 한꺼번에 발려졌다.

뱀은 머리와 뼈, 껍질, 내장이 없는 상태에서도 살아서 태무악의 손과 팔뚝을 칭칭 감고 꿈틀거렸다.

피를 뚝뚝 흘리는 새빨갛고 길쭉한 살덩어리가 꿈틀거리는 광경은 징그럽기 짝이 없었다.

태무악은 그것을 입으로 가져가려다가 멈추고 주령을 힐끗 쳐다보았다.

그녀는 맞은편 바위에 등을 댄 채 눈을 커다랗게 뜨고 놀라움과 두려움에 휩싸여 있었다.

휙!

태무악은 쥐고 있던 뱀을 주령에게 던져 주고 자신은 바닥에서 다른 뱀 한 마리를 집어 들었다.

주령은 자신에게 날아오는 뱀을 뻔히 보고 있으면서도 피하지 못했다.

아니, 엉겁결에 두 손을 내밀어 받았다.

척!

머리가 떼어졌고 껍질이 벗겨졌으며 뼈와 내장이 없는 시뻘겋고 길쭉한 고깃덩이가 그녀의 두 팔을 휘감으며 징그럽게 꿈틀거렸다.

주령은 그것을 보면서 공포에 질려 온몸이 뻣뻣해지고 소름이 쫙 끼쳤다.

입에서 비명이 터져 나오려는 것을 입술을 꼭 깨물며 있는 힘껏 참았다.

그녀는 태무악의 뜻을 직감적으로 알아차렸다. 그는 주령을 놀래주려는 것이 아니라 단지 먹을 것을 준 것이었다.

즉, 선의인 것이다. 그것을 알기에 뱀을 뿌리치지도, 비명을 지르지도 못했다.

우적우적!

태무악은 입가에 흐르는 핏물을 손등으로 닦으며 뱀 한 마리를 순식간에 먹어치웠다.

이어서 다시 한 마리의 뱀을 집어 들더니 능숙한 동작으로 껍질을 벗기고 대가리를 끊어내어 뼈와 내장을 훑어내고는 곧장 입으로 가져갔다.

뱀은 모두 네 마리였는데, 태무악이 세 마리를 먹어치울 동안 주령은 그 자리에 얼어붙은 채 그가 먹는 모습만 바라보고 있었다.

주령은 총명하다. 총명하다는 것은 단지 머릿속에 든 것이 많음을 뜻하는 것이 아니다.

그때그때의 상황에 대한 빠르고 정확한 판단력 역시 총명함에 기인한다.

그녀는 그리 길지 않은 시간 동안 서 있으면서 자신이 뱀을 먹어야만 한다는 결론을 내렸다.

그녀는 하루 반 동안 아무것도 먹지 못했다.

지금 먹지 않으면 다시 하루 반보다 더 긴 시간 동안 먹을 기회가 없을는지도 모른다.

인간은 먹지 않으면 힘을 쓸 수 없고, 몸이 아프게 되며, 끝내는 죽게 된다.

주령이 아무것도 먹지 않으면 태무악이 강제로 먹일지, 아니면 그냥 죽게 내버려 둘지는 알 수 없다.

하지만 그런 상황까지 가게 해서는 안 된다.

생존을 위해서, 복수를 하기 위해서는 먹어야만 한다.

살아남기 위해서 모든 것을 버릴 각오를 했으니 뱀이 아니라 더한 것이라도 먹어야 하는 것이다.

그녀의 두 팔뚝에 감겨 있는 뱀은 움직임을 멈추었다.

뱀이 흘린 피가 그녀의 팔을 적시고 바닥으로 뚝뚝 떨어지고 있었다.

태무악은 뱀 세 마리를 먹은 후 가부좌를 틀고 앉아서 운공조식을 하고 있는 중이었다.

그는 주령이 뱀을 먹는지 안 먹는지에 대해서는 별 관심이 없는 듯했다.

문득 주령은 이틀 전에 거목 속 캄캄한 구덩이 속에서 고깃덩이를 먹었던 것을 떠올렸다.

그것은 뱀은 아닌 것 같았지만 뱀이나 별반 다르지 않을 야생의 짐승일 것이다.

그 고깃덩이를 먹을 때 처음에는 비린내 때문에 헛구역질을 했지만 나중에는 아주 맛있게 먹었다.

생각만 조금 바꾸면 되는 것이다. 쇠고기나 돼지고기도 어차피 짐승이 아닌가?

거기까지 생각한 주령은 불끈 힘을 내고는 망설임없이 뱀을 입으로 가져갔다.

그리고 입에 넣고 씹기 시작했다.

으적으적!

씹는 소리는 태무악과 똑같았다.


태무악은 주령을 업은 채 전력으로 달리고 있었다.

그는 무간옥에서 생활하는 동안 세 가지 경공술을 구결로
만 외운 적이 있다.

그리고 그중 한 가지를 골라 일 년 전부터 자신의 방 안에
서 비밀리에 익혔었다.

원래 경공술은 넓은 지역에서 마음껏 이리저리 달리면서
연마해야 한다.

그런데 태무악은 폭이 일 장도 안 되는 좁은 방 안에서 경
공술을 익힐 수밖에 없었다.

서너 걸음만 달리면 벽이 가로막히기 때문에 제대로 된 경
공술을 익혔을 리 만무했다.

하지만 그는 자신이 선택한 몇 종류의 무공과 함께 경공술
을 익히는 것을 게을리 하지 않았었다.

경공술의 이름은 비류준(飛流隼)이다.

한 마리 송골매가 허공을 쏜살같이 날고 흐른다는 뜻이
다.

송골매는 인간을 포함하여 살아서 숨을 쉬는 모든 짐승들
가운데에서 가장 빠른 새다.

이 경공술에 비류준이라는 이름을 붙였다면 그만큼 빠르
고 날래기 때문일 것이다.

태무악은 비류준이 누구의 것인지, 어느 문파의 경공술인
지 내력을 모른다. 그저 이름만 알고 있을 뿐이고, 알고 싶지
도 않았다.

그가 외우고 있는 수백 종류의 무공 구결들 역시 이름만 알고 있다.

하지만 구태여 그 무공들에 대해서 자세히 알아야 할 필요는 없었다.

태무악은 자신이 외우고 있는 세 종류의 경공 구결 중에서 비교적 연마하기 쉬운 것으로 골랐고, 그것이 비류준이다.

탈출할 때 사용하기 위해서였다.

삼 년 전부터 비밀리에 네 가지 무공을 배운 이유 역시 탈출을 하게 될 때를 대비해서였다.

그렇지만 그는 비류준을 겨우 일 년 동안 하루에 한 시진이나 반 시진 남짓, 그것도 좁은 방 안에서 익혔을 뿐이다.

그는 자신이 현재 비류준을 삼 성 정도 수준밖에 익히지 못했다고 자평했다.

지금 그는 비류준을 최대한으로 전개하고 있는 중이었다.

발끝으로 바닥의 돌이나 나무를 한 번 힘껏 내딛고 도약할 때마다 삼사 장씩 빠르게 나아갔다.

속도는 잘 달리는 준마가 전력으로 달리는 것보다 절반 정도 더 빨랐다.

그 정도면 강호의 일류고수와 비슷한 수준일 것이다.

주령의 말에 의하면 하북성이 이십여 리밖에 남지 않았기 때문에 태무악은 흔적을 남기는 것에 대해서는 그다지 신경 쓰지 않았다.

그녀는 하북성에는 번화한 성과 현이 많으며, 그곳에는 수만 명의 사람들이 살아가고 있다는 것에 대해서 되도록 자세히 설명해 주었다.

태무악은 그녀의 설명이 제대로 상상이 되지는 않았지만 한 가지 사실만은 예측할 수 있었다.

수많은 집과 거리, 사람들이 있는 곳이라면 아방나찰과 적귀들이 추적하기가 어려울 것이라는 사실이었다.

또한 그것과 같은 이유 때문에 숨을 곳이 많을 것이라고도 예상했다.

주령은 태무악이 묻지도 않았는데 그가 궁금하게 여길 만한 것들에 대해서 그의 등에 업힌 채 서두르지 않고 차근차근 설명해 주었다.

"하북성의 성도는 북경(北京)이고 하북성에 진입하여 남서쪽으로 이백오십 리쯤 가면 있어요."

지금 그녀는 하북성의 지리적인 특성에 대해서 설명하고 있는 중이었다.

태무악은 쉬지 않고 달리는 데에만 열중할 뿐이지 가타부타 말이 없었다.

그래도 그녀는 그가 다 듣고 있을 것이라고 여기면서 자늑자늑한 목소리로 설명을 이어갔다.

"하북성에는 천하를 통치하고 있는 천자(天子), 즉 황제 일족이 사는 자금성(紫金城)이 있……"

그런데 거기까지 설명하던 주령이 갑자기 말을 멈추었다.

태무악의 달리던 속도가 갑자기 절반 이하로 뚝 떨어진 것을 느꼈기 때문이다.

태무악의 등에 뺨을 묻고 있던 그녀가 고개를 들 때, 그는 이미 땅을 박차고 수직으로 솟구쳐 오르고 있었다.

그는 한 그루 높은 나무의 나뭇가지에 소리없이 내려섰다.

그러면서도 시선은 줄곧 한곳을 주시하고 있었다.

그의 시선 끝에는 한 사람이 있었다.

그자는 갈의 경장을 입었으며 어깨에는 한 자루 도를 메고 있었다.

태무악이 달려가고 있던 방향, 즉 남쪽 칠팔십 장 거리에서 마주 달려오고 있었다.

그자가 입은 옷은 적귀의 복장이 아니었다.

그러나 설혹 적귀가 변장을 하고 인피면구나 특유의 사술로 얼굴 모습을 바꾸었다고 하더라도 태무악의 눈을 속일 수는 없다.

적귀들의 움직임과 분위기는 독특해서 즉시 알아차릴 수 있는데, 달려오고 있는 자는 적귀들의 움직임하고는 전혀 다르게 보였다.

한마디로 적귀의 수준에 훨씬 못 미쳤다.

경공술을 전개하고는 있었지만 그다지 빠르지 않았고, 또한 온몸에 허점투성이였다.

태무악이 외부인을 보는 것은 주령 이후에 지금이 처음이다.

그는 나뭇가지에 우뚝 서서 눈도 깜빡이지 않고 갈의경장인을 쏘아보았다.

잠깐 사이에 거리가 오십여 장으로 좁혀졌다.

잠시 생각하던 태무악은 그가 지나가기를 기다리는 것이 옳다고 판단했다.

무간옥 인물이 아니기 때문에 굳이 싸울 필요가 없다고 여긴 것이다.

그런데 그의 눈동자가 가볍게 흔들렸다.

곧장 달려오고 있는 갈의경장인 뒤쪽 이십여 장 거리에서 또 한 명이 달려오고 있는 것을 발견한 것이다.

태무악은 최초의 갈의경장인을 신경 쓰느라 두 번째 인물을 뒤늦게 발견했다.

두 번째 인물 역시 최초의 갈의경장인과 같은 복장이고 어깨에 도를 메고 있는 것도 같았다.

그때 태무악의 눈동자가 좌우로 빠르게 흘렀다.

갈의경장인은 두 명이 전부가 아니었다.

최초의 갈의경장인 뒤쪽 숲 여기저기에서 불쑥불쑥 모습을 나타내고 있었다.

모두 열다섯 명이었다.

그들은 좌우로 넓게 펴져서 일정한 지역의 숲을 훑듯이 달려오고 있었다.

태무악은 그들의 움직임에서 무엇인가를 찾고 있다는 사실을 깨달았다.

하지만 그때까지도 그들의 목표물이 자신일 것이라는 생각은 조금도 하지 않았다.

태무악으로서는 생전 처음 보는 인물들이기 때문이었다.

그는 약간 움직여서 갈의경장인들에게서 보이지 않도록 나무 뒤로 몸을 숨기며 잔가지 몇 개를 꺾었다.

그런데도 일체의 소리가 나지 않았다. 추호의 소리도 내지 않고 나뭇가지를 꺾는 재주 같은 것은 무간옥에서 배운 생존술 중에서도 기초 수준이었다.

이어서 나뭇가지로 얼기설기 자신의 앞쪽을 가리면서 주령은 그녀 뒤쪽의 나무 몸통으로 가렸다.

그러고 나자 그와 주령의 모습이 흔적도 없이 사라졌다. 그 대신 나무의 그 부분이 기형적으로 조금 굵게 보이는 정도가 되었다.

문득 태무악은 자신의 등에 얼굴을 묻고 있는 주령의 색색거리는 숨소리를 들었다.

그는 등을 약하게 움찔거려서 그녀에게 신호를 보내며 어깨너머로 고개를 돌렸다.

신호를 알아차린 주령은 고개를 들고 태무악을 바라보았다.

태무악은 두 손으로 나뭇가지들을 잡고 있기 때문에 행동에 제약을 받았다.

그는 주령과 시선이 마주치자 입술을 약간 내밀면서 쫑긋해 보였다.

주령은 그의 행동이 입을 맞추자는 뜻이라고 즉시 해석했다.

지금이 매우 긴장된 상황인데도 주령은 그가 입술을 쫑긋거리는 모습이 매우 귀엽다는 생각을 했다.

그녀는 길게 생각할 것도 없이 상체를 펴 세우면서 자신의 얼굴을 태무악의 얼굴로 가까이 가져가 스스럼없이 입술을 포갰다.

그녀의 입이 벌어지면서 예의 그 상쾌한 기운이 파도처럼 쏟아져 들어왔다.

그녀는 아직 갈의경장인들을 발견하지 못했지만, 태무악이 나무 위로 뛰어오른 것이나, 나뭇가시를 꺾어 위장을 하는 행동을 보면서 위험이 닥쳤음을 짐작했다.

진기가 주입되자 예전에도 그랬듯이 주령의 심장 박동과 맥박이 정지했다.

하지만 몸과 정신은 더할 나위 없이 상쾌했다.

태무악은 자신은 물론 주령에게도 귀식대법을 전개한 것이다.

이 상태로 가만히 있으면 이변이 없는 한 갈의경장인들은 두 사람을 발견하지 못할 것이다.

세 번째 입맞춤이었다. 그래서인지 주령은 그다지 어색함을 느끼지 않았다.

거부감이 많이 사라졌고, 왜 입을 맞추는지 이유를 알기 때문일 것이다.

처음처럼 혀를 안으로 바짝 잡아당기지 않고 지금은 태무악의 혀 위에 가만히 얹어놓았다.

태무악의 혀는 꼼짝도 하지 않는데 주령의 혀는 이따금 꼼지락거렸다.

문득 주령은 태무악의 두 눈을 뒤늦게 발견했다.

그는 눈을 똑바로 뜨고 그녀를 주시하고 있었다.

흑백이 또렷한 새카만 눈이었다. 또한 심연처럼 깊었다.

그리고 주령은 그의 눈 깊은 곳에서 일렁이고 있는 무엇인가를 발견했다.

그녀는 그것이 '슬픔'이라고 느꼈다.

태무악의 얼굴을, 그리고 눈을 이렇게 가까이에서 보는 것은 처음이었다.

주령은 그의 눈 속에서 감지한 '슬픔' 때문에 조금 더 자신과의 동질감을 느낄 수 있었다.

하지만 그의 눈에서 슬픔이 점점 사라지는가 싶더니 그 대신 강렬한 눈빛이 훨씬 강렬해지기 시작하자 그녀는 사르르 눈을 감았다.

태무악은 자신들이 올라와 있는 나무 아래로 최초의 갈의 경장인이 달려가는 것을 감지했다.

저들은 무간옥과 관계가 없다.

그러므로 모두 지나가기를 기다렸다가 태무악과 주령은 가던 길을 다시 가면 될 것이다.

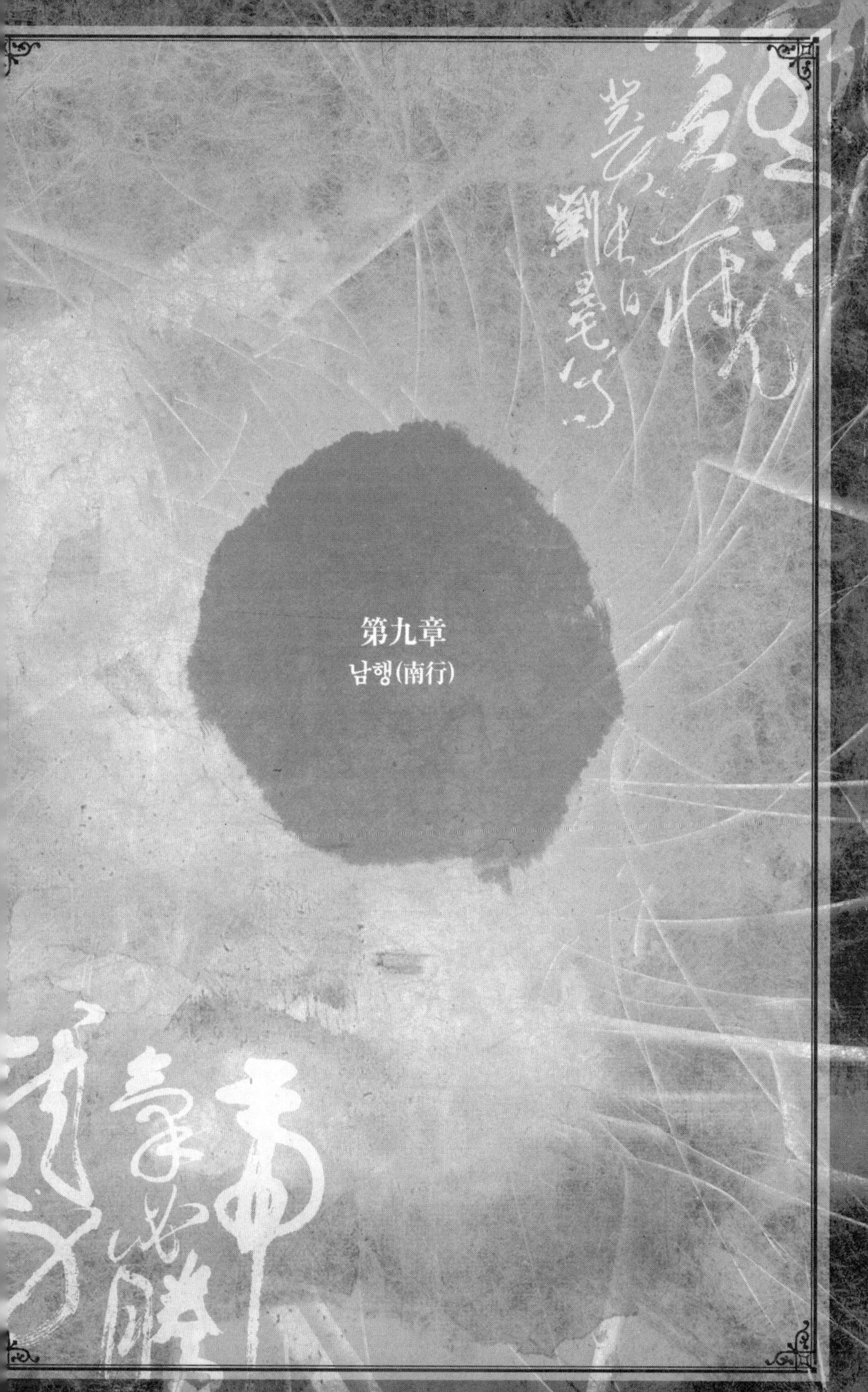

第九章
남행(南行)

"여기 흔적이 있다!"

그때 누군가 큰 소리로 외쳤다. 태무악이 조금 전에 지나온 방향에서였다.

갑자기 사람의 외침이 들려오는 바람에 주령은 깜짝 놀라 눈을 떴다.

그녀가 태무악을 바라보자 그는 표정이나 눈빛이 좀 전과 변함이 없었다.

하지만 그는 자신이 달려오면서 남긴 흔적을 가장 앞선 갈 의경장인이 발견했을 것이라고 짐작했다.

하북성이 멀지 않다고 생각해서 흔적이 남는 것에 대해 개의치 않은 것이 실수였다.

그래서 태무악은 이후 어떠한 상황이더라도 흔적을 남기지 말아야겠다고 내심 생각했다.

낙엽더미 위에 태무악이 남긴 흔적을 발견한 최초의 갈의경장인이 흔적을 자세히 살피면서 태무악이 달려온 방향을 되짚어갔다.

그러더니 곧 다시 되돌아와서 모여 있는 다른 갈의경장인들에게 명령했다.

"흔적이 여기에서 끊겼다. 놈은 이 근처에 있을 테니 흩어져서 찾아라."

열다섯 명의 경장인들은 명령에 따라 주변에 흩어져서 수색을 시작했다.

태무악은 그 광경을 보면서 그들이 자신을 찾고 있다는 사실을 깨달았다.

갈의경장인들은 태무악이 처음 보는 자들인데 어째서 자신을 찾는 것인지 알 수가 없었다.

그러나 그런 것은 중요하지 않았다.

중요한 것은 방금 갈의경장인들이 태무악의 적으로 판명됐다는 사실이다.

갈의경장인들은 나무 한 그루, 풀 한 포기까지 샅샅이 살피고 있었다.

태무악은 이대로 있다가는 오래지 않아서 그들에게 발각

될지도 모른다고 판단했다.

상대의 능력을 전혀 모르는 상태에서 발각된 후에 대처하는 것은 늦다.

그는 주변을 살피면서 아주 잠깐 동안 생각했다.

도주할 것인가, 아니면 공격할 것인가.

이곳은 나무가 드문드문 서 있고 바닥에는 낙엽과 마른 풀이 깔린 비교적 시야가 탁 트인 곳이었다.

그렇더라도 태무악이 갈의경장인들의 이목을 피해서 이곳을 벗어나는 것은 어렵지 않은 일이었다.

그러나 문제는 주령이었다.

원래 잠행술이나 은둔술 같은 것은 혼자서 펼치는 것이지 누굴 업은 채 펼치는 것은 노력은 배로 들고 효과는 절반으로 줄어든다.

그러므로 태무악이 주령을 업은 상태에서 잠행술을 전개하여 들키지 않고 이곳을 벗어날 확률은 절반뿐이다.

그 절반을 걸고 모험을 할 수는 없었다.

도망치다가 발각되면 당연히 열다섯 명 모두에게 협공을 당하게 될 것이다.

상대가 얼마나 강한지도 모르는 상태에서 열다섯 명에게 협공당하는 것은 위험한 일이었다. 오랜 훈련을 통해 태무악은 그것을 터득하고 있었다.

태무악이 무간옥에서 십이 년 동안 훈련한 것은 한두 명의

목표물에 귀신처럼 접근하는 것이지, 다수를 상대하는 훈련
은 받은 적이 없었다.

결국 태무악은 선공을 하여 한 명씩 차례로 죽이기로 결정
했다.

결론이 내려졌으면 즉각 실행에 옮기는 것 역시 무간옥에
서 터득한 것이다.

그는 갈의경장인들의 몸놀림이 그다지 민첩하지 않은 것
을 보고 그들이 자신보다 하수일 것이라고 판단했다.

무간자와 적귀들하고는 비무를 해보았지만 다른 사람과
싸우는 것은 이번이 처음이다.

그렇다고 긴장 같은 것은 하지 않았다.

싸우다가 운이 다해서 죽으면 그것으로 그만이다.

삶에 대해서 일말의 미련 같은 것은 없다.

다만 벽라촌을 찾아가서 부모를 만나보지 못하고 죽는 것
이 억울함으로 남을 터이다.

그는 주령의 입속에 한 움큼의 진기를 더 주입시킨 후 자신
의 귀식대법을 풀었다.

이어서 잔 나뭇가지를 치우고 나서 그녀를 그 자리에 앉히
고 나무에 기대어놓았다.

현재 그녀는 귀식대법에 들어 있는 상태라서 손가락 하나
움직일 수 없다.

태무악이 풀어주거나 시간이 흘러 그가 주입시킨 진기가

소멸돼야 움직일 수 있을 것이다.

최초의 갈의경장인, 즉 우두머리는 태무악이 있는 나무 아래 주변을 어슬렁거리면서 다른 갈의경장인들이 주변을 수색하는 광경을 지켜보고 있었다.

태무악은 품속에서 흑자검을 꺼내 오른손에 움켜쥐었다.

다음 순간, 그는 소리없이 몸을 날려 우두머리 머리 위로 쏘아갔다.

흑자검이 칙칙한 흑광을 흩뿌렸다.

우두머리는 자신의 머리 위에서 수직으로 하강하고 있는 태무악의 존재를 까맣게 모른 채 뒷짐을 지고 계속 어슬렁거리고 있었다.

태무악은 우두머리가 자신을 발견할 것이라고는 추호도 생각하지 않았다.

팍!

흑자검의 직직한 흑광이 우두머리의 백회혈 속으로 한 치의 오차도 없이 사라지는 순간 태무악의 왼손이 그의 입을 틀어막았다.

태무악은 하강하는 기세를 빌어 우두머리를 붙잡은 채 바닥에 내려서면서 그를 눕혔다.

정수리에 흑자검이 꽂히고 입이 틀어막힌 우두머리는 반듯한 자세로 바닥에 누워서 두 눈을 찢어질 듯이 부릅뜨고 온몸을 푸들푸들 떨다가 곧 숨이 끊어졌다.

우두머리는 태무악이 예상했던 것보다 훨씬 약했다.

그는 자세를 낮춘 채 재빨리 사방을 쓸어보았다.

아무도 자신들의 우두머리가 죽은 사실을 알지 못한 채 수색에 열중해 있었다.

가장 가까이에 갈의경장인 두 명이 사 장 거리에 있었는데, 그들은 긴 나뭇가지로 낙엽더미와 덤불을 뒤지느라 여념이 없었다.

태무악은 우두머리를 안고 일 장쯤 떨어진 곳에 있는 작은 덤불을 향해 낮은 자세로 빠르게 이동했다.

어른 무릎 아래 높이로 자세를 낮춘 상태에서 종종걸음으로, 더구나 우두머리를 안고 이동하는 데에도 몹시 빨랐고 추호의 기척도 없었다.

그는 덤불 속에 우두머리의 시체를 대충 감추자마자 가장 가까이에 있는 두 명의 갈의경장인에게 최대한 낮은 자세로 접근해 갔다.

그의 움직임은 거의 배를 바닥에 납작하게 붙인 채 기어가는 수준이었다.

두 명의 갈의경장인과 태무악 사이에는 가슴 높이의 아담한 덤불이 가로놓여 있어서 시야를 가려주고 있었다.

갈의경장인 한 명이 허리를 굽힌 채 그 덤불 속을 뒤지고 있는 중이고, 다른 한 명은 그를 등진 상태에서 낙엽더미를 뒤적이고 있었다.

태무악은 갈의경장인이 뒤적이고 있는 덤불 반대쪽까지 들키지 않고 접근하는 데 성공했다.

바스락! 바삭!

나뭇가지로 바싹 마른 덤불을 뒤적이는 소리가 들렸다.

갈의경장인들이 수색이랍시고 하는 행동들은 실로 한심한 수준이었다.

민첩한 행동이나 날카로운 안목하고는 거리가 멀었다.

그들은 두세 명씩 짝을 지어 수색하면서 두런두런 대화를 나누다가 소리 내어 웃기까지 했다.

마치 동네에서 잃어버린 강아지나 죽은 시체를 수색하는 듯한 광경이었다.

적귀하고는 하늘과 땅의 차이였다.

그들이 찾고 있는 것이 태무악이 분명하다면, 그들은 태무악에 대한 정보가 전혀 없거나 지나치게 과소평가하고 있는 것이 분명했다.

태무악은 그런 사실들을 파악했지만 조금도 긴장을 늦추지 않았다.

그는, 아니, 무간자들은 무간옥에 들어간 순간부터 단 한순간도 긴장을 푼 적이 없었다.

긴장은 무간자들의 가장 오랜 친구 중 하나였다.

태무악은 암기의 필요성을 느꼈다. 지금의 상황에서 암기가 있다면 남아 있는 갈의경장인 열네 명을 손쉽게 죽일 수 있을 것이다.

무간자들은 암기술도 수련했고, 태무악은 발군의 실력을 지니고 있었다.

갈의경장인이 허리를 굽힌 채 나뭇가지로 덤불을 뒤적이며 안을 들여다보고 있을 때 태무악은 덤불을 돌아 살쾡이처럼 그의 옆으로 다가갔다.

태무악이 모습을 드러내지 않으려고 마음만 먹으면 낙엽더미 속으로 갈의경장인에게 접근할 수도 있다.

하지만 지금은 그를 죽이기 직전이기 때문에 굳이 그럴 필요가 없었다.

갈의경장인은 자신의 옆에 갑자기 나타난 물체를 확인하려고 허리를 굽힌 자세에서 고개를 돌렸다.

쉿!

그 순간 흑자검이 전광석화처럼 솟구쳐 올랐다.

푹!

태무악은 바닥에 납작하게 웅크린 자세에서 약간 무릎을 펴며 팔을 쭉 뻗어 쥐고 있던 흑자검을 갈의경장인의 목 한복판에 깊숙이 쑤셔 넣었다.

쇠붙이가 살과 뼈를 가르며 깊숙이 박히는 감촉이 그의 손으로 생생하게 전해졌다.

그와 동시에 태무악의 다른 손은 어느새 그자의 입을 막고 있었다.

갈의경장인은 눈을 찢어질 듯이 부릅뜨면서 동공을 굴려 태무악을 쳐다보았다.

그의 동공에는 공포가 터질 듯이 가득 차 있었다.

태무악은 그자를 바닥에 내려놓자마자 흑자검을 뽑고 뒷모습을 보인 상태에서 낙엽더미를 뒤적이고 있는 또 한 명의 갈의경장인에게 낮은 자세로 다가갔다.

그자는 동료가 자신의 뒤 일 장 거리에서 죽었는데도 전혀 모르고 있었다.

태무악은 지체없이 발끝으로 갈의경장인의 발뒤꿈치를 슬쩍 밀어 몸을 뒤로 쓰러뜨렸다.

"어……."

대부분의 사람들은 아프면 비명을 지르지만, 그렇지 않은 경우에는 탄성인지 신음인지 모를 애매한 소리를 흘려내기 마련이다.

어수선하게 잡담을 지껄이면서 수색하고 있는 다른 갈의경장인들이 그런 것에까지 신경을 쓰지는 않을 터이다.

태무악은 빠르고도 묵직하게 뒤로 쓰러지는 갈의경장인의 목뒤 사혈에 흑자검을 찔러 넣었다.

사혈을 찔리면 비명은커녕 신음조차 흘리지 못한다.

태무악이 갈의경장인 세 명을 찍소리도 나지 않게 죽이는 데 걸린 시간은 최초에 나무에서 몸을 날린 이후 다섯 번 호흡을 하는 정도에 불과했다.

태무악은 생각했던 것보다 갈의경장인들이 훨씬 형편없다
는 결론을 내렸다.

그는 네 종류의 무공을 삼 년 동안, 그리고 비류준은 일 년
동안 골방에서 연마한 정도지만 이들을 죽이는 일은 너무도
쉬웠다.

아니, 그는 갈의경장인 세 명을 죽이는 데 삼 년 동안 익힌
무공은 전혀 사용하지 않았다.

그래도 그에게는 팔십 년 내공과 타의 추종을 불허하는 생
존술, 그리고 수많은 수법이 있다.

태무악의 실력이라면 나머지 열두 명을 한꺼번에 상대한
다고 해도 열 호흡 안에 모두 죽일 수 있을 것이다.

하지만 결정적으로 그는 다수를 상대로, 그것도 탁 트인 공
간에서 싸워본 적이 없었다.

그는 한 번에 한 명씩 죽이는 방법밖에 모른다.

그래서 습관이란 무서운 것이다.

사사삭—

태무악은 또 다른 먹이를 향해 몸을 최대한 낮춘 자세로 미
끄러지듯이 접근해 갔다.

이번의 상대는 한 그루 나무 아래에서 혼자 위쪽을 이리저
리 살피고 있는 갈의경장인이었다.

"끅!"

그자는 고개를 잔뜩 빼고 위만 살피고 있다가 갑자기 억눌

린 듯한 짧은 신음을 흘리면서 허물어지듯이 그 자리에 주저 앉았다.

그는 마치 대변을 보는 듯한 자세로 웅크린 채 앉았는데, 그의 엉덩이 아래에 하나의 주먹이 붙어 있었다.

그의 뒤 바닥에는 태무악이 엎드려 있었다.

그는 갈의경장인을 잡아당겨 주저앉히면서 흑자검으로 음낭과 항문 사이의 회음혈을 찔러 버린 것이다.

이후 태무악은 갈의경장인 열세 명을 죽이고 마지막 두 명이 남았다.

그는 열세 명을 죽이는 데 그만그만한 수고를 했을 뿐이지 조금도 힘을 들이지 않았다.

마치 마을의 꼬마들을 상대하는 것 같았다.

마지막 두 명은 어깨를 붙이고 나란히 서서 낮은 소리로 킬킬거리면서 대화하고 있었다.

그리고 손으로는 앞쪽 비탈의 낙엽더미를 아까부터 쑤석이고 있는 중이었다.

그들이 딴 짓을 하고 있지 않았더라면 동료들이 아무도 보이지 않는다는 사실을 진작 알아차렸을 것이다.

태무악은 그들의 바로 뒤까지 낮은 자세로 접근했다가 벌떡 일어서며 뒷목을 연달아 번개같이 찔렀다.

팍팍!

"큭!"

"끅!"

그들은 목뒤에서 분수처럼 맹렬하게 피를 뿜으면서 앞으로 거꾸러졌다.

이로써 태무악은 갈의경장인 열다섯 명을 모두 처치했다.

열다섯 호흡이 걸렸으니 한 호흡에 한 명씩 죽인 셈이다.

그는 오른손을 가볍게 떨쳐서 흑자검에 묻은 피를 허공에 뿌렸다.

그 한 동작으로 흑자검에는 피가 조금도 남아 있지 않았다.

그런데 바로 그때, 그는 허공에 뿌려진 혈무(血霧) 너머로 누군가를 발견했다.

그자는 십오륙 장 정도 멀리 떨어져 있었으며 갈의경장에 어깨에는 도를 메고 있었다.

그것은 그자가 태무악이 여태 죽인 열다섯 명의 동료라는 뜻이었다.

그자는 얼어붙은 듯 그 자리에 뻣뻣하게 서서 눈을 커다랗게 뜨고 이쪽을 쳐다보고 있었다.

그 역시 한패거리였는데 낙오되어 있다가 뒤늦게 대열에 합류하던 중에 태무악이 마지막 갈의경장인 두 명을 죽이는 것을 우연찮게 목격한 것이다.

순간 그자가 급히 몸을 돌리더니 죽을힘을 다해서 달아나기 시작했다.

태무악은 발끝으로 힘껏 땅을 박차고 그자를 향해 한줄기 바람처럼 쏘아갔다.

그자는 두 발이 보이지 않을 정도로 도망쳤으나 그 속도로는 서너 호흡 만에 태무악에게 잡힐 듯했다.

태무악은 그자의 뒤로 그림자처럼 따라붙어 흑자검을 위로 치켜들었다.

한 놈이 더 있는 것을 미처 발견하지 못했지만 이놈마저 죽여 버리면 다 끝난다.

그때 그자가 공포에 질린 얼굴로 뒤를 돌아보았다.

그리고는 바로 등 뒤에서 태무악이 시커먼 무기를 치켜들고 있는 것을 발견하곤 얼굴이 사색으로 변했다.

쉭!

흑자검이 그자를 향해 수직으로 내리꽂힐 때, 갑자기 그자가 앞으로 고꾸라졌다.

태무악은 바닥에 엎드린 자세에서 몸을 뒤집고 있는 그자를 향해 덮쳐 갔다.

순간 태무악은 몸을 위쪽으로 뒤집은 그자가 두 손을 가슴 앞에 모으고 있으며, 하나의 붉은 원통형의 길쭉한 물체를 쥐고 있는 것을 발견하고 멈칫했다.

태무악은 순간적으로 그것이 암기발사통(暗器發射筒)이며 자신을 공격하는 것이라고 판단했다.

투우!

그 물체가 뒤쪽에서 붉고 작은 화염을 뿜으면서 빠른 속도
로 태무악을 향해 쏘아왔다.

그는 다급히 상체를 비틀었다.

쐐애액!

다음 순간, 그 물체가 아슬아슬하게 태무악의 턱과 어깨 사
이로 스쳐 지나갔다.

푹!

"끄악!"

직후 흑자검이 그자의 목을 찔렀다.

그런데 그자가 심하게 몸부림을 치고 있었고, 또 태무악이
암기 때문에 가볍게 당황했기 때문에 흑자검은 목 중앙이 아
니라 살짝 비껴서 찔렸다.

"끄아아!"

그자는 피가 콸콸 쏟아지는 목을 두 손으로 움켜잡고 발버
둥을 쳤다.

태무악은 자신의 일격이 실수했다는 사실 때문에 조금 기
분이 나빠졌다.

아니, 방금 전에 무엇인지 모를 그자의 공격을 가까스로 피
한 것 때문에 기분이 나빠졌는지도 몰랐다.

드극!

태무악은 흑자검으로 그자의 목을 가로로 그어버렸다.

목을 움켜잡고 있던 그자의 두 손과 목이 한꺼번에 뎅겅 잘

렸고, 더 이상 비명 소리는 흘러나오지 않았다.

그러나 잘린 두 손은 잘린 목을 여전히 힘껏 움켜잡고 있었다.

태무악은 그자가 목에서 뿜어낸 피를 뒤집어쓴 섬뜩한 모습으로 벌떡 일어섰다.

파아아.

그때 머리 위에서 무슨 소리가 들렸다.

고개를 드니 삼십여 장 높이의 까마득한 허공에서 붉은색의 폭죽이 터져 사방으로 뿜어지고 있는 것이 보였다.

방금 전에 죽은 자가 쏘아낸 것은 암기가 아니라 신호탄이었던 것이다.

태무악은 불꽃이 사라지고 대신 붉은 연기가 사방으로 멀리 뿜어졌다가 곡선을 그리면서 하강하는 광경을 찌푸린 얼굴로 쳐다보았다.

저 정도면 이삼십 리 밖에서도 능히 신호탄을 발견할 수 있을 것이다.

수색자가 신호탄을 지니고 다닌다는 것은 상식 중에서도 상식이다.

그런데 그것을 예상하지 못했던 것이다. 그렇다고 화가 나지는 않았다.

무간옥에서는 인간이라면 의당히 지니고 있는 감정들을 없애는 데 심혈을 기울였는데, 그 과정에서 태무악의 분노도 소멸되었다.

그에게 남아 있는 유일한 감정이라면, 그것도 감정이라고 할 수 있다면 그리움, 즉 향수(鄕愁) 같은 것일 게다.

오욕칠정이 깡그리 사라져 버렸는데도 유일하게 그것만 남아 있는 이유는 그가 한시도 고향 집과 부모를 잊지 않았기 때문이다.

그가 사람일 때는 그것을 기억하고 있을 때뿐이었다.

태무악은 신호탄이 꺼지면서 사라지는 광경을 바라보면서 재빨리 생각했다.

생각이라고 해야 그가 무간옥에서 배우고 터득한 수법과 경험을 바탕으로 하는 것뿐이다.

현 상황에서 그가 갈의경장인들에 대해서 알아낸 것은 두 가지로 요약할 수 있었다.

태무악을 찾고 있다는 것,

그리고 형편없이 무공이 약하다는 것이다.

신호탄을 쏘아 올렸다는 것은 조력자가 있다는 뜻이다.

그것도 수가 많을 것이다. 겨우 수십 명에게 신호탄을 쏘아 올리지는 않는다.

오래지 않아서 신호탄을 본 조력자들이 몰려올 것이다.

그들이 얼마나 많은지, 얼마나 강할지는 아직 미지수다.

하지만 그들과 마주치는 것보다는 할 수만 있다면 피하는 것이 상책이다.

그들의 배후에는 필경 무간옥이 있을 테니까.

어물어물하다가는 아방나찰과 적귀들이 떼거리로 몰려올 수도 있다.

아니, 당연히 그럴 것이다.

그런 상황이 닥친다면 태무악은 무간옥으로 다시 끌려가거나 이 숲 속에 뼈를 묻어야만 할 것이다.

무간옥이 어떤 방법으로 무간옥과 관계가 없는 자들에게 탈출한 무간자들을 수색하게 했는지는 이 시점에서 그다지 중요하지가 않다.

태무악은 주위를 빠르게 둘러보았다.

많은 인원이 수색하고 있다면 필시 넓은 지역에 흩어져 있을 것이다.

그렇다면 조금 전에 갈의경장인들이 온 방향은 지금 현재는 비어 있다는 얘기가 된다.

태무악은 즉시 나무 위로 올라가 주령의 귀식대법을 풀어준 후에 그녀를 안고 땅으로 내려섰다.

주령은 태무악의 등에 업히는 과정에서 주변을 둘러보다가 여러 구의 시체가 처참한 모습으로 흩어져 있는 것을 발견하고는 깜짝 놀랐다.

태무악은 왼손으로 주령의 엉덩이를 받치고 오른손에는 흑자검을 움켜쥔 채 공력을 극한으로 끌어올려 남쪽을 향해 전력을 다해서 달리기 시작했다.

주령은 죽어 있는 자들이 자신을 추격하던 자객들이 아니라는 것을 알아보았다.

그렇다면 아마 이들은 태무악을 추격하는 자들일 것이다.

태무악은 경공술 비류준을 전개하여 달렸다. 그러면서 최대한 흔적을 남기지 않으려고 노력했다.

그의 뒤쪽에 죽어 있는 갈의경장인들은 하북성과 열하성의 경계 지역에 위치한 웅도방(雄刀幫)이라는 삼류 방파의 무사들이었다.

소천색령이 발동되자 웅도방에서는 자파가 보유한 무사의 일 할에 해당하는 십육 명의 무사들을 파견했는데 조금 전에 전멸당하고 말았다.


태무악은 울창한 숲 속에서 잠시 멈추었다.

아까 웅도방 무사들을 한 명씩 죽일 때 암기의 필요성을 느꼈기 때문이다.

암기에는 수백 종류가 있지만 한 가지 공통점은 대부분 쇠붙이로 만든다는 사실이다.

그렇지만 이런 곳에 쇠붙이가 있을 리 없고, 있다고 해도 암기를 만들 시간과 도구가 없다.

그가 이곳에서 멈춘 이유는 이 근처에 수청목(水靑木:물푸레나무)이 많은 것을 발견했기 때문이다.

수청목은 곧고 단단해서 창 자루나 도끼 자루, 낫 자루 따위로 많이 쓰인다.

그는 손가락 굵기의 가느다란 물푸레 나뭇가지들을 한 아름 잘라서 으슥한 덤불 속으로 들어갔다.

그곳에 자리를 잡고 앉아 흑자검으로 나뭇가지들을 네 치 길이로 자른 후에 본격적으로 깎고 다듬으면서 암기를 만들기 시작했다.

주령은 그의 왼쪽 옆에 다소곳이 앉아서 지켜보았다.

태무악의 손놀림은 빠르고도 능숙했다.

무간옥에서 생존 훈련을 나갈 때에는 으레 먹을 것을 일체 주지 않는다.

그래서 짧으면 사흘, 길면 열흘 동안 먹을 것을 자급자족해서 해결해야만 했다.

무기는 소검 하나만을 휴대할 수 있기 때문에 그것으로 짐승이든 물고기든 잡아야만 한다.

가장 손쉬운 방법이 암기를 만들어서 그것을 쏘아내 짐승을 잡는 것이었다.

그래서 무간자들은 눈을 감고서도 여러 종류의 암기를 자유자재로 만들 수가 있었다.

불과 이각여 만에 태무악은 암기 오십여 개를 만들었고, 그것은 모두 한 가지 모양이었다.

세 치 길이에 앞이 뾰족하면서도 길고 무겁고, 뒤는 납작하고 매끈하게 이어지다가 제비 꼬리처럼 갈라지면서 한쪽 방향으로 약간 비틀린 형태였다.
　그는 암기를 품속에 넣은 후 덤불에서 나와 주령을 업고 다시 남쪽으로 달리기 시작했다.

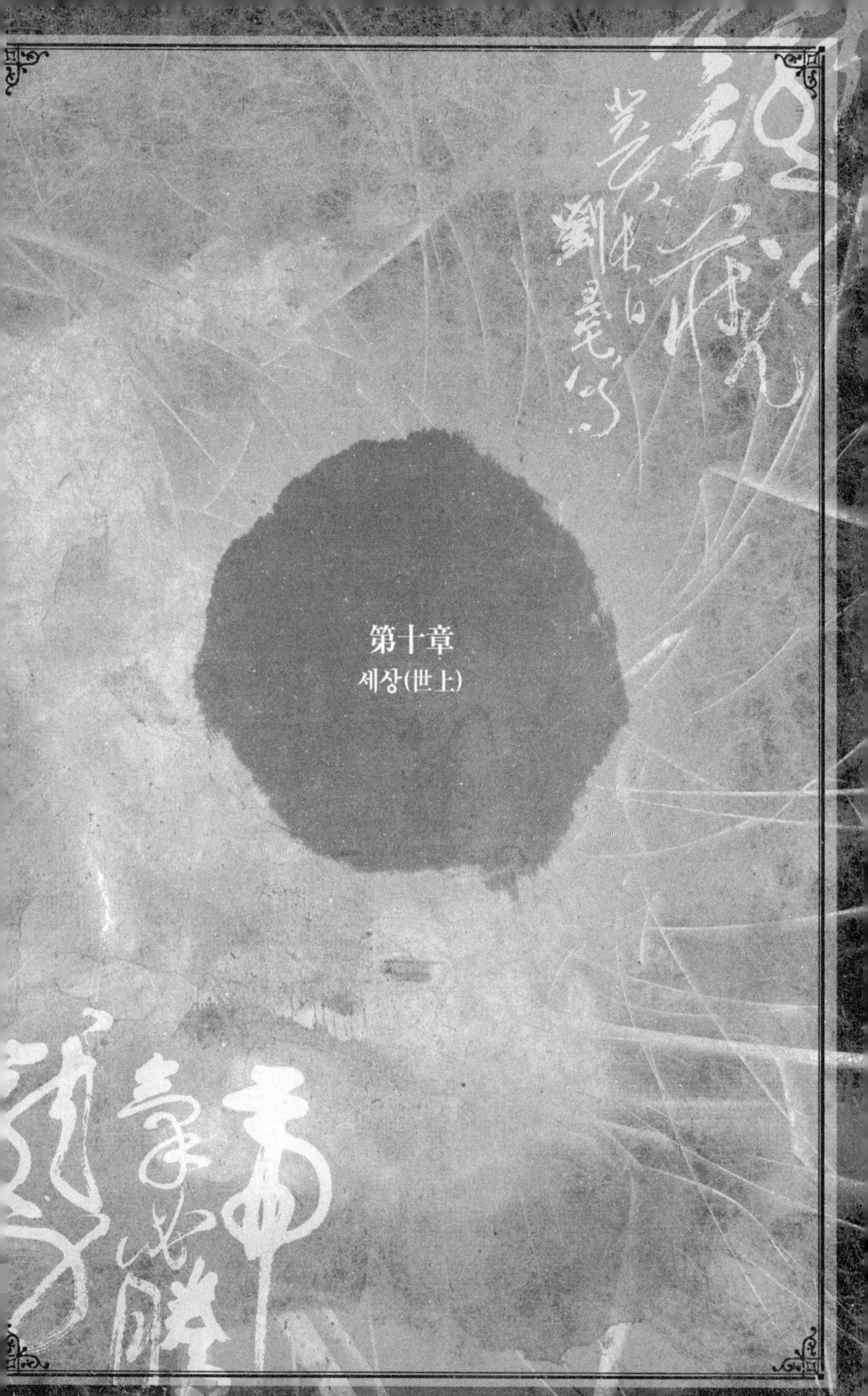

# 第十章
## 세상(世上)

태무악의 판단은 정확했다.

웅도방 십육 명을 죽인 후 남쪽으로 달리는 동안 그는 아무도 발견하지 못했디.

그렇지만 지금껏 그래 왔던 것처럼 그 행운은 그리 오래가지 않았다.

그의 행운이 끝난 것은 숲이 끝나는 지점이었으며, 숲 밖에는 유유히 흐르는 강이 있었고, 그 너머에 평화로워 보이는 아담한 강촌 마을이 위치해 있는 곳이었다.

숲을 막 나서려던 태무악은 급히 신형을 멈추고 근처의 나무 뒤로 몸을 숨겼다.

강 이쪽 갈대숲에 수십 척의 작은 배가 길게 늘어서서 막 도착한 듯 많은 무사들을 쏟아내고 있는 광경이 보였다.

그들의 수는 무려 백여 명에 달했다.

한결같이 붉은 홍의를 입었으며 어깨에는 도검을 멘 위풍당당한 모습이었다.

태무악이 지켜보고 있는 사이에 그들은 신속하게 배에서 내려 드넓은 갈대숲에 쫙 펼쳐지고 있었다.

행동이 일사불란하고 민첩한 것으로 미루어 한눈에 보기에도 태무악이 얼마 전에 상대했던 웅도방 무사하고는 수준이 다른 것 같았다.

숲이 끝나는 지점에서 강변까지의 거리는 대략 이십여 장.

온통 누런 갈대로 뒤덮여 있었다.

일단은 은밀한 곳에 한동안 숨어 있다가 홍의인들이 지나간 다음에 강을 건널까 하는 생각이 머리를 스쳤다.

태무악은 힐끗 뒤를 돌아보았다. 울창한 숲이 눈길이 미치는 곳까지 드넓게 펼쳐져 있었다.

그때 숲 속 저 멀리에 무언가 희끗한 것이 보였다.

사람이었다.

아니, 경장을 입고 검을 멘 무사의 모습이었다.

더구나 한 명이 아니었다. 희끗희끗한 모습들이 나무 사이로 모습을 나타내더니 잠깐 사이에 수십 명이 되었다.

백의 경장을 입은 무사 오십여 명이 숲에 넓게 펼쳐져서 이 쪽으로 다가오고 있었다.

육안으로 확인할 수 있는 범위 내에서 오십여 명이라면, 보이지 않는 곳에는 더 많이 있을 것이다.

태무악은 강 쪽과 숲 쪽을 번갈아 쳐다보았다.

진퇴양난의 상황이었다.

지금 이 상황에서 태무악이 선택할 수 있는 방법은 세 가지가 있다.

이 근처에 은신하여 위험이 사라지기를 기다리는 것.

강 쪽으로 뚫고 가거나, 아니면 다시 숲으로 되돌아가는 것.

첫 번째 방법은 시간이 촉박했다.

강이나 숲에서 다가오고 있는 자들은 각기 다른 부류인 듯하지만 얼마 전에 태무악이 죽인 십육 명하고는 다른 제대로 훈련된 무사들이 분명했다.

그렇기 때문에 대충 덤불 속이나 나무 위에 숨는 것은 발각될 위험이 크다.

이런 상황에서는 땅속에 숨는 것이 최상인데, 땅을 파고 흔적을 없애는 데 최소한 반 각의 시간이 소요된다. 하지만 지금은 그럴 만한 시간적 여유가 없었다.

태무악 혼자뿐이라면 굳이 땅을 팔 필요까지 없다.

그가 나무와 함께 있으면 나무처럼 보일 것이고, 바위와 함께 있으면 바위처럼 보일 것이다.

그리고 그 상황에서 그를 찾아낼 수 있는 것은 아방나찰이나 적귀뿐이다.

그러나 그들 역시 태무악을 쉽사리 찾아내지 못할 터이다.

하지만 지금은 주령과 함께 있다.

보호해야 할 사람이 하나 더 있다는 사실은 위험과 수고가 서너 배는 더 증가하는 것을 의미한다.

생존은 산술이 아니라 도전이다.

그렇다고 해서 태무악은 주령과 동행하기로 한 것을 후회하지 않았다.

원래 그는 후회라는 것을 모른다.

이것이 아니라는 판단이 서면 즉각 다른 행동을 취하면 되기 때문이다.

아직까지는 그에게 주령을 보호할 여력이 남아 있다.

하지만 최악의 상황이 닥치면 서슴없이 그녀를 버릴 것이다.

다만 지금은 그녀를 버릴 때가 아닐 뿐이다.

강 쪽으로 가는 것이나 되돌아가는 것은 똑같은 위험을 안고 있다.

잠행술로 가다가 발각되면 싸운다. 그것뿐이다.

'가던 길을 계속 간다.'

태무악은 결정을 내리고 강 쪽을 향해 섰다.

홍의경장인들은 넓게 펼쳐서 폭 이십여 장의 갈대숲을 오 장쯤 전진해 오고 있는 중이었다.

모두 삼 열. 각 열의 좌우 끝은 사십여 장.

홍의경장인 간의 거리는 반 장 남짓.

숲이 끝나는 지점이 언덕을 이루고 있어서 홍의경장인들이 전진해 오고 있는 광경이 한눈에 내려다보였다.

갈대숲은 숲이 끝나는 지점 언덕 아래에서부터 강까지 이어져 있었다.

주령은 태무악의 등에 뺨을 묻고 두 팔로 그의 가슴을 끌어안은 채 눈을 감고 있었다.

그래서 그녀는 아무것도 보지 못했다. 그렇지만 달리던 태무악이 잠시 동안 멈춰 있는 것과 주위를 두리번거리는 것을 느꼈다.

그래서 위험이 직면했음을 감지했다. 하지만 고개를 들지도, 눈을 뜨지도 않았다.

자신의 눈으로 직접 무엇을 본들 두려움만 생길 뿐 아무 소용이 없기 때문이다.

그녀는 태무악과 함께 행동하기로 결정했을 때 이미 자신의 생사를 그에게 온전히 맡겼었다.

그리고 그것은 지금도 변함없다.

그가 살게 되면 그녀도 살 것이고, 그가 죽으면 그녀도 죽게 될 것이다.

문득 주령은 태무악이 등을 가볍게 움찔 움직이는 것을 느꼈다. 그것은 그녀에게 보내는 신호였다.

그녀가 고개를 들자 태무악이 어깨너머로 고개를 돌리고 입을 내밀었다.

주령은 지체없이 상체를 세우고 얼굴을 내밀어 그에게 입을 맞추었다.

귀식대법이라는 이름은 모르지만, 또 그것을 해야 할 상황이라고 생각했다.

태무악은 귀식대법을 전개하여 가수면 상태에 빠진 주령을 업고 몸을 숙여 숲 가장자리에 납작하게 엎드렸다가 갈대숲을 향해 미끄러져 내렸다.

그리고는 소리없이 물속으로 스며들었다.

물은 무릎 정도 깊이였다. 그리고 수면에는 갈댓잎이 수북이 쌓여 있었다.

비록 여자라고는 하지만 한 사람을 업고 모습을 감추기에는 물이 너무 얕았다.

태무악은 최대한 물밑 바닥에 납작하게 엎드린 상태에서 두 팔을 길게 앞으로 뻗어 양 손목만을 움직여서 느릿하게 앞으로 전진을 했다.

손가락으로 바닥을 찍어 몸을 끌어당기는 것이다.

초겨울 물속이었지만 주령은 그다지 추운 줄 몰랐다. 그녀

는 그 이유가 태무악이 주입해 준 기운 때문일 것이라고 생각
했다.

　그녀는 귀식대법에 들어 있는 상태라서 몸을 움직이지는
못하지만, 무의식적으로 두 팔로 태무악의 가슴을 더욱 바짝
끌어안으며 몸을 밀착시켜야겠다고 생각했다.

　그녀는 주변 상황에 대해서 아무것도 모르지만 그래야만
할 것 같은 긴장감을 느끼고 있었다.

　그녀는 이 순간 자신의 몸이 태무악의 몸속으로 스며들어
하나가 됐으면 좋겠다는 생각을 했다.

　그녀의 등 바로 위에는 물속에 잠긴 상태인 갈댓잎들이 닿
을 듯 말 듯 아슬아슬하게 스치고 있었다.

　그녀의 등이 갈댓잎에 닿아 그것이 움직인다면 즉시 발각
될 테지만 그런 일은 벌어지지 않았다.

　물속은 맑아서 시야가 선명했다.

　저 앞쪽에서 흙탕물을 일으키며 점점 다가오고 있는 홍의
경장인들의 발이 보였다.

　그들의 간격이 아무리 촘촘하다고 해도 뻔히 보이는 것을
피하지 못할 태무악이 아니다.

　그렇지만 선두가 흙탕물을 만들었기 때문에 이열과 삼열
의 발이 보이지 않을 것이다.

　그들은 원래 수면에 떠 있는 갈대 때문에 물속이 보이지 않
았으므로 달라질 것은 없었다.

하지만 태무악은 추호의 망설임도 없이 꾸준히 전진했다.

첨벙첨벙!

선두의 두 명이 태무악의 양옆으로 스쳐 지나갔다.

태무악이 봤을 때 홍의경장인들이 유지하고 있는 반 장의 간격은 수레 한 대가 지나가고도 남을 너비였다.

선두와 이열의 거리는 다섯 자 정도였다.

첨벙첨벙!

이열이 다가오는 물소리가 요란하게 들려왔다.

선두가 지나가면서 일으킨 흙탕물 때문에 더 이상 눈으로는 사물을 식별할 수가 없게 되었다.

그러나 귀로는 물소리를 감지하고 몸으로는 물이 일으키는 파장을 느끼면 어디로 피해야 하는지 정확하게 알 수 있다.

이상한 일이었다.

주령은 조금도 두렵지 않았다.

단지 태무악과 꼭 붙어 있다는 것 하나뿐인데, 어떤 두려움도 그녀를 침범하지 못했다.

첨벙첨벙!

삼열의 물소리가 태무악의 뒤쪽으로 멀어져 가고 있었다.

갈대숲이 끝나면서 본격적인 강이 시작되고 수심이 점점 깊어지기 시작했다.

그는 유유히 헤엄쳐서 강심으로 나아갔다.

그의 수영 실력은 거의 물고기 수준이다.

무간옥에서 훈련할 때에 그는 일부러 절반의 능력만 발휘했다. 그러고서도 백구 명의 무간자 중에서 늘 상위에 들었다.

그는 반 다경 만에 강 건너에 도달했다.

그곳 강변은 온통 백사장이었다. 물속에서 강가의 광경이 손에 잡힐 듯이 선명하게 보였다.

하지만 그는 백사장으로 오르지 않고 눈만 살짝 내놓은 채 조금 전에 자신이 있었던 강 건너를 쳐다보았다.

갈대숲을 벗어난 홍의경장인들이 언덕을 올라 숲으로 들어서고 있었으며, 숲에서 나온 백의경장인들이 갈대숲으로 내려서고 있었다.

어째서 백의경장인들이 홍의경장인들과 함께 숲으로 들어가지 않고 갈대숲으로 내려서고 있는 것인지 그 점이 조금 이상했다.

그들이 있는 한 태무악은 백사장으로 오르지 못한다.

강폭이 사십여 장 정도로 꽤 넓었지만, 강 건너에서는 한눈에 보일 것이기 때문이다.

태무악은 다시 물속으로 잠수하여 하류 쪽을 쳐다보았다.

하류는 강폭이 넓어지면서 수심이 매우 얕아졌다.

그곳으로 흘러내렸다가는 발각되고 말 것이다.

갈대숲을 수색한 백의경장인들이 갈대숲 끝 강변에 늘어

서서 강을 살피고 있는 광경이 물속에서도 보였다.

태무악은 어떻게 해야 백사장으로 오를 수 있을지 잠시 궁리했다.

제일 먼저 떠오른 생각이 땅을 파고들어 가는 방법이다.

강바닥이 모래이기 때문에 어렵지 않게 파고들어 갈 수 있을 것이다.

단단한 땅도 팔 수 있는데 하물며 모래땅을 파는 것은 일도 아니었다.

강바닥 모래를 파고들어 가면 반 시진 정도면 마을 근처에 도달할 수 있을 것이다.

하지만 그것은 주령이 없다는 전제하에서의 상황이다.

주령을 업은 상태에서 땅을 파면 세 배 이상의 힘과 시간이 걸릴 것이다.

그때 태무악의 시선이 백사장으로 향했다.

마을 쪽에서 많은 인물들이 강가로 몰려오고 있었다.

그들은 청의 경장을 입었으며 어깨에는 장검을 메고 오른쪽 어깨에서 왼쪽 허리까지 흰 띠를 두른 무사들이었다.

아까 갈대숲을 뒤지던 자들과 동일한 복장인데 옷 색깔만 달랐다.

태무악은 두 손을 저어 뒤쪽 수심이 깊은 곳으로 물러나면서 재빨리 백사장의 좌우를 쓸어보았다.

백사장 끝에서 끝까지 청의경장인들이 가득 강가로 몰려

오고 있는 광경이 보였다.

족히 백여 명은 될 듯했다.

태무악은 다시 정면을 보았다.

청의경장인이 두른 흰 띠 가운데에 '龍'이라고 수놓아진 한 글자가 보였다.

하지만 그는 청의경장인들이 하북성에서 세 손가락 안에 꼽히는 대방파 용검방(龍劍幇)의 청룡검사(靑龍劍士)라는 사실을 알 턱이 없었다.

그들은 강가에 도달하여 길게 늘어선 채 도열해 있었다.

강을 건너기 위해서 배를 기다리는 것 같았다.

배는 홍의경장인들이 타고 건넜기 때문에 갈대숲에 정박해 있는 상황이었다.

태무악이 강 복판의 깊은 수심 바닥에 가라앉아서 갈대숲 쪽을 쳐다보니 수십 척의 배가 막 출발하고 있었다.

강물이 맑기 때문에 배 위에서는 비닥까지 신명하게 보이는 상황이었다.

그렇다고 마땅히 숨어 있을 만한 엄폐물도 없었다. 바닥은 모래로 덮여 있었다.

청룡검사들은 배를 타고 강을 건너면서 당연히 물속을 살펴볼 것이다.

이제 태무악이 발각되는 것은 시간문제다.

강바닥에 가라앉아 있는 그는 배들이 점차 강 복판으로 다가오는 것을 보면서 눈을 좁혔다.

어쩔 수가 없다. 이제는 혹을 떼어내야 할 때였다.

그는 자신의 가슴을 끌어안은 채 두 손으로 깍지를 끼고 있는 주령의 손을 풀었다.

주령은 반짝 눈을 떴다.

귀식대법이 펼쳐진 상황에서 그녀가 할 수 있는 것은 눈을 뜨고 감는 것뿐이다.

그녀는 자신의 몸이 태무악의 등에서 떨어져 나가는 것을 발견하고 눈을 약간 크게 떴다.

하지만 그가 자신을 포기하여 떼어내려는 것이라는 생각은 추호도 하지 않았다.

그녀는 태무악의 말을 거스른 적이 없었기 때문에 그에게 버려질 이유가 없다고 생각했다.

태무악에게서 떨어져 나간 주령의 작은 몸뚱이가 물살에 휩쓸려 아래로 떠내려가기 시작했다.

우연인지 그때 주령의 얼굴이 태무악 쪽을 향하고 있었다.

그녀는 눈도 깜빡이지 않은 채 그를 빤히 바라보았다.

그녀는 지금 어떤 위험에 직면했기 때문에 태무악이 또 다른 방법을 사용하는 것이라고만 생각했다.

여태까지 그래 왔던 것처럼 가만히 기다리고 있으면 그가 다시 자신을 거두어 업어줄 것이라고 여겼다.

함께 있는 동안 태무악은 어떤 상황에서도 굴하지 않는 강인함을 보여주었다.

주령에게 있어서 태무악은 절대적인 존재였다.

주령은 떠내려가면서도 태무악에게서 시선을 떼지 않는데, 그는 백사장 쪽으로 빠르게 헤엄쳐 가고 있었다.

태무악은 빠른 속도로 헤엄치면서 한 번도 주령을 쳐다보지 않았다.

그녀는 단지 벽라촌으로 가는 지도 같은 것이었다.

그러므로 지도 한 장이 떠내려가는 것일 뿐이었다.

주령의 몸이 물살에 의해서 빙그르르 회전했다.

그녀는 태무악의 모습이 시야에서 사라지기 전에 빙그레 환한 미소를 지었다.

'오래 기다리게 하면 안 돼요.'

주령은 곧 얕은 물에 이르러 모습이 완연히 드러났다.

"저기 사람이다!"

배를 타고 떼를 지어 건너오던 백의경장인 몇 명과 백사장에 있던 청룡검사 몇 명이 그녀를 발견하고 동시에 고함을 질렀다.

다음 순간 수많은 무사들이 그녀를 향해 벌 떼처럼 달려갔다.

그사이에 백사장 가까이 접근한 태무악은 물속에서 모래땅을 파기 시작했다.

슥!

반 시진 후, 태무악은 마을 끝자락의 어느 커다란 바위 옆의 모래를 뚫고 고개를 내밀었다.

그는 눈만 내놓고 마을과 강가 쪽을 재빨리 살펴보았다.

강가에는 여전히 많은 사람들이 모여 있었다.

그러나 아까 보았던 청의경장인, 즉 용검방 청룡검사들이 아니었다.

그들은 오십여 명 정도였으며 황의 경장을 입었고, 검을 뗐는데 가슴에는 붉은 띠를 두른 모습이었다.

용검방 황룡검사(黃龍劍士)들이었다.

태무악이 모래를 뚫고 나온 곳에서 황룡검사들이 모여 있는 곳까지의 거리는 약 삼십여 장 정도였다.

황룡검사들은 강을 건너지 않고 백사장에 강을 향해 늘어서 있었다.

태무악이 나온 곳은 마을의 끝자락이면서 백사장이 끝나고 바위 지대가 시작되는 곳의 경계 지역이었다.

바위 지대는 길게 이어져 있었고, 그 안쪽은 제법 울창한 송림이 펼쳐져 있었다.

태무악은 강가의 황룡검사들을 경계하면서 조심스럽게 구멍에서 나왔다.

이어서 백사장에 납작하게 엎드린 자세로 송림을 향해 빠르게 기어갔다.

그는 온몸에 모래를 뒤집어쓴 모습이어서 마치 모래 속에서 커다란 거북이 한 마리가 기어나와 송림으로 기어가는 것 같았다.

송림에 들어서자마자 벌떡 일어나 숲을 가로질러 경공술 비류준을 전개하여 전력으로 달리기 시작했다.

왼편 소나무 사이로 마을의 모습이 보였고, 오십여 장 전면에 송림이 끝나고 길이 뻗어 있는 것이 보였다.

주령의 말에 의하면 자신들이 가던 방향으로 계속 남행하면 무령현(撫寧縣)이라는 곳이 나온다고 했다.

그곳은 필경 번화하고 사람들이 많을 테니 벽라촌에 대해서 알아낼 수 있을 것이라고 태무악은 예상했다.

그는 순식간에 사십여 장을 달렸다. 조금만 더 가면 송림이 끝나는 곳이었다.

그때 갑자기 길, 즉 관도에서 수십 명의 장한이 일제히 송림 안으로 쏟아져 들어왔다.

태무악은 멈칫했다.

장한들은 삼십 명이었으며, 모두 흑의경장을 입고 있었다. 용검방의 흑룡검사(黑龍劍士)들이었다.

그들은 마을을 통과하여 강가로 갈 계획이었으나 무리 중에서 이 지역의 지리를 잘 아는 자가 송림을 지나면 바로 강이 나온다고 하여 송림으로 들어선 것이었다.

흑룡검사들과 태무악이 동시에 멈칫했다.

양쪽 다 뜻하지 않은 상황에 일순 놀란 것이다.

흑룡검사들은 태무악의 모습을 보고 그가 자신들이 찾고 있는 '표적' 이 맞을 것이라고 확신했다.

태무악 역시 흑룡검사들이 자신을 찾고 있는 무리일 것이라고 직감했다.

지금 태무악이 직면해 있는 상황은 무간옥의 무수한 훈련 과정에서 한 번도 겪어보지 못한 일이었다.

태무악과 흑룡검사들은 서로를 향해서 마주 달려가고 있는 상황이지만, 양쪽의 시간과 생각은 찰나지간 정지해 있는 것 같았다.

용검방은 무령현에서 서쪽으로 백여 리 거리에 있는 개평현(開平縣)에 위치해 있다.

개평현을 중심으로 삼백여 리 일대를 장악하고 있는 하북성 동북 지역의 패자다.

소천색령이 발동되자 용검방은 하북성 동북 지역에 있는 십오 개 방, 문파들을 지휘하여 수색에 돌입했다.

용검방이 이끌고 있는 수색대의 규모는 자파의 삼백 명 검사들을 위시하여 십오 개 방, 문파에서 선발된 천오백여 명을 합쳐서 도합 천팔백여 명에 달했다.

원래 그들이 맡은 지역은 개평현에서 동쪽 끝 동해바다까지, 북쪽으로는 하북성과 열하성의 경계선까지 백오십여 리 일대였다.

　그런데 반 시진 전에 용검방 수색대 지휘부에 한 통의 급보가 날아들었다.

　그들이 찾고 있는 ‘표적’이 열하성에서 청룡하(靑龍河) 쪽으로 남행하고 있다는 내용이었다.

　청룡하는 조금 전에 태무악이 건넜던 강 이름이다.

　수색대는 태무악이 죽인 십육 명, 즉 웅도방 무사들의 시체를 발견했고, 그 일대를 수색하다가 흔적이 남쪽으로 이어져 있는 것을 확인했다.

　그래서 ‘표적’을 찾고 있는 전체 수색대에게 그 사실을 즉시 전서구로 알렸다.

　용검방 지휘부는 급보를 받자마자 휘하의 천팔백 명을 청룡하로 불러들였다.

　그래서 현재 이 지역에는 용검방의 삼백 검사들을 비롯하여 도합 칠백여 명의 수색대가 깔려 있으며, 나머지 천백여 명도 속속 몰려들고 있는 중이었다.

　소천색령에 동원된 사람들은 자신들이 찾고 있는 ‘표적’의 용모파기만 알고 있을 뿐, 신상이나 정체에 대해서는 전혀 모르고 있다.

　알 필요도 없고 알아서도 안 된다. 그저 수색하여 ‘표적’을 찾아내기만 하면 되는 것이다.

　그것이 바로 천색령이 지니고 있는 불문율 중 하나이다.

지금 태무악을 향해서 달려오고 있는 삼십 명의 흑룡검사들은 용검방이 보유하고 있는 오룡검사(五龍劍士) 중 세 번째로 고강하다.

최하위가 청룡검사이고, 그다음이 황룡검사, 그 위가 흑룡검사, 적룡검사(赤龍劍士), 금룡검사(金龍劍士)의 순서인데, 이 수색에는 청룡, 황룡, 흑룡검사 절반이 동원되었다.

태무악은 생전 처음 직면하게 된 상황 때문에 가볍게 당황하고 있었다.

놀라거나 겁을 먹은 것이 아니라 말 그대로 가벼운 당황이었다.

은신, 잠행, 추적, 접근 같은 것에만 숙달되어 있는 그에게 탁 트인 공간에서 수십 명의 적과 정면으로 맞부딪치는 것은 전혀 생소한 일이었다.

그러나 당황하고 있는 시간은 그리 길지 않았다.

무간자들은 지옥보다 더한 상황에서 하루에도 여러 차례 목숨을 건 결정을 내려야만 했다.

그 결정이 그를 살릴 수도, 죽일 수도 있다.

즉, 무간자들이 내리는 결정은 곧바로 삶과 목숨으로 직결되는 것이다.

처음에 무간옥에는 칠백여 명의 무간자가 있었다.

십이 년이 흐른 지금 칠백여 명은 백구 명으로 줄었다.

육백여 명은 훈련 중에 죽었다. 원인은 하나, 잘못된 결정을 내렸기 때문이다.

그러므로 끝까지 살아남은 백구 명은 누구보다도 직관력과 판단력, 결정력이 뛰어나다고 할 수 있었다.

태무악은 흑룡검사들을 돌파하기로 결정했다.

삼십 명의 흑룡검사들은 태무악이 아주 잠깐 머뭇거리고 있는 사이 오 장 거리까지 달려오고 있었다.

약간의 시간이 흐르는 사이에 흑룡검사들은 말라붙은 모래를 뒤집어쓴 모습인 태무악을 '표적' 이라고 확신하게 되었다.

그러므로 달리 말이 필요하지 않았다.

소천색령에 동원된 전체 수색대에게 내려진 명령의 최우선 사항은 '표적' 을 발견하는 즉시 본대(本隊)에 보고할 것, 그리고 '표적' 의 이동을 중지시킬 것, 다음이 '표적' 을 제압할 것 등의 순서다.

태무악이 행동이 조금 더 빨랐다.

슈욱!

그는 가일층 속도를 내어 원래 달려가던 방향으로 쏘아갔다.

정면으로 돌파할 생각이었다.

삐이익!!

그때 흑룡검사 중에 한 명이 날카롭게 호각을 불었다. 표적이 이곳에 있다는 사실을 알린 것이다.

이제 호각 소리를 들은 수색대의 일원이 '표적 발견' 사실을 가장 빠른 전서구를 통해서 본대, 즉 무간옥에 알릴 것이다.

흑룡검사들의 다음 행동은 '표적의 이동을 중지시키는 것'이었다.

그들은 달려오면서 대열이 학의 날개처럼 쫙 벌어지며 태무악을 포위해 왔다.

쉬이익!

태무악이 경공술을 배운 이후 가장 빠른 비류준이 전개되고 있었다.

흑룡검사들은 태무악을 포위하겠다는 생각에 급급해서 그를 단지 한 겹만으로 에워싸는 실수를 범했다.

태무악의 오른손에는 어느새 섬뜩한 흑광을 흩뿌리는 흑자검이 움켜쥐어져 있었다.

그는 차갑게 가라앉은 눈빛으로 전면을 쏘아보며 상체를 약간 숙였다.

그가 쏘아가는 방향에는 두 명의 흑룡검사가 마주 달려오고 있었으며, 그들 좌우의 두 명이 각도를 좁히면서 합세하고 있었다.

태무악은 네 명의 흑룡검사를 뚫어야 한다.

거리가 순식간에 일 장으로 좁혀졌다.

네 명의 흑룡검사가 일제히 어깨의 검파를 움켜잡으며 발검 자세를 취했다.

일순 태무악의 눈이 번쩍 흐릿한 기광을 뿜었다.

슈우―

그의 달리는 속도가 가일층 빨라지며 순식간에 그들의 반장 앞까지 쇄도했다.

네 명의 흑룡검사는 발검하기 위해서 오른손으로 검파를 잡고 있었으므로, 태무악은 굳이 그들의 허점을 살필 필요도 없었다.

발검 직전에 허점이 가장 많이 드러난다는 것은 칼을 쥐고 있는 사람이면 누구나 알고 있는 상식이다.

네 명의 흑룡검사는 자신들의 코앞까지 이른 태무악을 보면서 놀라는 표정을 지을 겨를조차 없었다.

태무악의 쇄도하는 속도가 그들이 예상했던 것보다 배 이상 빨랐던 것이다.

순간 태무악의 오른손에서 일 초식의 검법이 전개되었다.

무간옥 그의 골방에서 삼 년 동안 비밀리에 익힌 무공 중에서 제일 먼저 익힌 검법이었다.

그런 만큼 그가 가장 마음에 들어하는 검초식이기도 했다.

키이잇!

흑자검이 흐릿한 흑광을 뿜어내면서 고막을 긁는 듯한 기음이 흘렀다.

찰나지간에 흑자검이 가로로 한 번 베고 정면으로 두 번 찌르기를 펼쳤다.

하지만 육안으로는 그저 번쩍하고 작은 불꽃이 피어난 듯한 모습이었다.

다음 순간 네 명의 흑룡검사가 검을 뽑는 자세에서 그대로 몸이 굳어버렸을 때, 태무악은 한줄기 바람처럼 그들을 통과했다.

파파악!

그 직후, 가운데 두 명의 목이 뎅겅 잘리고, 양쪽 두 명의 목 한복판에 구멍이 뚫렸다.

태무악이 이 장쯤 더 멀어졌을 때,

푸아악!

네 명의 잘라지고 뚫어진 목에서 분수처럼 피가 뿜어졌다.

광속참(光速斬).

방금 태무악이 전개한 검초식이고, 빛의 속도로 상대를 벤다는 뜻이다.

태무악은 삼 년 동안 광속참을 오성까지 연마했다.

그리고 그것을 실전에서 사용한 것은 처음이었다.

네 명의 갑작스런 죽음으로 전체 흑룡검사들은 움찔 놀라 일순간 어찌해야 할지를 몰랐다.

'표적'이 자신들의 동료를 한꺼번에 네 명이나 그처럼 간단하게 죽일 줄은 전혀 예상하지 못했던 것이다.

더구나 흑룡검사들은 아직 태무악 쪽으로 방향을 전환하지도 못한 상태였다.

태무악이 네 명의 흑룡검사를 죽이고 포위망을 뚫은 것이 너무나 순식간에 벌어졌기 때문이다.

"쫓아라!"

그때 가장 먼저 방향을 틀어 태무악을 쫓기 시작한 우두머리 흑룡당주가 날카롭게 외쳤다.

정신을 차린 흑룡검사들은 급히 몸을 틀어 왔던 방향으로 다시 분분히 쏘아갔다.

그때는 이미 태무악이 송림을 벗어나 관도로 들어서고 있는 중이었다.

관도에 펼쳐진 광경은 태무악이 생전 처음 보는 것이었다.

소와 나귀가 끄는 수레들.

그리고 등짐이나 머리에 짐을 인 사람들이 한가하게 관도를 왕래하고 있었다.

그들은 평범한 백성들이었으나 태무악의 눈에는 그들도 추격자로 보였다.

그래서 관도에도 많은 적이 있으며, 그들 모두를 죽여야 한다고 생각했다.

송림에서 튀어나온 그는 자신을 향해 다가오고 있는 한 대의 수레를 향해 쏘아갔다.

수레 위 앞쪽에는 평범한 모습의 젊은 부부가 나란히 앉아서 웃으며 대화를 나누고 있었고, 적당하게 실린 짐 속에 남매로 보이는 두 아이가 푹 파묻힌 채 참새처럼 재잘재잘 떠들고 있었다.

그때 젊은 부부는 자신들을 향해서 곧장 쏘아오고 있는 태무악을 발견하고는 얼굴에서 웃음기가 싹 사라졌다.

이 순간 태무악의 모습은 지옥의 아수라(阿修羅)와 다름없었다.

온몸에 뒤집어쓴 반은 젖고 반은 말라붙은 모래가 햇빛에 반짝거렸다.

그리고 헝클어진 채 산발한 머리카락이 바람에 펄럭였고, 살기로 번들거리는 눈빛, 움켜쥔 흑자검에서는 피가 뚝뚝 떨어지고 있었다.

태무악은 곧장 젊은 부부를 향해 짓쳐갔다.

그는 젊은 부부를 죽인 후 관도를 달려가면서 자신의 앞에 거치적거리는 자들을 모두 죽일 생각이었다.

그는 달려가면서 발끝으로 땅을 한 번 찍고 번쩍 위로 솟구쳐 올랐다가 젊은 부부를 향해 비스듬히 내리꽂히면서 흑자검을 뺐었다.

그때 젊은 부부의 뒤쪽 짐 속에 파묻혀서 놀고 있던 네댓 살가량의 어린 남매가 태무악을 발견하고 천진난만하게 웃으며 손을 흔들었다.

"가가! 안녕!"

"까르르! 안녕!"

젊은 부부를 찔러가던 태무악의 시선이 힐끗 어린 남매에게 향했다.

살인을 목전에 둔 상황에서 한눈을 팔면 안 된다는 것은 무간자들의 기본 철칙이다.

그런데도 그는 어린 남매의 짤랑거리는 웃음소리 때문에 아주 잠깐 한눈을 팔고 말았다.

아마 생전 처음 접하는 짤랑거리는 어린아이들의 웃음소리 때문이었을 것이다.

그 순간 태무악의 뇌리로 어떤 기억이 번갯불처럼 빠르게 스쳐 갔다.

자신이 부모님의 품에 안겨서 햇살 같은 웃음을 터뜨리고 있는 모습이었다.

순간 자신의 어린 시절 모습이 수레의 어린 남매 모습과 하나로 겹쳐졌다.

그 즉시 태무악의 시선이 젊은 부부에게 향했다.

두 사람의 얼굴에 가득 떠올라 있는 것은 경악과 공포였다.

죽음을 목전에 둔 상태에서 겁에 질린 무간자의 표정과 같은 것이었다.

탓!

다음 순간 태무악은 재빨리 흑자검을 거두고 발끝으로 젊은 부부 중 남편의 어깨를 가볍게 딛고는 허공에서 공중제비를 한 바퀴 돈 후 수레를 넘어 뒤쪽으로 날아갔다.

왜 갑자기 젊은 부부를 죽이려던 마음이 변했는지는 그 자신도 알지 못했다.

젊은 부부는 얼굴이 창백하게 질려서 손가락 하나 까딱하지 못한 채 얼어붙어 있었다.

철모르는 어린 남매는 태무악을 보려고 뽀르르 짐 위로 기어올라 손을 흔들면서 또다시 말간 웃음을 터뜨렸다.

땅에 내려선 태무악은 관도를 따라 전력으로 질주하다가 힐끗 뒤돌아보았다.

그제야 송림에서 흑룡검사들이 쏟아져 나오고 있는 광경이 보였다.

그들은 지체없이 전력으로 태무악을 추격했다.

태무악이 관도 한복판을 달리자 행인들이 놀라서 일제히 길가로 물러나며 길을 터주었다.

태무악은 경계의 눈빛으로 행인들을 둘러보았다.

방금 전까지만 해도 그들을 적이라고 여겼는데, 수레의 젊은 부부를 보고는 생각이 약간 바뀌었다.

아니, 정확히 말하자면 수레의 어린 남매를 본 후 이들이 적이 아닐지도 모른다는 생각을 하게 된 것이다.

그는 행인들이 자신을 수색하거나 쫓는 자들과는 여러 면
에서 다르다는 사실을 간파했다.

우선 이들은 무기를 지니고 있지 않았다.

그리고 각기 크고 작은 짐을 지니고 있었다. 그런 짐을 지
닌 상태에서는 싸움을 할 수가 없을 것이다.

그리고 또 하나, 이들은 이상한 얼굴 표정을 짓고 있었다.

그것은 태무악이 늘 보아왔던 살기와 긴장감, 초조함 같은
것과는 거리가 멀었다.

그것이 정확히 무슨 표정인지는 모르지만, 싸움을 하기 위
한 표정이 아닌 것만은 분명했다.

그들이 적의를 드러내거나 공격을 하지 않는 이상 태무악
이 먼저 도발을 할 필요는 없었다.

그래서 그는 행인들을 일단 무시하기로 결정했다.

관도상에서 일대 추격전이 벌어졌다.

태무악과 흑룡검사들의 거리가 점차 벌어섰다. 그의 속도
가 흑룡검사들보다 절반 정도 빨랐다.

삼성 수준으로 익힌 비류준이 강호의 이류무사 수준인 흑
룡검사들보다 월등하게 빠른 것이다.

다섯 차례 호흡할 시간이 지나자 흑룡검사들의 모습은 삼
십 장 이상 뒤로 처졌다.

그러나 태무악은 속도를 늦추지 않았다.

그는 자신의 실력이 세상 사람들에 비해서 그다지 뒤떨어

지지 않는다는 사실을 깨달았다.

무간옥을 탈출한 이후 외부 사람과 두 번 싸워보았다.

웅도방의 십육 명과 방금 전 용검방의 흑룡검사들이다.

웅도방 십육 명은 일체 무공을 사용하지 않았고, 흑룡검사들은 광속참을 전개했다.

태무악에게는 아직 실전에서 사용하지 않은 세 가지 초식이 더 있다.

그것들을 사용하면 지금보다 조금 더 강해질 것이다.

태무악은 다시 한 번 뒤돌아보았다. 흑룡검사들의 모습이 보이지 않았다.

속도를 조금 늦추었다. 지쳤기 때문이 아니라 주변을 살펴보기 위해서였다.

그는 지난밤에 뱀을 먹은 이후부터 지금까지 한시도 쉬지 않고 달리는 중이었다.

아무리 팔십 년 내공을 지니고 있다지만 그도 인간이기에 진작에 지쳤어야 옳다.

하지만 그는 아직도 끄떡없었다. 그 이유는 팔십 년 내공하고는 별개였다.

그가 보통 사람들하고는 전혀 다른 신체를 지니고 있기 때문이었다.

관도를 오가고 있는 행인들이 여전히 그를 피해 길가로 흩어지고 있었다.

태무악은 이제 그들은 거의 경계하지 않았다.

세상에는 무기를 지닌 자와 아닌 자 두 부류가 존재한다는 사실을 비로소 인식한 것이다.

# 第十一章

## 도아(掏兒)

태무악은 멈칫했다.

관도 앞쪽 저 멀리에서 수십 명의 무리가 달려오는 것을 발견했다.

그들은 한눈에도 행인과 확연하게 구분됐다. 빠른 속도로 달려오고 있었으며, 모두 흑의 경장 차림이었고 어깨에 검을 메고 있었다.

용검방 흑룡검사들이었다.

용검방은 소천색령에 청룡, 황룡, 흑룡검사를 백 명씩 투입했는데, 전면에서 달려오는 흑룡검사들은 조금 전에 태무악이 송림에서 상대했던 삼십 명이 아닌 또 다른 흑룡검사 칠십 명이었다.

태무악의 달리는 속도가 눈에 띄게 뚝 떨어졌다.

그는 힐끗 뒤돌아보았다.

잠시 멈칫하는 사이에 추격하던 삼십여 명의 흑룡검사들 모습이 뒤쪽에 다시 나타났다.

점입가경이었다.

조금만 더 머뭇거리다가는 앞뒤에서 협공당하는 최악의 상황을 맞이하게 될 판국이었다.

그는 재빨리 관도 좌우를 둘러보았다.

오른쪽은 넓은 초지였고, 그 너머에 강이 흐르고 있었다.

그 강은 청룡하이며 그가 얼마 전에 주령을 업고 건넜던 곳에서 조금 더 상류 쪽이었다.

강 건너에는 숲이 펼쳐져 있었고, 숲과 강의 경계 지역에 수많은 무사들이 강을 따라 상류 쪽으로 달리고 있는 광경이 보였다.

그들 역시 수색대였다. 태무악이 강을 건널 것에 대비하고 있는 것이었다.

관도 왼쪽은 낭떠러지나 다름없는 가파른 언덕이었으며 높이는 대략 이십오륙 장으로 무척 높았다.

그 아래로는 크고 작은 바위들이 삐죽삐죽 난립한 벌판이 넓게 펼쳐졌고, 그 끝에 꽤 험준해 보이는 산이 우뚝 버티고 있었다.

태무악은 망설임없이 낭떠러지 아래로 몸을 날렸다.

이십오륙 장이면 매우 까마득한 높이다.

날개 달린 새가 아니고는 짐승들이라고 해도 뛰어내릴 엄두조차 내지 못할 것이다.

태무악이 갑자기 벼랑 아래로 뛰어내리자 주변에 있던 행인들이 놀라서 우르르 몰려들어 아래를 내려다보았다.

파아아―

거세게 바람을 가르는 소리가 하강하는 태무악의 귓전을 날카롭게 스쳤다.

무간옥에서 훈련을 받을 때에는 이보다 더 높은 곳에서도 거침없이 뛰어내린 적이 많았다. 그에 비하면 이 정도는 약과였다.

태무악은 우뚝 선 자세로 하강하다가 속도가 최고조에 달했다고 여긴 순간 흑자검을 쥔 오른손을 낭떠러지를 향해 쑥 뻗었다.

팍! 드그그극!

흑자검은 바위를 세 치 깊이로 찌르는 것과 동시에 세로로 쭉 쪼개어 내렸다.

그 바람에 태무악의 하강하는 속도가 크게 감소되었다.

같은 쇠조차도 두부처럼 베는 흑자검 앞에서 바위는 종잇장에 불과했다.

쿵!

태무악은 바위에서 흑자검을 뽑은 직후 바닥에 묵직하게 내려섰다.

흑자검이 아니었더라도 그는 무사히 바닥에 내려설 수 있었을 것이다.

공력을 일으켜 몸을 최대한 가볍게 하면서 주먹이나 발로 낭떠러지를 몇 차례 가격하는 것과 고공낙법을 이용하는 방법인데, 그는 그 수법에 매우 능숙했다.

이어서 그는 산을 향해 달리기 시작했다.

낭떠러지 아래를 내려다보던 행인들에게서 탄성이 터졌다.

태무악이 낭떠러지 아래로부터 오십여 장쯤 달리고 있을 때, 조금 전에 그가 뛰어내렸던 관도에 백여 명의 흑룡검사들이 나타났다.

하지만 그들은 섣불리 낭떠러지 아래로 뛰어내리지 못하고 망설였다. 뛰어내리기에는 너무나 높았다.

그때 사십대 초반에 구레나룻을 기른 흑룡당주가 이를 악물더니 낭떠러지 아래로 몸을 던졌다.

그러자 다섯 명이 즉시 그 뒤를 따랐다. 그들은 흑룡당의 각 조장들이었다.

흑룡당주와 다섯 명의 조장은 검을 뽑아 벽을 찌르거나 긁으면서 어렵사리 바닥에 내려섰다.

두 명은 볼썽사납게 바닥에 나뒹굴었지만 크게 다치지는

않은 듯했다.

흑룡당주는 관도의 수하들에게 돌아서 내려오라는 명령을
한 후 다섯 명을 이끌고 태무악을 추격했다.

백여 장 전면에서 달려가고 있는 태무악의 모습이 조그맣
게 보였다.

그의 모습은 바위에 가려졌다가 나타나기를 반복하며 멀
어지고 있었다.

삐이익—!

흑룡당주와 함께 태무악을 추격하고 있는 다섯 명의 조장
중 하나가 호각을 꺼내 힘차게 불었다.


구십 명의 흑룡검사들은 낭떠러지를 돌아서 내려오는 바
람에 반 다경쯤 늦게 태무악을 추격할 수 있었다.

그들은 산을 향해서 전력으로 달리다가 산을 오십여 장가
량 남겨둔 곳에서 일제히 신형을 멈추었다.

그들의 시선은 한곳에 집중되어 있었다.

그곳에는 여섯 개의 머리와 여섯 개의 몸뚱이가 따로 떨어
진 채 어지럽게 나뒹굴고 있었다.

그들은 낭떠러지를 뛰어내려 태무악을 추격했던 흑룡당주
와 다섯 명의 조장들이었다.

구십 명의 흑룡검사들은 흑룡당주 일행이 태무악을 백여
장 뒤에서 추격하고 있는 광경을 똑똑히 보았었다.

그러므로 흑룡당주 일행이 이 지점에서 태무악과 싸움을 벌인 것은 불가능한 일이었다.

그렇다면 태무악은 흑룡당주 일행을 기다리고 있다가 죽인 것이 분명했다.

구십 명의 흑룡검사들은 이들 여섯 명의 죽음이 무엇을 뜻하는지 어렵지 않게 깨달았다.

이것은 더 이상 추격하지 말라는, 추격하면 모두 죽이겠다는 태무악의 경고였다.

싸움을 하는 도중에 눈앞에서 동료들이 죽는 것을 목격하는 것과, 목이 잘린 동료의 시체를 보는 것에는 분명히 느낌의 차이가 있다.

전자는 분노가, 후자는 두려움이 느껴진다.

구십 명은 똑같이 으스스한 한기가 등줄기를 훑는 듯한 두려움을 느끼고 있었다.

그런데 한 가지 이상한 점은, 다섯 구의 시체 중에서 한 구의 흑의 경장이 벗겨져 있다는 사실이었다.


태무악은 산중턱에 우뚝 서서 아래를 굽어보았다.

그가 죽인 여섯 명 근처에 흑룡검사 구십여 명이 모여 있는 광경이 보였다.

태무악은 지금 하나의 시험을 하고 있는 중이었다.

그가 무간옥에서 생존 훈련을 할 때 자주 마주쳤던 늑대 무리는 저런 식으로 몇 마리 죽여서 잘 보이는 곳에 놓아두면 그 후에는 더 이상 귀찮게 굴지 않았다.

그래서 과연 사람들도 그런 습성이 있는지 관찰하고 있는 것이었다.

조금 전에 그는 광속참을 전개하여 흑룡당주와 다섯 명의 조장을 죽였다.

바위 뒤에 숨어 있다가 급습하여 제일 먼저 흑룡당주를 죽였으며, 이후 은둔술을 이용하여 다섯 명의 조장을 한 명씩 차례로 죽였다.

그들 여섯 명을 모두 죽이는 데에는 채 열 호흡도 걸리지 않았다.

이후 그는 그들 중에 한 명의 옷을 벗겨서 갈아입었다.

흑의 경장으로 갈아입은 이유는 두 가지다.

원래 입고 있던 옷이 너무 갈가리 찢어졌기 때문이고, 추격자들의 옷을 입고 사람들 속에 섞이면 혹시 자신을 알아보지 못할지도 모른다는 생각에서였다.

그래서 흑룡검사의 검까지 어깨에 멨다.

문득 태무악의 짙은 눈썹이 가볍게 찌푸려졌다.

저 아래에서 구십 명의 흑룡검사들이 산을 향해서 달려오고 있었다.

태무악은 그들이 늑대 무리하고는 조금 다르다는 사실을 알게 되었다.

하지만 그것이 인간만이 갖고 있는 '임무' 때문이라는 사실은 알지 못했다.

달려오고 있는 흑룡검사 뒤쪽 멀리에서는 용검방 황룡검사 백여 명이 떼 지어서 달려오고 있는 광경도 보였다.

태무악은 즉시 몸을 돌려 산 위를 향해 나는 듯이 쏘아 올라갔다.


한 시진 후, 태무악은 산을 넘어 서남쪽으로 뻗은 관도를 달려가고 있었다.

그 관도는 청룡하의 강촌 마을을 지나던 관도하고는 전혀 다른 길이었다.

그러나 이 길도 무령현으로 향하는 관도라는 점은 같았다.

늦은 오후, 땅 위에 그림자가 길게 누웠다.

달리던 태무악은 오가는 행인이 모두 걷고 있다는 사실을 깨닫고는 그때부터 걷기 시작했다.

조금 여유가 생긴 그는 걸으면서 행인들을 이리저리 자세히 살피며 처음 접하는 세상에 대해서 조금이라도 배워보려 시도했다.

행인들에게서 알아낼 수 있는 것은 그리 많지 않았고 중요할 것 같지도 않았다.

하지만 그는 배우기를 그만두지 않고 꾸준히 살피면서 관찰했다.

그런데 한 가지 이상한 일이 있었다.

마주 오던 사람들이 태무악을 발견하고 매우 공손한 태도를 취하면서 허리를 굽히는 것이었다.

그러나 태무악은 그저 뻣뻣하게 걸을 뿐 그들에게 눈길조차 주지 않았다.

무간자들은 적귀나 아방나찰 등 그 누구에게도 인사를 하거나 예의를 갖추지 않았다.

그러나 무간자들은 적귀가 아방나찰에게, 또는 그들이 천지명관에게 허리를 굽히고 최대한의 예의를 갖추는 모습을 심심찮게 봐왔다.

그러므로 허리를 굽히고 두 손을 모으며 공손한 표정을 짓는 행위가 아랫사람이 윗사람을 대하는 태도라는 것을 태무악은 알고 있었다.

행인들이 태무악에게 그런 식의 인사를 하는 것은 끊이지 않고 계속됐다.

태무악은 그것이 성가시고 신경 쓰였다.

그래서 그 이유를 알아보기로 했다.

마침 자신에게 공손히 허리를 굽히고 있는 등짐을 잔뜩 짊어진 늙수그레한 장사치에게 툭 내뱉었다.

"너는 왜 내게 허리를 굽히는 것이냐?"

장사치는 깜짝 놀라더니 연신 허리를 굽히면서 더듬거렸다.

"무, 무사나리께서는… 용검방… 의 흐… 흑룡검사이시니… 당연히 인사를 드려야 합죠. 네."

"용검방이 뭐냐?"

태무악의 물음에 장사치는 화들짝 놀라더니 당황해서 어쩔 줄을 몰라 했다.

용검방의 흑룡검사가 '용검방이 뭐냐' 고 물으니 당연한 일이었다.

그래서 그는 이 괴팍한 흑룡검사가 한번 으스대고 싶어하는 것이라고 추측했다.

"요, 용검방은 개평현 일대 오백여 리를 관장하는 방파로서 저희 같은 백성들에게는 실로 태양 같은 존재입니다. 하북성에 사는 백성치고 용검방의 은혜를 입지 않은 사람이 한 명도 없습죠. 네."

혹시 자신이 흑룡검사의 비위를 상하게 하지는 않았는지 몹시 긴장한 얼굴로 허리를 펴던 장사치는 깜짝 놀랐다.

괴팍한 흑룡검사가 이미 저만치 휘적휘적 걸어가고 있었기 때문이다.

태무악은 자신을 추격하던 자들이 용검방이라는 방파의 인물들이며, 흑의 경장을 입은 자들이 흑룡검사라는 것, 용검방이 개평현에 위치해 있다는 사실 등을 알게 되었다.

그래서 그는 더 이상 흑룡검사의 옷을 입고 있어서는 안 되겠다고 생각했다.

태무악은 관도상에서 저녁을 맞이하고 있었다.

어두워지자 행인들의 왕래가 뜸해져서 태무악은 혼자 관도를 걷는 시간이 많아졌다.

그는 원래 어둠을 좋아했다.

그가 익힌 수법들을 사용하기에는 어둠이 훨씬 효과적이기 때문이라는 한 가지 이유에서다.

그는 비류준을 전개하기 시작했다. 이따금 행인을 발견했지만 상관하지 않고 계속 달렸다.

관도를 오가는 행인들은 캄캄한 밤중에 한줄기 미약한 바람이 자신의 곁을 스쳐 지나가는 정도만 느꼈을 뿐 태무악을 발견하지는 못했다.

십여 리쯤 달렸을 때 그는 신형을 멈추고 다시 걸었다.

전면 오른쪽으로 굽은 관도의 끝에 두 명이 나타난 것을 발견했기 때문이다.

그들 둘은 도검을 메고 경장 차림이었지만, 태무악이 여태껏 보아온 용검방이나 다른 수색자들의 복장이 아니었다.

하지만 태무악은 그 둘을 수색자라고 판단했다.

지금까지의 경험으로 미루어 무기를 지닌 자들은 모두 그의 적이었다.

거리는 삼백여 장. 태무악은 지면을 박차고 길가의 나무 위로 솟구쳐 올라 몸을 숨겼다.

사실 그 두 명은 수색대가 아니라 평범한 무림인이었다.

그들은 대화를 나누면서 때론 웃기도 하며 태무악이 숨어 있는 나무 아래로 걸어왔다.

걷고 있는 그들의 머리 위에서 태무악이 유령처럼 빠른 속도로 쏘아져 내렸다.

옷자락 펄럭이는 소리조차 나지 않았다.

그에게는 아직 세 개의 초식이 더 있었지만 그것을 사용할 생각은 없었다.

사실 그에게 초식이란 별다른 의미가 없었다. 상황에 가장 적합한 수법이면 그것으로 족했다.

초식을 전개하는 목적은 오직 한 가지, 상대를 얼마나 신속하고 완벽하게 죽이느냐는 것이므로.

푹!

짧고 둔탁한 음향이 한차례 흘렀다.

태무악은 흑자검으로 두 무림인의 정수리를 연이어 찔렀지만, 워낙 빨라서 한 번 찌른 음향만 흘러나왔다.

두 명의 무림인은 눈을 부릅뜨고 입을 쩍 벌린 채 그 자리에 굳어버렸다.

그들은 신음조차 흘리지 못하고 가늘게 경련을 일으키면서 묵직하게 뒤로 쓰러지며 숨이 끊어졌다.

그들의 뒤에 내려선 태무악은 둘 가운데 홍의를 입은 자의 옷을 벗겨서 재빨리 갈아입고, 그자에게는 자신이 입었던 흑룡검사의 옷을 입혔다.

흑룡검사의 옷을 입고 있으면 계속 귀찮은 일이 생길 것 같아서 바꿔 입은 것이다.

이어서 그는 두 구의 시체를 근처 숲 속으로 끌고 들어가 은밀하게 감춘 후 관도로 나와 다시 달리기 시작했다.


관도 끝에 불빛이 보였다.

불빛은 한두 개가 아니라 수십 수백 개가 한데 모여서 불야성을 이루고 있었다.

태무악은 전면에 나타난 불빛의 군집(群集)이 무령현일 것이라고 생각했다.

주령의 설명이 아니었다면 저곳이 무령현이라고 알아보기보다는 오히려 작은 혼란을 느꼈을 것이다.

그래서 그는 어떤 것에 대해서 미리 안다는 것이 매우 유용하다는 사실을 깨달았다.

오래지 않아서 태무악은 무령현으로 들어섰다.

눈에 띄는 모든 것이 생전 처음 보는 광경이었다.

그는 홍의 경장 차림에 무기는 지니지 않은 모습이었으며, 옷이 조금 커서 헐렁했다.

그러나 치렁치렁한 머리카락을 매만지지 않아서 마구 헝클어진 채였다.

어두워졌을 뿐 아직 이른 시각이라서 거리에는 사람들이 많았고 가게마다 환하게 불을 밝혀놓아서 거리는 활기가 넘치고 있었다.

태무악은 거리 가장자리를 규칙적인 걸음으로 걸으면서 주위를 살폈다.

하지만 두리번거리지는 않았다. 천천히 스치듯이 주위를 둘러보지만 한 번 본 것은 절대 잊어버리지 않았다.

문득 그는 남자들의 머리가 자신과 다른 것을 발견했다.

뚝 걸음을 멈춘 그는 옆의 골목 안으로 들어갔다.

그곳에서 손가락으로 머리를 잘 고른 후 뒤로 모아서 하나로 묶었다.

머리를 감지 않고 빗질을 하지는 않았지만, 아까보다는 훨씬 정갈한 모습으로 변했다.

그는 거리로 나와서 다시 걷기 시작했다.

길가에는 수많은 가게가 처마를 맞대고 늘어서 있었으며, 먹을거리를 파는 가게가 제일 많았다.

당연히 온갖 맛있는 냄새가 거리에 가득했고, 그 냄새를 맡은 태무악은 허기를 느꼈다.

그가 무령현에 들어서서 약 오십여 장가량 걸어오는 동안에 가장 많이 본 것은 많은 사람들이 물건을 팔고 사는 광경이었다.

지나가던 사람들이 진열되어 있는 물건들을 구경하고 또 이리저리 고르고 나서는 주인에게 동그란 쇳조각을 준 후 물건을 가져갔다.

같은 물건을 사는데 어떤 사람은 칙칙한 누런색의 쇳조각을 여러 개 내는가 하면, 어떤 사람은 반짝이는 하얀색의 쇳조각 하나를 내고 물건 주인에게 여러 개의 누런색 쇳조각과 물건을 함께 받아서 떠나기도 했다.

또한 온갖 맛있는 요리 향기가 풍겨 나오는 가게, 즉 주루에서도 사람들이 음식을 먹은 후 입구에서 쇳조각을 내고 나오는 모습이 보았다.

무령현 내로 백여 장쯤 들어왔을 즈음, 태무악은 한 가지 사실을 분명하게 알게 되었다.

갖고 싶은 물건이 있거나 요리를 먹기 위해서는 쇳조각이 필요하며, 그중에서도 은빛 쇳조각이 훨씬 가치가 있다는 사실이었다.

사람들이 사는 세상에서는 그것만 있으면 모든 것을 살 수 있고, 또 해결할 수 있을 것이라는 생각이 들었다.

그렇나면 태무악도 쇳조각이 필요했다.

쇳조각이 있으면 벽라촌을 찾아가는 길에 허기로 고생하는 일은 없을 듯했다.

무간자들은 물조차 먹지 않고 보름 이상 견딜 수 있는 훈련을 받았다.

태무악은 아무것도 먹지 않은 상태에서 한 달 동안 움직일 수 있고, 움직이지 않은 채 칩거하는 것이면 석 달 동안 견딜 수 있는 체력을 지니고 있다.

하지만 그도 인간인 이상 굶는 것보다는 뭐라도 먹어야 힘을 쓸 수가 있다.

그는 먹는 것에는 전혀 취미가 없다. 철저하게 생존하기 위해서만 먹는다.

그때 그의 눈이 거리 맞은편 한곳에 멈추었다.

어떤 화려한 옷을 입은 초로의 뚱뚱한 사내가 가게에서 무엇인가를 사면서 돈을 치르고 있었다.

사내는 왼손에 묵직한 비단 주머니를 들고 있었고, 거기에서 꺼낸 은빛 쇳조각을 가게 주인에게 내밀었다.

태무악은 즉시 초로의 사내를 향해 거리를 가로질러 곧장 다가갔다.

사내는 비단 주머니를 품속에 넣고는 가게에서 산 반짝거리는 여자 노리개의 끈을 손가락에 걸고 빙글빙글 돌리면서 걸어가기 시작했다.

태무악은 사내 뒤를 바짝 따랐다. 그자의 품속에 있는 비단 주머니를 뺏을 생각이었다.

태무악이 아무리 세상 경험이 전무하다고 해도 자신의 물건을 뺏기고 좋아할 사람이 없다는 것쯤은 알고 있다.

만약 누군가 태무악 품속에 있는 흑자검을 훔쳐 간다면 그는 그자를 죽이고 말 것이다.

그래서 태무악은 사내의 비단 주머니를 들키지 않고 뺏을 생각이었다.

세상에서는 그런 행동을 '훔친다' 고 한다.

태무악은 조금 전에 사내가 비단 주머니를 품속의 어느 쪽에 넣었는지 정확하게 확인해 두었다.

그는 다른 사람의 품속에서 물건을 훔쳐 본 적이 한 번도 없었지만 그다지 어려울 것 같지는 않았다.

조금 과장한다면, 그는 귀신도 모르게 사내의 불알까지 떼어낼 수 있는 손기술을 지니고 있다.

거리에는 오가는 행인이 많았으므로 어깨를 부딪치지 않고는 제대로 걸을 수 없을 정도였다.

슥—

태무악은 사내의 뒤로 그림자처럼 바짝 다가들면서 왼손을 슬쩍 내밀었다.

그는 원래 오른손잡이지만 왼손도 오른손 못지않게 능숙하게 사용한다.

그때 그는 사내의 앞쪽에 네 명의 장한이 나란히 서서 부딪칠 듯이 마주 다가오는 것을 발견했다.

그들 중에 두 명은 비단 주머니 사내 정면으로, 다른 두 명은 양쪽으로 에워싸듯이 바짝 다가들고 있었다.

하지만 그들이 왜 그런 행동을 하는지는 알지 못했다.

툭!

그때 왼쪽으로 다가서던 장한이 어깨로 비단 주머니의 사내 어깨를 약간 밀 듯이 둔탁하게 건드렸다.

“어!”

비단 주머니의 사내는 마침 반대편에서 스쳐 지나고 있는 장한에게 쓰러지듯이 부딪쳤다.

그 순간 장한의 손이 번개같이 비단 주머니 사내의 품속으로 들어갔다가 빠져나왔으며, 그의 손에는 비단 주머니가 쥐어져 있었다.

그때 태무악이 장한 곁을 스쳐 지나갔다.

“호호호, 오늘 수입 짭짤……”

장한은 비단 주머니 사내를 뒤로하고 걸어가면서 득의한 미소를 흘리며 중얼거리다가 말을 흐렸다.

그의 손에 당연히 있어야 할 비단 주머니가 감쪽같이 사라진 것이다.

네 명의 장한은 걸음을 멈추고 어리둥절한 얼굴로 서로를 쳐다보았다.

그러더니 다시 부리나케 비단 주머니 사내를 뒤쫓아가기 시작했다. 그에게서 비단 주머니를 제대로 훔치지 못했다고 생각한 것이다.

태무악은 걸어가면서 묵직한 비단 주머니를 품속에 넣으며 천천히 주위를 둘러보았다.

구수한 요리 냄새가 나는 가게, 즉 주루를 찾으려는 것이다.

마침내 그는 길 건너에 있는 주루를 발견하고 자연스럽게 발길을 옮겼다.

　그가 길을 건너가고 있을 때 소가 끄는 수레 한 대가 앞으로 지나가고 있었다.

　쪼글쪼글하게 늙은 촌로(村老)가 모는 수레였는데, 낡은 이불이 깔려 있고 그 위에 남루한 옷차림의 한 소녀가 혼절한 채 누워 있었다.

　소녀를 발견한 순간 태무악은 속으로 짧게 중얼거렸다.

　'주령.'

# 第十二章

## 혼전(混戰)

大武神
대무신

이곳에서 주령을 다시 만날 줄은 전혀 예상하지 못했다.

태무악은 수레의 속도에 맞춰 천천히 따라갔다.

그가 이곳 무령현에 온 이유는 오직 벽라촌에 대해서 알아보기 위해서였다.

벽라촌을 찾아가는 것은 그의 지상 과제였다.

그것이 아니었다면 무간옥에서 십이 년 동안 견디지 못했을 것이다.

설혹 견뎠다고 해도 다른 무간자들처럼 사람이 아닌 한 마리 맹수가 됐을 것이다.

그의 마음 깊은 곳에 희미하게나마 부모에 대한 기억이 꺼

지지 않고 있었기 때문에 그는 끝끝내 무간옥을 탈출했으며,
지금 이곳에 있는 것이다.

주령은 사람들이 많이 있는 곳에 가면 벽라촌에 대해서 알
아낼 수 있을 것이라고 말했다.

무령현에는 사람들이 많고 이제 주령도 다시 만났다. 그러
므로 벽라촌에 대해서 알아내는 일은 어렵지 않을 것이다.

태무악은 수레를 따르면서 주령을 굽어보았다.

그녀는 두툼한 솜이불에 덮인 채 죽은 듯 혼절해 있었다.

머리카락은 아직 마르지 않았고, 안색은 밀랍처럼 창백했
다.

태무악의 주먹 크기 정도의 작은 얼굴에는 왠지 모를 그늘
이 짙게 깔려 있었다.

무척이나 길고 섬연한 속눈썹이 마치 강변에 휘늘어진 수
양버들처럼 슬퍼 보였다.

그녀는 태무악에게 버려진 후 하류로 떠내려가는 중에 귀
식대법이 풀려 숨을 쉬지 못하고 혼절했다.

그 직후 청룡검사들에게 발견되었으며, 그들은 그녀가 자
신들이 찾고 있는 '표적'이 아니라는 것을 알고는 혼절한 그
녀를 강가에 그대로 방치해 두었다.

이후 강촌 마을의 주민이 그녀를 발견하고 불쌍하게 여겨
보살폈으나 한참이 지나도록 깨어나지 않자 무령현의 의원에
게 보이기 위해 수레에 실어 데리고 나온 것이다.

문득 주령의 속눈썹이 가늘게 파르르 떨렸다.

그러더니 두 눈이 천천히 떠졌다.

무척 오랫동안 혼절해 있던 그녀는 지금이 바로 깨어날 때라고 판단한 것처럼 눈을 떴다.

그것은 오랜 추위를 견디고 마침내 눈 속에서 꽃봉오리를 터뜨리는 매화꽃 같았다.

그녀의 눈이 떠지는 것을 보면서 태무악은 캄캄한 하늘을 비추는 밝은 달빛 같다는 느낌이 들었다.

하지만 그녀의 왼쪽 눈에 아직도 퍼렇게 멍이 들어 있는 것이 흠이라면 흠이었다.

주령은 눈을 뜨자마자 태무악이 자신을 굽어보고 있는 것을 발견했다.

그녀의 창백한 얼굴에 방그레 엷은 미소가 떠올랐다. 그럴 줄 알았다는 듯한 미소였다.

청룡하 강물 속으로 떠내려가면서 혼절할 때, 나중에 깨어나 눈을 뜨면 제일 먼저 보게 되는 사람이 태무악일 것이라고 믿었는데 과연 그 믿음이 틀리지 않았다.

그녀는 태무악이 자신을 버렸으리라고는 잠깐이라도 생각해 본 적이 없었다.

그 당시의 상황이 너무나 절박했기 때문에 태무악이 임시방편으로 그런 방법을 선택한 것이라고 생각했다.

태무악이 청룡하에서 그녀와 잠시 헤어졌던 것이나, 지금 그녀가 깨어나자 눈앞에 그가 서 있는 것 모두가 그의 완벽한 작전이라고 굳게 믿었다.

주령은 누운 채 태무악을 향해 두 팔을 내밀었다.

문득 태무악은 자신이 주령을 처음 만났다가 구덩이에 버려둔 채 혼자 떠났던 일을 기억해 냈다.

그 후 그는 오방찰과 싸우다가 부상을 입은 상태에서 도주하다가 혼절하여 쓰러져 있었는데 주령이 그를 발견하여 거목 속으로 옮겨서 돌봐주었다.

그리고 그는 청룡하에서 그녀를 두 번째 버렸는데 이렇게 다시 눈앞에 나타났다.

태무악은 그녀를 가볍게 안아 등에 업었다.

이어서 아무 일 없었던 것처럼 거리를 걸어갔다.

촌로는 주령이 없어진 것도 모른 채 빈 수레를 몰고 인파 속으로 섞여들었다.

훤칠하게 잘생긴 소년이 거지꼴이지만 아담하고 아름다운 소녀를 업고 걸어가는 모습은 사람들의 시선을 끌기에 충분했지만, 당사자인 두 사람은 아무렇지도 않았다.

태무악은 근처의 주루로 들어갔다.

그는 점소이가 안내해 주는 창가 자리에 주령을 앉히고는 자신은 맞은편에 앉았다.

점소이가 태무악을 보면서 두 손을 비비며 주문을 요구했다.

"헤헤, 뭘 드릴깝쇼?"

태무악은 당연히 요리 이름을 모르기 때문에 다른 사람들이 무엇을 먹는지 보려고 주위를 둘러보았다.

그러자 주령이 조용하면서도 영롱한 목소리로 입을 열었다.

"봉정포(鳳精胞)와 금린연와탕(錦鱗燕窩湯), 구합장과(九合漿果)를 주세요."

점소이는 생전 처음 들어보는 요리라서 고개를 갸웃거리며 돌아가더니 잠시 후에 주인과 함께 다시 돌아왔다.

주인은 가볍게 눈살을 찌푸렸다.

"말씀하신 요리는 황궁에서나 구경할 수 있는 귀한 것들이라 우리 주루에서는 어렵겠습니다. 다른 요리를 주문하시는 것이 어떻겠습니까?"

그는 평범한 차림의 태무악과 거지꼴인 주령이 그처럼 귀한 요리를 주문한 저의를 캐내려는 듯 날카롭게 두 사람을 번갈아 쳐나보았다.

주령은 곧 자신의 실수를 깨달았다. 그 요리들은 평상시에 그녀가 즐겨 먹는 것인데 이곳이 일반 주루라는 사실을 잊고 있었던 것이다.

그녀는 즉시 서책에서 읽은 몇 가지 요리 이름을 기억해 내어 주인에게 일러주었다.

요리를 기다리는 동안 주령은 두 팔꿈치를 탁자에 대고 두 손으로 턱을 받친 채 말끄러미 태무악을 바라보았다.

이렇게 정면에서 지금처럼 자세히 태무악을 바라보는 것은 처음이었다.

그녀가 본 태무악의 모습은 훤칠하고 준수했다.

태무악의 나이가 몇 살인지는 모르지만, 자신보다 서너 살은 더 많을 것이라고 생각했다.

그렇다면 열일곱 혹은 열여덟 살인데, 나이에 비해서 체격은 매우 성숙했다. 마른 듯 호리호리하지만 키는 웬만한 장한보다 컸다.

태무악이 열다섯 살인 것을 알면 그녀는 꽤 놀랄 것이다.

하지만 그럴 일은 없을 것이다. 그는 자신의 정확한 나이를 모르고 있으니까.

주령은 세상천지에 혈혈단신 혼자다. 그녀가 알고 있기로 그랬다.

이제 그녀는 세상에서 단 두 사람만을 믿을 수 있는데, 그중 한 사람이 태무악이다.

또 한 사람은 그녀가 가려고 하는 제남에 있다.

그를 찾아가면 반갑게 맞아줄 것이고 분명히 그녀의 힘이 되어줄 것이다.

그날 밤에 태무악은 난생처음 제대로 된 요리를 먹었다.

인간세상의 요리라는 것이 이렇게 맛있다는 사실을 처음 알게 되었다.

그는 수저를 사용하지 않고 두 손으로 요리를 마구 집어먹고 뜯어 먹었다.

무간옥에서는 그 어떤 예절도 가르치지 않았다. 밥도 맨손으로 먹게 했다.

그래서 무간자들은 식사를 수저로 한다는 사실마저도 모르고 살았다.

모닥불이 꺼지지 않게 하려면 규칙적으로 장작을 던져 줘야 하는 것이 상식이다.

무간자들의 식사가 그랬다. 무간옥은 그들이 죽지 않을 만큼만 먹을 것을 주었다.

태무악은 두 손을 이용해서 식사를 하는 것뿐이지 게걸스럽거나 천박하게 먹지는 않았다.

그가 먹는 모습은 절도와 절제가 있었다.

하지만 주령은 주루 안에 있는 사람들이 모두 쳐다보면서 감탄할 정도로 세련되고 우아하게 식사를 했다.

그녀는 태무악 밥그릇에 맛있는 요리를 이것저것 올려주었다.

하지만 그가 손으로 요리를 먹는 것에 대해서는 아무 말도 하지 않았고 눈살을 찌푸리지도 않았다.

그녀는 그가 발가락으로 요리를 집어먹는다고 해도 아무렇지 않을 것이다.

그런데 주령이 수저를 사용하여 식사를 하는 모습을 지켜보던 태무악이 수저를 집어 들었다.

그리고 처음에는 서툴렀으나 그리 오래지 않아서 제법 능숙한 솜씨로 수저질을 했다.

주령은 태무악이 손으로 요리를 집어먹는 것과 그가 여태껏 보여주었던 행동들로 미루어 한 가지 사실을 유추해 냈다.

그가 세상하고 단절된 삶을, 그것도 매우 처절하게 살았을 것이라는 추측이었다.

태무악은 수저질이 익숙해질 즈음 주령보다 먼저 수저를 내려놓았다.

주령은 그가 소식(小食)을 한다는 사실을 깨달았다.

포만, 즉 배부름은 육체를 나태하게 만들고 움직임을 둔화시키며 정신을 해이하게 만든다.

그래서 무인(武人)들은 항상 소식을 한다는 사실을 주령은 책에서 읽은 적이 있었다.

그녀는 태무악이 철저하게 무인으로 키워졌다는 사실 하나를 더 알게 되었다.

태무악이 수저를 놓자 주령도 곧 수저를 내려놓았다.

그녀는 지금 매우 편안했다. 무슨 일이 있어도 자신을 든든하게 지켜주는 태무악이 앞에 있고, 오랜만에 요리다운 요리를 먹었기 때문이다.

그녀에게는 돈이 한 푼도 없다. 있을 리가 없다. 물론 태무악에게 돈이 있을 것이라고도 기대하지 않는다.

태무악이 그녀를 업고 주루로 들어왔기 때문에 그녀로서는 어쩔 수가 없었다.

요리를 주문하지 않을 수도 있었다. 하지만 그녀는 자신보다는 태무악에게 맛있는 요리를 먹여주고 싶었다.

사실 그녀는 태무악이 손으로 요리를 집어먹는 모습을 눈으로 보기 전에 그가 세상과 단절된 삶을 살았을 것이라고 어느 정도는 짐작하고 있었다.

그동안 태무악의 행동을 보면 바보가 아닌 이상 짐작할 수 있는 일이었다.

주루에 들어와서 요리를 먹었으면 돈을 내야 한다.

하지만 주령은 크게 염려하지 않았다. 그렇다고 태무악이 해결할 것이라고도 기대하지 않았다.

그저 태무악하고 함께 있으면 모든 일이 잘될 것이라는 막연한 믿음을 품고 있을 뿐이었다.

만약 여의치 않을 경우에는 그녀가 갖고 있는 한 쌍의 비녀, 즉 취봉황잠 중 하나를 팔 생각까지 했다.

그녀는 취봉황잠 하나의 가치가 황금 만 냥이 넘는 것으로 알고 있었다.

지금 주령은 작은 욕심을 하나 더 떠올렸다.

늦은 저녁을 맛있게 먹었으니 향기로운 차를 한 잔 마시고 싶다는 생각이 들었다.

그러나 그녀는 차를 마시지 못했다.

차륵!

주루 입구의 주렴을 걷으면서 들어선 다섯 명의 청룡검사 때문이었다.

태무악은 자신이 다른 사람의 옷으로 갈아입은 상태이고, 또한 많은 사람들 속에 섞여 있으면 그리 눈에 띄지 않을 것이라는 생각으로 약간 방심하고 있었다.

그리고 한 지방의 패자인 용검방을 과소평가한 점도 있었다.

무령현은 용검방의 세력권이며 그들은 이 일대를 손바닥을 들여다보듯이 훤하게 꿰고 있었다. 그 사실도 태무악의 허를 찔렀다.

주령은 주루 입구를 등지고 앉아 있어서 청룡검사들의 출현을 알지 못했다.

하지만 한시도 태무악에게서 시선을 떼지 않고 있었으므로 그의 눈빛이 가볍게 일렁이는 것을 발견하고는 무슨 일이 벌어졌음을 직감했다.

청룡검사들이 주루 안을 둘러보고 있을 때, 태무악은 이미 주령을 업고 있었다.

태무악의 용모파기를 충분히 숙지한 청룡검사들은 단번에 그를 알아보았다.

그들은 즉시 신형을 날려 태무악을 향해 쏘아왔다.

찰나 태무악의 오른손이 품속으로 들어갔다가 나오는가 싶더니 청룡검사들을 향해 뿌려졌다.

쌔액!

푸르스름한 빛살 두 개가 선두에서 쏘아오는 두 명의 청룡검사를 향해 일직선을 그으며 쏘아갔다.

팍! 팍!

"끅!"

"컥!"

두 명의 청룡검사 몸이 멈칫하더니 탁자를 부수며 나뒹굴었다.

뒤따르던 세 명의 청룡검사들이 본능적으로 멈칫했다.

와장창!

그 순간 태무악은 창을 부수며 밖으로 뛰쳐나갔다.

바닥에 쓰러진 두 명의 청룡검사는 온몸을 비틀면서 부들부들 떨다가 곧 숨이 끊어졌다.

그들의 미간 한복판에는 푸르고 가느다란 물체가 반 치쯤 튀어나와 있었다.

아니, 그것은 물푸레나무로 만든 세 치 길이의 암기가 그들의 미간 속에 두 치 반 깊이로 꽂힌 모습이었다.

나무를 깎아서 만든 볼품없는 암기로 정확하게 미간을, 그것도 한꺼번에 두 명을 맞힐 수 있는 실력자는 그리 흔하지 않을 것이다.

주루의 창이 깨지는 소리는 그 근처 행인들의 시선을 끌기에 충분했다.

그리고 행인들의 대부분은 용검방 청룡검사 십여 명과 그들이 이끄는 하급 방파의 무사 오십여 명이었다.

그렇지만 청룡검사와 무사들, 도합 육십여 명이 때마침 주루 밖을 지나가고 있던 것은 아니다.

수색대는 여러 상황을 종합하여 태무악이 무령현으로 갔을 것이라는 결론을 내렸다.

그래서 전 수색대를 이곳으로 불러 모았으며, 현재 무령현 내에만 천 명 이상의 무사들이 태무악을 찾아 현 내를 샅샅이 뒤지고 있는 중이었다.

무령현이 크다고는 하지만 시골의 작은 현이 그렇듯이 천여 명의 무사가 거리 끝에서 끝까지 일렬로 서면 두 줄을 이룰 정도의 규모에 불과했다.

거리 양쪽으로 골목이 여러 갈래로 뻗어 있는 것을 감안하더라도 몇 걸음마다 수색대를 마주치게 될 수밖에 없는 상황인 것이다.

그러므로 태무악이 주루의 창을 깨고 밖으로 뛰쳐나갔는데 마침 그곳을 육십여 명의 무사들이 지나가고 있다고 해서 조금도 이상한 일이 아닌 것이다.

태무악은 무리지어 몰려가고 있는 그들 한복판으로 뛰어든 형세가 되고 말았다.

하지만 그는 추호도 당황하지 않았다. 무간옥에서 이보다 더 극한 상황을 셀 수도 없이 겪은 그다.

아마도 태무악을 놀라게 할 만한 일은 그리 흔하지 않을 터이다.

뜻하지 않은 상황에 처했음에도 태무악은 전혀 놀라지 않았으나 육십여 명은 놀랐다.

또한 태무악은 언제든 싸울 준비가 되어 있는 반면에, 그들은 마음으로만 준비가 되어 있었다.

그 순간 태무악의 두 손이 재빨리 품속으로 들어갔다가 나왔다. 오른손에는 흑자검이, 왼손에는 한 무더기의 암기가 쥐어져 있었다.

그는 육십여 명의 수색대를 향해 곧장 달려가면서 왼 손목을 가볍게 떨쳤다.

쌔애액!

그러자 다섯 개의 암기가 부챗살처럼 쏘아나갔다.

그가 평소의 암기술로 급소에 최대한 정확하게 암기를 맞히는 것은 네 개까지 가능하다.

그러나 그것은 어디까지나 제대로 된 쇠붙이 암기였을 때 국한된 얘기다.

지금처럼 가벼운 나무로 만든 암기를 사용할 경우에는 암기에 공력을 더 주입시켜야 하고 또 조준에 신경을 써야 하기 때문에 두 개 이상 발출하면 속도와 정확도가 떨어진다.

그런데도 그가 다섯 개의 암기를 발출한 이유는 상대를 반드시 죽이려는 목적이 아니기 때문이었다.

급소에 맞히면 다행이고, 그렇지 않더라도 최소한 다섯 명을 주저앉게는 만들 수 있을 것이다.

즉, 한 명이라도 더 무력화시키는 것이 목적이었다.

그렇다고 암기를 아무렇게나 던지지는 않았다. 급소를 맞히려고 최선을 다했다.

태무악은 아무리 사소한 일이라도 최선과 전력을 다하는 습관을 갖고 있었다.

그것은 맹수의 습성과 비슷했다.

호랑이는 결코 장난으로 사냥을 하지 않는다.

가장 가까이에 있던 다섯 명이 암기에 맞아서 제각기 답답한 신음을 터뜨리며 쓰러지거나 주저앉았다.

그중 두 명이 원래 겨냥한 미간에 적중됐고, 세 명은 얼굴과 목, 가슴에 적중되었다.

쒜액!

태무악은 다섯 개의 암기를 더 쏘아냈다.

그러는 사이에 그는 무사들의 일 장 전면까지 들이닥치고 있었다.

무사들은 암기를 피하려고 이리저리 몸을 날렸으나 한데 몰려 있었기 때문에 서로 부딪치고 넘어지느라 한바탕 난리가 났다.

"으악!"

"큭!"

다섯 개의 암기는 또다시 다섯 명에게 적중됐다. 그들은 비명을 터뜨리며 맞은 부위를 감싸 쥐었다.

두 번에 걸쳐서 발출한 열 개의 암기가 하나도 빗나가지 않고 열 명을 쓰러뜨렸다.

그것은 태무악의 암기술이 뛰어난 것 때문이기도 했지만, 상대가 이류 이하의 오합지졸인 탓도 있었다.

암기에 맞은 자들은 모두 무사들이었다. 태무악은 암기를 한꺼번에 다섯 개씩 던져서는 청룡검사들을 쓰러뜨리지 못할 것이라고 판단한 것이다.

주령은 자신의 엉덩이를 태무악이 왼손으로 받쳐 주지 않는다는 사실을 알고 그에게서 떨어지지 않으려고 두 팔로는 그의 가슴 아래쪽을, 두 발로는 허리를 꼭 끌어안았다.

태무악은 지금처럼 무리를 상대로 싸우는 것은 처음이었다.

청룡하의 송림에서는 포위망을 뚫으면서 네 명의 흑룡검사를 죽이고 도주했으니 무리하고 싸웠다고 할 수는 없었다.

그렇지만 처음이라고 해서 이 싸움을 피하고 싶은 생각은 없었다. 또 피하고 싶다고 해서 피할 수 있는 싸움도 아니었다.

어차피 무간옥을 탈출한 그 순간부터 겪은 모든 것이 처음이지 않았는가?

태무악이 열 개의 암기를 발출하여 열 명을 쓰러뜨리고 한 명의 청룡검사를 향해 흑자검을 번개같이 찔러갈 때까지 아무도 싸울 태세를 갖추지 못했다.

태무악의 먹잇감이 된 청룡검사는 재빨리 오른손을 어깨의 검으로 가져갔다.

쉬익!

하지만 흑자검은 이미 그의 코앞까지 쇄도하고 있는 중이었다.

푹!

"큭!"

흑자검이 그의 목 한복판에 절반쯤 꽂혔다.

파아!

태무악은 흑자검을 뽑는 것과 동시에 곧장 두 번째 먹잇감을 베어갔다.

그자는 방금 당한 청룡검사 옆에 놀란 얼굴로 어정쩡하게 서 있는 또 다른 청룡검사였다.

태무악은 청룡검사들이 청룡하 강변에 있던 자들이라는 것을 한눈에 알아보았다.

또한 그들이 무리를 이끌고 있다는 사실을 간파했다. 그래서 청룡검사들부터 죽이려는 것이었다.

뱀을 죽이려면 머리부터 짓이겨야 한다는 것은 상식 중에서도 상식이다.

스걱!

흑자검이 두 번째 청룡검사의 목을 비스듬히 긋자 풀잎끼리 스치는 듯한 소리가 났다.

그자의 잘라진 머리통이 기우뚱 목 위에서 미끄러지며 분리될 때 태무악은 어느새 세 번째 청룡검사를 향해 쇄도해 가고 있었다.

태무악이 주루의 창을 뚫고 거리로 튀어나와 열두 명을 죽이는 데 걸린 시간은 불과 두 호흡밖에 걸리지 않았다.

그것은 청룡검사와 무사들이 상황을 판단하고 공격을 가하기에는 턱없이 부족한 시간이기도 했다.

무사들, 즉 수색대는 태무악이 그처럼 빠르게 공격해 올 줄은 조금도 예상하지 못했다.

더구나 그가 암기를 발출하는 것과 동시에 무리의 한복판으로 뚫고 들이와 마구 위서를 술은 더욱 생각하지 못했다.

살아남은 사십여 무사들은 감히 태무악을 공격하지 못하고 오히려 그의 공격권 내에 들지 않으려고 미친 듯이 사방으로 흩어지기에 바빴다.

푹!

"끅!"

그 와중에 태무악의 흑자검이 세 번째 청룡검사의 목을 깊숙이 찔렀다.

일곱 명의 청룡검사는 동료 셋을 제물로 바친 후에야 일제히 검을 뽑으면서 태무악을 공격하기 시작했다.

삐이익! 삐익!

흩어진 무사들은 태무악을 공격하는 대신 요란하게 호각을 불면서 이곳에 표적이 나타났음을 알리느라 분주했다.

호각 소리를 듣고서도 태무악은 결코 조급하거나 당황하지 않았다.

불심 깊은 고승(高僧)은 오랜 수양으로 무심(無心)의 경지에 이르지만, 태무악은 십이 년의 지옥 생활에 무심의 경지에 도달했다.

아마도 천하에서 불과 십오 세의 나이에 태무악만큼 무심 지경에 오른 사람은 없을 터이다.

일곱 명의 청룡검사는 평소 수련한 대로 진형을 갖출 수가 없었다.

태무악이 이미 그들끼리의 맥을 끊어놓았고, 또 그들의 한복판에서 주도권을 잡은 채 여전히 선공을 펼치고 있는 중이었기 때문이다.

그러나 일곱 명의 청룡검사들은 물러서지 않고 용검방의 성명검법인 오룡검법(五龍劍法) 중에서 청룡에 해당하는 청룡난운검법(靑龍亂雲劍法)을 전개하면서 태무악을 협공하려고 필사적으로 노력했다.

태무악은 청룡검사 세 명을 죽일 때까지는 일정한 초식 없이 공격했다.

　그러나 일곱 명이 정신을 수습하고 협공을 해오자 즉시 상황이 변했다.

　그래서 더 이상 초식 없이 마구잡이로 공격하는 것은 어렵겠다고 판단했다.

　그는 상체를 깊이 숙인 자세로 네 번째 청룡검사를 향해 쏘아가면서 재빨리 광속참의 구결을 운용했다.

　광속참의 구결 중에는 단전에서 끌어낸 공력을 세 군데 특정한 혈맥으로 반 주천시킨 후 한순간 폭발적으로 검을 쥔 팔로 뿜어내는 것이 있다.

　단지 팔의 힘으로만 검을 뻗는 것보다 공력으로 뻗어내는 검의 속도가 더 빠를 것은 두말할 필요가 없었다.

　그렇기 때문에 광속참은 그 무엇보다도 빠르고 위력적일 수밖에 없는 것이다.

　네 번째 먹이가 된 청룡검사는 거무튀튀한 흑자검이 상상을 초월하는 속도로 자신을 향해 쏘아오자 움찔 놀라면서 본능적으로 검을 휘둘러 방어하려고 했다.

　또한 여섯 명의 청룡검사도 태무악을 향해 일제히 검을 휘둘러 협공을 가했다.

　그러나 태무악의 쏘아가는 속도는 지독하게 빨랐다. 비류준을 전개하고 있었기 때문이다.

　네 번째 청룡검사가 채 방어 자세를 취하기도 전에 흑자검이 그의 심장을 깊숙이 찔렀다.

푹!

그러나 태무악은 쏘아가던 기세를 감당하지 못하고 어깨로 네 번째 청룡검사의 가슴을 거세게 들이받고 말았다.

쿵!

빠른 움직임을 위해서 비류준을 전개했던 것인데, 좁은 장소에서는 제어하기가 어려웠다.

지금 같은 때에는 보법을 전개해야 하지만 그는 보법을 배운 적이 없다.

구결로는 몇 개의 보법을 알고 있으나 필요하지 않을 것 같아서 배우지 않았는데 생각이 짧았다.

그는 지금 이 순간 보법이 검초식만큼 중요하다는 사실을 절감하고 있었다.

태무악과 부딪친 네 번째 청룡검사는 붕 날아가서 엉덩방아를 찧으며 쓰러졌다.

태무악은 그자와 충돌하는 반탄력을 빌려서 몸을 힘껏 뒤로 젖혔다.

그자와 한 덩이가 되어 나뒹굴지 않기 위해서였다. 그런데 젖히는 힘이 너무 지나쳐 상체가 뒤로 기우뚱하면서 빠르게 쓰러져 갔다.

그 상황에서 그는 청룡검사들의 공격에 대비하여 재빨리 주위를 둘러보면서 흑자검을 움켜잡았다.

청룡검사들이 이런 절호의 기회를 놓칠 리가 없었다.

쏴아아!

여섯 방향에서 여섯 자루의 검이 소나기처럼 태무악에게 쏟아져 왔다.

태무악은 오른발 뒤꿈치로 땅을 디딘 채 상체가 뒤로 젖혀지고 있는 자세였다.

순간 그는 벼락같이 허리를 비틀면서 오른발 뒤꿈치를 축으로 삼아 빙그르르 오른쪽으로 번개같이 회전하며 맹렬히 흑자검을 그어댔다.

어떻게 그처럼 불안전한 자세에서 회전할 수 있는 것인지 불가해한 동작이었다.

좌악!

"크악!"

"허윽!"

흑자검이 덮쳐 오던 청룡검사 두 명의 복부를 깊고 길게 가르면서 피가 튀었다.

또한 그는 방금의 동작으로 공격해 오던 네 자루의 검을 간발의 차이로 피할 수 있었다.

그러나 비스듬히 누운 자세에서 회전을 한 태무악은 업고 있는 주령의 등이 지면과 불과 반 자 거리밖에 되지 않는 아슬아슬한 자세가 되었다.

이대로 쓰러지면 주령이 바닥에 깔리는 것은 둘째 치고라도 청룡검사들의 네 자루의 검이 고스란히 그의 온몸으로 쏟아질 것이 자명하다.

하지만 그가 어떤 상황, 어떤 자세에서도 난관을 헤쳐 나갈 수 있는 훈련을 십이 년 동안 받은 것은 결코 헛고생이 아니었다.

그는 발뒤꿈치로 지면을 힘껏 밀면서 누운 자세로 머리 쪽을 향해 화살처럼 쏘아갔다.

쏘아가면서 허리를 비틀어 엎드리는 자세를 만들었다.

태무악이 더 이상 어쩌지 못할 것이라고 생각했던 청룡검사들은 움찔 놀랐다.

그들이 볼 때 태무악은 어떤 상황, 어떤 자세에서도 맹수처럼 공격하고 있었다.

푹!

"큭!"

태무악의 흑자검이 청룡검사의 복부를 깊숙이 찔렀다.

그 순간 그는 몸을 최대한 접었다가 발끝으로 그자의 가슴을 걷어차면서 반대편으로 퉁겨져 날아갔다.

그의 그런 동작은 곡예에 가까웠다.

칵!

"끅!"

흑자검이 여덟 명째 청룡검사의 콧등을 깊숙이 찔렀다.

태무악은 그자의 콧등에 꽂힌 흑자검을 축으로 삼아 빙글 몸을 뒤집으면서 방향을 바꾸었다.

그때 그는 자신의 가슴과 허리를 끌어안고 있던 주령의 팔다리가 느슨해지는 것을 느꼈다.

그녀는 태무악에게 붙어 있으려고 사력을 다했지만 힘의 한계는 어쩔 수가 없었다.

쉬익! 쉭!

그 순간 마지막 남은 청룡검사 두 명 중 한 명의 검이 위에서 아래로 태무악의 목을 향해 그어 내렸고, 또 한 자루는 측면에서 옆구리를 찔러왔다.

몸을 회전하는 중에 등이 지면을 향했을 때 태무악은 주령이 몸에서 떨어져 나가는 것을 느꼈다.

하지만 그대로 내버려 두었다. 지금의 상황에서는 그녀를 돌볼 여유가 없었다.

차라리 그녀가 그의 몸에서 떨어져 있는 편이 두 사람 모두에게 유리했다.

태무악의 왼손이 허리를 찔러오는 자를 향해 뻗었고, 오른손이 여덟 번째 청룡검사 콧등에 꽂혀 있는 흑자검을 뽑는 것과 동시에 목을 내리긋고 있는 자를 향해 뿌려졌다.

슈욱!

그의 왼손에서는 암기 하나가, 오른손에는 흑자검이 번갯불처럼 각기 다른 방향으로 쏘아져 나갔다.

팍! 푹!

"으왁!"

"끄윽!"

암기는 아홉 번째 청룡검사의 눈에 꽂혔고, 흑자검은 마지막 열 번째 청룡검사의 입에 쑤셔 박혔다.

쿵!

한쪽 무릎으로 지면을 찍으면서 내려선 태무악은 퉁기듯이 몸을 날려 열 번째 청룡검사의 입에서 흑자검을 뽑았다.

주령이 땅에 쓰러져 있었지만 그녀보다는 흑자검을 회수하는 것이 더 중요했다.

척!

태무악이 오른손에 흑자검을 쥐고 땅에 내려서자 주령이 부리나케 달려와 그의 등에 다시 업혔다.

그가 주령을 업고 벌떡 일어나 재빨리 주위를 쓸어보자 무사들은 삼사 장이나 물러난 상태에서 움찔 놀라 다시 주춤주춤 더 멀리 물러났다.

무사들은 순식간에 무사 열 명과 청룡검사 열 명을 쓰러뜨린 태무악이 사람으로 보이지 않았다.

더구나 그는 청룡검사 열 명을 죽이는 과정에서 피를 뒤집어썼기 때문에 악귀나찰 같은 모습이었다.

그는 거리의 양쪽에서 수백 명의 무사들이 몰려오고 있는 것을 발견했다.

거리는 십오륙 장에 불과했다.

슈욱!

순간 태무악은 비류준을 전개하여 주루를 향해 쏘아갔다.

그의 앞쪽에 있던 무사들은 겁을 잔뜩 집어먹고 있던 중에 화들짝 놀라서 피하기에 급급했다.

타앗!

조금 전에 태무악이 부수고 나왔던 주루의 창을 이 장여 남겨둔 거리에서 그는 힘껏 땅을 박차고 허공으로 비스듬히 솟구쳐 올랐다.

주루 이층 지붕까지 삼 장 반 높이를 거뜬하게 오른 그는 지붕을 박차고 전방을 향해 쏘아갔다.

그러면서 힐끗 뒤돌아보았다.

수백 명이 주루 앞에 몰려와 있었으며, 용검방의 흑룡, 황룡, 청룡검사 수십 명이 앞장서서 주루 옆 골목으로 파도처럼 쏟아져 들어왔다.

그들은 삼 장 반 높이의 주루 지붕까지 뛰어오를 실력이 못 되기 때문에 지상에서 추격하는 것이었다.

태무악은 건물들의 지붕 위로 바람처럼 내달렸다. 한 번 지붕을 디딜 때마다 삼사 장씩 도약했다.

추격자들과의 거리는 점점 멀어졌다.

삐이익!

퍼펑!

추격자들은 요란하게 호각을 불어대고 또 허공 높이 신호탄을 쏘아 올려 터뜨리며 수선을 피웠다.

그것을 보고 태무악은 오래지 않아서 더 많은 추격자들이 몰려들 것이라고 생각했다.

그는 추격자들이 얼마나 되는지 알지 못하지만 지금보다 훨씬 많을 것이라고 짐작했다.

하지만 별것 아니라서 걱정은 하지 않았다.

문제는 적귀와 아방나찰들이었다.

태무악은 탈출 직후부터 줄곧 동쪽으로만 가다가 주령을 만나 그녀에게 동쪽 끝에는 바다가 있다는 말을 듣고는 방향을 남쪽으로 바꾸었다.

이후 오방찰과의 싸움으로 부상을 당하고 나서는 잠시 동안 동북쪽으로 달려갔다.

그의 원래의 행로인 동쪽을 찾아가는 것처럼 오방찰에게 보이도록 하기 위해서였다.

이제 보니까 태무악의 그런 본의 아닌 계략이 먹혀든 것 같기도 했다.

아직 적귀와 아방나찰들이 보이지 않는 사실이 그것을 대변해 주고 있었다.

하지만 태무악이 최초의 수색대 십육 명을 죽였을 때 그중 마지막 한 명이 신호탄을 쏘아 올렸었다.

그때 신호탄을 본 다른 수색대가 태무악이 남쪽에 있다는 사실을 어떤 방법을 써서라도 적귀와 아방나찰, 아니, 무간옥에 알렸을 것이다.

그로부터 한나절이 지났다.

주령을 처음 만났던 급류로부터 이곳 무령현까지는 사백여 리의 거리다.

적귀와 아방나찰들이 아무리 빨리 온다고 해도 하루 반은 족히 걸릴 터이다.

태무악의 계산이 맞는다면 그들이 도착할 때까지 대략 하루 정도의 여유가 있다.

그들이 도착하면 태무악의 탈출은 지극히 어려워진다고 봐야 할 것이다.

그러므로 그들이 도착하기 전에 죽을힘을 다해서 최대한 멀리 도망쳐야 한다.

그러나 무조건 멀리 간다고 능사가 아니다. 흔적을 남기지 말아야 한다.

태무악은 마지막 건물의 지붕을 힘껏 박차고 날아갔다.

그의 앞에는 추수를 끝낸 논과 밭이 드넓게 펼쳐져 있었고, 그 너머에 산이 보였다.

일단 산으로 들어가기만 하면 저 정도 추격자들을 따돌리는 것쯤이야 어려운 일이 아니다.

그가 논과 밭을 백여 장쯤 달려갔을 때 추격자들은 그제야 논과 밭으로 들어서고 있었다.

산으로 들어가기 전에 고개를 돌리자 추격자들이 논과 밭을 새카맣게 뒤덮은 광경이 보였다. 어림잡아도 족히 천여 명은 될 듯했다.

그런데도 그가 잠시 지켜보고 있는 동안에도 추격자들은 점점 더 불어났다.

그는 저렇게 많은 사람들이 한꺼번에 모여 있는 광경을 생전 처음 보았다.

게다가 그들이 자신을 쫓고 있는 무리라는 생각을 하자 처음으로 의문이 들었다.

무간옥이 저렇게 많은 무리에게 태무악을 비롯한 세 명의 무간자들을 수색, 제압하라고 시킨 것 같은데, 무간옥과 저들이 대체 무슨 관계인지가 궁금해졌다.

태무악은 무간옥에서 십이 년 동안 사육당하면서 적귀와 아방나찰, 천지명관 외의 인물은 한 번도 본 적이 없었다.

또한 그는 무간옥의 실체를 전혀 모르고 있었다.

무엇 때문에 무간자들을 키우는 것인지, 모든 것을 다 배운 무간자들은 어디로 가는 것인지 등등 궁금한 것은 많았으나 알아낼 방법이 없었다.

그렇지만 대다수의 무간자들은 가장 기본적인 그런 궁금증조차 품지 않았다.

너무 어린 나이에 무간옥에 끌려왔기 때문에 자신들의 삶은 무간옥이 시작이고 끝이며 전부인 줄 알고 있기 때문이었다.

태무악은 기회가 되면 추격자들과 무간옥의 관계를 알아
보리라 생각했다.

추격자 중에서 한 명을 붙잡아 캐물으면 그리 어렵지 않을
터이다.

그는 산으로 들어서 남쪽으로 방향을 잡은 후 캄캄하고도
울창한 숲 속을 최대한 흔적을 남기지 않으려고 애쓰면서 달
리기 시작했다.

그가 남쪽으로 달리는 이유는, 주령의 목적지인 제남이 남
쪽에 있다고 그녀가 예전에 일러주었기 때문이다.

# 第十三章

## 병법(兵法)

大武神
대무신

"제남이라는 곳은 정확하게 어느 방향이지?"

태무악은 산속으로 들어서서 한참 달리다가 한 언덕 위에 올라선 후 잠시 멈추고 주령에게 물었다.

주령으로서는 오랜만에 들어보는 태무악의 목소리였다.

그녀는 줄곧 두 팔로 태무악을 끌어안고 그의 등에 뺨을 묻고 있다가 비로소 고개를 들고 주변을 둘러보았다.

"이십사방위(二十四方位)를 아세요?"

그녀는 대답 대신 반문했다.

"안다."

이십사방위는 동서남북을 더 세밀하게 스물네 갈래로 나

눈 것을 말한다.

무간옥은 태무악에게 하늘 아래에 존재하는 모든 생존술과 살인 수법을 가르쳤다.

방위나 절기, 음양오행, 육십사괘 등은 생존술과 전투술을 익히는 데 기초적인 근간을 이루기 때문에 당연히 배웠다.

하지만 사람이 살아가는 데 필요한 일반적인 상식이나 지식에 대해서는 추호도 배우지 못했다.

무간자들은 사람이 아니라 각자가 하나의 완벽한 살인 무기로 키워지기 때문이다.

주령은 제남이 있는 방향을 바라보며 나직이 대답했다.

"제남은 병방(丙方)이에요."

병방이란 정남향(正南向)에서 동쪽으로 약간 틀어서 십오 도 각도 내에 있는 방위를 가리킨다.

태무악이 막 출발하려고 할 때 주령이 예쁜 목소리로 물었다.

"당신은 왜 쫓기는 것인가요?"

느닷없는 질문이다.

주령은 태무악의 몸이 단단하게 굳어지는 것을 느꼈다.

그녀는 태무악이 벙어리라고 오해할 정도로 과묵한 사람이라는 것을 알고 있다.

또한 그런 특이한 사람은 자신에 대해서 묻는 것을 극도로 싫어한다는 사실 또한 예전부터 알고 있었다.

주령은 태무악에 대해서 궁금한 것이 아주 많았다.

하지만 그의 그런 성격을 짐작했기 때문에 아무것도 묻지 못하고 있었던 것이다.

하지만 지금 이 상황에서 그가 왜 쫓기고 있는지를 묻는 것은 그만한 이유가 있었다.

그에 대해서 아무것도 모르면 아무것도 도울 수 없기 때문이었다.

태무악이 주령의 엉덩이에서 왼손을 뗐다.

당연한 일이지만 주령은 태무악의 등에 업혀 있지 않으면, 특히 그의 커다란 손이 자신의 엉덩이를 떠받치고 있지 않을 경우 극도의 불안을 느꼈다.

그녀는 그가 자신을 바닥에 내팽개치려 한다는 사실을 직감하고 결사적으로 그에게 매달리며 급히 말했다.

"왜 쫓기는지를 알아야지만 소녀가 당신을 도울 수 있기 때문이에요."

태무악은 주령을 내팽개치지 않고 그대로 가만히 있다가 다시 왼손으로 그녀의 엉덩이를 받쳤다.

하지만 그녀의 물음에는 대답하지 않았다. 그 역시 추격자들에 대해서는 아는 바가 없기 때문이었다.

"나를 어떻게 돕는다는 것이지?"

그가 나직하면서도 묵직한 목소리로 묻자 주령은 총명하게 눈을 빛내며 대답했다.

“소녀는 어릴 때부터 병법이나 전술에 대해서 공부했어요. 그렇기 때문에 당신이 누구이며 왜 쫓기고 있는지를 알면 올바른 조언을 해줄 수 있을 거예요.”

태무악은 병법이나 전술이라는 말을 처음 들었다. 그렇지만 그것이 무어냐고 묻지는 않았다.

다만 병법이나 전술이 그가 알지 못하는 또 다른 지식일 것이며, 말 그대로 ‘병(兵)’이나 ‘전(戰)’에 대한 법과 술이라고 나름대로 생각했다.

그는 지금껏 주령이 지리에 대해서 꽤 많이 알고 있는 것을 경험했다.

그러므로 그녀가 병법이나 전술에도 일가견이 있다는 사실을 그다지 의심하지 않았다.

그는 자신이 달려온 방향을 쳐다보았다. 추격자들은 최소한 이각 후에나 이곳에 당도할 것이므로 어느 정도 시간적 여유가 있었다.

“나는 무간자다.”

이윽고 태무악이 짧게 말했다.

그는 세상 사람들이 ‘무간자’에 대해서 아는지 모르는지에 대해서도 모르고 있다.

어쩌면 ‘사람’이나 ‘남자’, ‘여자’, ‘호랑이’, ‘곰’처럼 ‘무간자’도 고유한 이름일지 모른다고 생각했다.

그러나 그의 그런 생각은 주령의 말에 의해서 곧 깨어졌다.

"무간자라는 말은 처음 들어요."

그래서 무간자도 무간옥도 세상에 알려지지 않은 존재라는 사실을 알게 되었다.

주령은 '무간자'가 무엇인지에 대해서 곰곰이 생각해 보았다. 하지만 '무간'이라는 말은 알겠는데 거기에 놈 자(者)가 들어간 '무간자'가 무엇인지는 알 수가 없었다.

'무간'의 뜻은 두 가지다. 하나는 서로 허물없이 가깝다는 것이고, 또 하나는 팔열지옥(八熱地獄)의 하나인 무간지옥(無間地獄)을 가리킨다.

주령은 태무악이 무간지옥을 가리키는 것이라고 짐작했다.

그러므로 '무간자'라 함은 무간지옥에 있는 사람을 뜻할 것이라고 또 추측했다.

"무간자는 무간지옥과 관계가 있는 것인가요?"

"무간옥이야. 내가 있던 곳이지."

주령은 태무악이 설명을 해준다는 사실이 기뻤다. 그것은 그가 그녀를 믿는다는 뜻이었다.

"무간옥이 어디에 있죠?"

"노노아호산 남쪽의 고원지대에 있다."

주령은 처음 태무악을 만났을 때 그가 자신들이 있는 장소에서 서쪽으로 삼백오십여 리쯤에 무엇이 있느냐고 물었던 것을 기억해 냈다.

그때 주령은 노노아호산 남쪽의 고원지대라고 대답했다.
물론 태무악은 고원지대의 뜻을 몰라서 그녀에게 물었다.

주령은 그가 자신이 있던 곳의 위치조차도 모르고 있었다
는 사실에 적잖은 충격을 받았다.

"무간옥은 무엇을 하는 곳인가요?"

"모른다."

태무악은 길게 설명하는 것이 귀찮았다. 그래서 간단하게
설명할 수 있는 방법을 고르다가 다시 입을 열었다.

"나는 세 살 때 누군가에게 납치되어 지금까지 십이 년 동
안 무간옥에서 살아왔다. 무간옥에는 백 명의 적귀와 열 명의
아방나찰, 두 명의 명관, 칠백 명의 무간자들이 있었는데, 지
금은 백구 명의 무간자만 살아남았다. 무간옥은 우리에게 생
존술과 전투술, 여러 종류의 무공을 가르쳤다."

태무악은 태어나서 지금처럼 말을 많이 해본 적이 없었다.

그의 설명에 주령은 눈을 커다랗게 떴다. 아니, 너무나 놀
라서 입도 반쯤 벌렸다.

그의 말은 경악을 금할 수 없는 내용이었다. 어떻게 그런
일이 있을 수 있는지 주령은 상상조차 할 수가 없었다.

무간옥에는 처음에 칠백 명의 무간자들이 있다고 했다.

그런데 태무악은 세 살 때 납치되었다는 것이다.

그렇다면 무간옥에 있는 칠백 명 모두 납치되어 끌려왔다
는 뜻이 아니겠는가.

그녀가 너무나 놀라 말을 잃은 얼굴로 바라보자 태무악은 먼 남쪽 하늘을 바라보면서 아련한 표정으로 말을 이었다.

"내 기억으로는 내가 세 살 때까지 살았던 마을 이름이 벽라촌이었다. 그곳에 돌아가기 위해서 무간옥을 탈출했다."

크게 놀라고 있던 주령은 태무악이 '내 기억으로는' 이라고 한 말에 또다시 놀랐다.

"세 살 때의 일을 기억한다는 말인가요?"

"그게 이상한 일이냐?"

충분히, 아니, 엄청 이상한 일이다. 어떻게 세 살 때의 일을 기억할 수 있다는 말인가?

주령은 어릴 때부터 총명함이 지나칠 정도라는 찬사를 수없이 들으며 자랐지만 세 살 때 일을 기억하지는 못한다. 심지어 대여섯 살 때의 일도 기억이 가물가물할 정도였다.

그런데 태무악은 세 살 때 자신이 납치된 것과 그때까지 살았던 고향 집에 대해서 기억하고 있었으며, 그곳에 돌아가기 위해서 무간옥을 탈출했다는 것이다.

주령은 어쩌면 그가 자신보다 더 총명한 두뇌의 소유자일지도 모른다고 생각했다.

"그런데… 지금 당신을 쫓는 사람들은 명관과 적귀, 아방나찰들이 아닌 것 같군요."

주령은 조금 이상하다는 생각이 들어서 그렇게 물었다.

태무악은 무간옥에 두 명의 명관과 열 명의 아방나찰, 백 명의 적귀가 있다고 방금 말했는데, 지금 자신들을 쫓고 있는 자들은 천 명도 넘었기 때문이다.

태무악은 돌덩이처럼 굳은 얼굴로 중얼거렸다.

"지금 우리를 추격하고 있는 자들이 누군지 나도 모른다."

그 말은 지금 추격하고 있는 자들이 무간옥의 인물들이 아니며, 어떤 이유로 태무악을 쫓고 있는지 모른다는 의미였다.

주령은 말의 내용을 떠나서 그가 '우리'라고 했다는 사실에 기분이 한껏 고무되었다.

태무악은 그 말을 끝으로 입을 다물었다.

더 이상 해줄 말도 없었고, 있다고 해도 말하기 귀찮다는 생각이 들었기 때문이다.

영특한 주령은 그의 내심을 알아차렸다. 미흡하기는 하지만 그가 해준 말로 전후의 상황을 유추하는 수밖에 없을 것이라고 생각했다.

그러나 꼭 한 가지는 더 알아야만 했다.

"혹시 부모님의 존함을 기억하고 있나요?"

불과 세 살짜리가 부모의 이름을 기억하는 것은 무리일 것이라고 생각하면서도 혹시나 싶어서 물었다.

태무악은 주령을 힐끗 쳐다보고 나서 예의 무뚝뚝하게 대꾸했다.

"태청명과 소은한이다."

설마했던 주령은 그의 놀라운 기억력에 다시 한 번 놀랐다.

그리고 그녀는 욕심을 조금 더 내보기로 했다.

"그럼… 당신의 이름도 기억하나요?"

"태무악."

"태무악……. 정말 좋은 이름이군요."

주령은 그의 이름을 알게 됐다는 기쁨에 자신도 모르게 중얼거렸다.

그녀는 지금 그가 거짓말을 하는 것이라고는 추호도 생각하지 않았다.

거짓말을 할 이유가 없었다. 또한 그녀는 그가 거짓말 자체를 모르는 사람이라고 생각했다.

"이제부터 소녀는 당신을 악 가(岳哥)라고 부르겠어요."

여자가 연상의 남자를 친근하게 '가가(哥哥)'라고 부른다는 사실을 태무악이 알 리가 없다.

주령은 잠시 골똘히 생각에 잠겼다. 태무악에 대해서 방금 알게 된 많지 않은 사실들을 토대로 이제부터 어떻게 할 것인가를 궁리하는 것이었다.

이곳에서 그녀의 목적지인 제남까지는 천여 리 길이다.

태무악의 빠르기로 부지런히 가면 그녀를 업고서도 오륙일 내에 도착할 수 있을 것이다.

그가 쫓기는 입장이든 말든 곧장 제남으로 가게 하여 목적지에 도착, 그와 헤어지면 주령은 그에 대해서 더 이상 신경 쓰지 않아도 될 일이다.

하지만 주령은 그러지 않았다. 태무악이 거짓말을 모르듯이 그녀는 남을 속이거나 배신하지 못한다.

더구나 자신과 너무도 특별한 인연으로 얽혀 있는 태무악에게는 더욱 그랬다.

이윽고 생각을 끝낸 그녀는 캄캄한 하늘을 보면서 별자리로 방향을 가늠한 후 한쪽 방향을 가리켰다.

"우린 저쪽 신방(辛方)으로 가야 할 것 같아요."

그녀가 가리키는 신방은 북북서 방향이다.

태무악은 무표정한 얼굴로 그쪽 방향을 쳐다보았다.

지금 추격자 천여 명이 북쪽에서 남쪽으로 밀물처럼 추격해오고 있는 중이었다.

그런데 주령은 북북서 방향으로 가자고 하는 것이다. 그 방향으로 가면 추격자들을 가까스로 비껴가든가, 아니면 정면으로 마주칠지도 모른다.

주령은 태무악의 침묵을 물음이라 여기고 설명했다.

"지금 추격자들이 북쪽에서 남쪽으로 추격해 오고 있지만 추격자들이 그들뿐이라고 생각하면 안 될 것 같아요."

태무악은 추격이나 추격자들에 대해서는 한 번도 깊이 생각해 보거나 분석해 본 적이 없었다.

그러나 주령은 추격에 대해서 근본적으로 생각하고 또 분석하고 있었다.

"우리가 열하성에서 하북성으로 도주하는 과정에서 추격

자들은 줄곧 앞에서 우리를 기다리고 있었어요."

적귀와 아방나찰들은 북에서 수색하고, 용검방 등은 남에서 기다리고 있었다.

"소녀는 지금 추격하고 있는 인원이 추격자의 전부가 아닐 것이라고 생각해요. 추격자들이 계속해서 신호탄을 쏘아 올리고 있는 것이 그 증거예요."

신호탄은 누군가에게 위치를 알리기 위해서 쏘아 올리는 것이다.

그녀는 태무악의 등에 업혀서 도주하는 과정에 밤하늘 높은 곳에서 터지는 신호탄 소리를 몇 차례나 들었고 또 보았던 것이다.

"무간옥이 어떤 곳인지는 모르지만, 대단한 위세를 지니고 있어서 수많은 사람들을 마음대로 부릴 수 있는 것만은 분명한 것 같아요. 그렇게 생각했을 때 다른 추격자들이 남쪽에서 기다리고 있을 가능성이 커요."

주령의 예리한 분석은 태무악을 이해시키고도 남았다. 사실 여태까지 그의 생각은 단순했다.

주령의 목적지가 제남이니까 그녀를 그곳까지 데려다 주고, 자신은 그녀에게서 벽라촌의 위치만 들으면 그만이라고 생각한 것이다.

추격자들이 없다면 제남으로 가는 것만 생각하면 되지만 지금은 그럴 상황이 아니었다.

주령은 손가락을 하나씩 꼽으면서 말을 이었다.

"추격의 기본적인 요소는 길목을 지키는 것, 포위망을 만들어 좁히는 것, 혈로를 막는 것 등이에요. 소녀는 지금 우리를 쫓고 있는 추격자들이 그런 기본적인 방법을 취했을 것이라고 생각해요."

태무악은 추격이 자신이 생각하고 있던 것보다 훨씬 치밀할 수도 있다는 사실을 지금 비로소 알게 되었다.

주령은 조금 전에 자신이 가리켰던 방향을 다시 가리켰다.

"병법서에는 적에게 추격당할 때나 혹은 포위당했을 때 적의 주력(主力) 바로 옆이 혈로라고 나와 있어요. 그 방향이 바로 저곳이에요."

태무악과 주령이 동서남북으로 포위됐다는 가정하에서 여태껏 도주해 온 방향인 북쪽 바로 옆 북북서가 혈로, 즉 도주로라는 것이었다.

말하자면 가장 탄탄할 것 같은 포위망이 가장 약할 수도 있다는 뜻이다.

"지금은 제남이나 벽라촌을 생각할 때가 아니에요. 얼마나 크고 치밀한 포위망인지는 모르지만, 그것을 뚫고 나가 우리가 안전해졌다는 확신이 든 후에 그것들을 다시 생각하는 게 좋겠어요."

태무악은 주령이 한 말이 모두 현재의 상황에 맞고 최선의 방법이라는 결론을 내렸다.

그는 잠시 동안 깊은 눈빛으로 그녀를 응시했다.

그저 나약하고 짐스럽게만 여겨졌던 그녀에게 도움을 받게 될 줄은 생각하지 못했다. 그래서 조금은 새삼스러운 시선으로 쳐다보았다.


북북서 방향으로 이각쯤 달리던 태무악은 잠시 달리는 것을 멈추었다.

그는 고개를 약간 들고 무슨 냄새를 맡는 것처럼 코를 벌름거렸다.

주령이 그의 등에 묻은 뺨을 떼며 물었다.

"악 가, 무슨 일인가요?"

그녀는 이각 전에 태무악과 꽤 긴 시간 동안 대화를 나눈 후부터는 전처럼 그를 어려워하지 않게 되었다.

아니, 태무악은 그다지 변한 섯이 없지만, 그녀가 그를 어렵게 대하지 않으려고 마음먹었다.

"그들이 오고 있다."

태무악은 출발한 후 처음으로 입을 열었다.

출발 후 주령이 혼자서 종알거리며 도합 열 번쯤 질문을 했는데 이제 처음으로 대답한 것이다.

그래도 주령은 기뻤다.

그녀는 무슨 일이 생긴 것보다 태무악이 말을 했다는 사실을 더 기뻐하는 것 같았다.

그녀는 태무악이 냄새를 맡고 있는 듯한 모습을 보면서 의아한 표정으로 물었다.

"설마… 추격자들의 냄새를 맡는 것인가요?"

태무악은 가볍게 고개만 끄덕이고 대답은 하지 않았다.

겨울에는 북풍이 분다.

추격자들은 북쪽에서 남행하고 있으므로 그들의 냄새가 바람결에 묻어올 것이다.

하지만 수견(狩犬:사냥개)이나 후각이 뛰어난 짐승들이어야만 그 냄새를 맡을 수 있을 터이다.

주령은 불가사의한 능력을 지닌 태무악이 능히 냄새를 맡을 수 있을 것이라고 판단했다.

"거리가 얼마나 되죠?"

그녀의 물음에 태무악은 허공을 비스듬히 응시하다가 짧게 대꾸했다.

"오 리."

그녀는 태무악이 정말 오 리나 떨어진 곳에서 오고 있는 사람들의 냄새를 맡았다는 사실에 망연자실하고 말았다.

"그것도 무간옥에서 배운 것인가요?"

태무악이 다시 한 번 고개를 끄덕였다.

그는 방향을 서쪽으로 약간 틀어 북서 방향으로 다시 달리기 시작했다.

얼마쯤 달리던 그는 오른쪽을 쳐다보았다. 그는 그쪽 방향

에서 은은하게 호각 소리와 사람들의 떠드는 말소리가 들려
오는 것을 감지했다.

거리는 십오 리 남짓이었다. 물론 주령은 아무 소리도 듣지
못했다.

북쪽에서 남행하는 추격자들을 오 리쯤 남겨둔 지점에서
방향을 조금 더 서쪽으로 튼 것이 주효했다. 그러지 않았더라
면 지금쯤 추격자들과 마주쳤을 것이다.

주령은 이론에 능통했고 태무악은 실전에 강했다. 두 사람
의 합작이 현재의 위기를 적절하게 극복하고 있었다.

태무악은 십여 리쯤 더 달리다가 갑자기 멈추더니 주위를
살피기 시작했다.

이윽고 바위로 잘 은폐된 하나의 좁고도 아담한 동굴을 발
견하고는 그 안에 주령을 내려놓고 나와 밖에서 나뭇가지로
입구를 잘 가리고 동남쪽으로 쏘아갔다.

그곳은 추격대가 지나간 방향이었다.

주령은 동굴 속에 태무악이 앉혀놓은 자세 그대로 움직이
지 않고 말갛게 동굴 입구를 응시했다.

그녀는 태무악이 자신을 이곳에 내버려 두고 갔을 것이라
고는 눈곱만큼도 생각하지 않았다.

청룡하에서 그랬던 것처럼.


그 믿음은 태무악이 떠난 지 두 시진이 되어가고 있을 때까

지도 굳건했다.

　다만 주령은 한밤중에 좁은 동굴 속에서 산중의 온갖 짐승 소리들을 들어야 한다는 사실이 무서웠다.

　그렇지만 그것보다 더 견딜 수 없는 것은 외로움이었다.

　예전, 그녀가 더 이상 부유할 수 없고 더 이상 완벽할 수 없는 생활을 영위할 때에도 그녀는 늘 혼자였다.

　그녀 주위에는 그녀를 위해서라면 무슨 짓이라도 서슴지 않을 사람들이 넘쳤지만, 그녀는 언제나 외로웠다.

　정신적인 마음으로부터 솟구치는 외로움이기 때문이었다.

　그래서 그녀는 외로움을 극복하는 방법을 스스로 터득해야만 했었다.

　그런데 지금 느끼고 있는 외로움은 그때의 그 외로움과 사뭇 달랐다.

　또 다른 외로움. 난생처음 경험하는 외로움이었다.

　그리고 태무악을 기다린 지 세 시진째로 접어들 무렵, 그녀는 그 외로움의 정체가 무엇인지 깨달았다.

　그녀가 태무악을 좋아하고 있다는 사실이었다.

　그것은 그녀에게 너무도 충격적인 일이었다.

　그녀는 태어나서 십사 세가 된 지금까지 누군가를 한 번도 좋아해 본 적이 없었다.

　부모도 좋아하지 않았다. 그녀의 부모는 하나뿐인 자식인 주령을 사랑했지만 그녀가 원하는 방식으로 사랑을 베풀지 않았다.

그들은 자신들의 사랑을 물질로 표현하려고 경쟁하는 사람들 같았다.

그리고 그들은 다른 일에 몰두해 있었고, 정작 부모가 해야 할 일을 다른 사람들에게 일임했다.

얼마 전까지의 주령은 이 땅 위에서 그 누구도 비교할 수 없을 정도의 물질적 풍요를 누리고 있었지만, 정신은 더할 수 없이 황폐했다.

그녀는 방금 전에 두 가지 사실을 깨달았다.

자신이 이날까지 살아온 곳이 태무악이 살았던 무간옥이나 별반 다름이 없었다는 사실과, 어느새 자신이 태무악을 좋아하게 되었다는 사실이다.

물론 사랑한다거나 이성으로서 좋아하는 감정 같은 것은 아니었다.

단지 한 사람이 다른 한 사람을 좋아하는 단순한 감정일 뿐이었다. 그렇지만 그녀에게는 절대로 단순할 수가 없는 감정이기도 했다.

자신이 처해 있는 환경 속에서는 누군가 다른 사람을 좋아하게 되는 일은 그녀의 평생에 없을 것이라고 거의 확신하고 있었기 때문이다.

부스럭.

주령이 자신이 깨닫게 된 사실 때문에 작은 전율에 휩싸여 있을 때 동굴 입구에서 나뭇가지 소리가 들려왔다.

그녀는 태무악이 돌아온 것이라는 사실을 추호도 의심하지 않고 반가운 마음을 가누지 못하며 급히 동굴 입구로 엉금엉금 기어갔다.

하지만 그녀는 동굴 입구 바로 안쪽에서 크게 놀라며 뚝 멈추어야만 했다.

동굴 입구를 막은 나뭇가지 사이로 반짝이는 두 개의 불빛을 발견했기 때문이다.

새파란 것 같기도 하고 붉은 것 같기도 한 두 개의 불빛이 수평으로 동굴 입구 바깥 허공에 떠 있었다.

순간 주령은 그 자리에 얼어붙었다.

동굴 밖에 있는 것이 무엇인지는 모르지만 태무악이 아닌 것만은 분명했다.

크르르!

그때 불빛이 괴이한 소리를 흘려냈다.

등골을 저미는 듯 섬뜩한 소리였다. 그와 함께 지독한 노린내가 훅 끼쳐 왔다.

주령은 두 개의 불빛 아래에 삐죽삐죽 드러난 하얗고 날카로운 이빨을 발견했다.

'호랑이!'

주령은 호랑이를 실제로 본 적이 한 번도 없었지만 동굴 밖에 있는 것이 호랑이가 틀림없다고 직감했다.

크르르르.

불빛이 조금 더 가까이 다가왔다.

주령은 무릎을 꿇은 채 주춤주춤 뒤로 물러났다.

와자작!

동굴 입구를 막았던 나뭇가지들이 지푸라기처럼 날아갔다. 호랑이가 앞발로 슬쩍 후려친 것이다.

이어서 호랑이의 앞발이 동굴 안으로 쑥 들어왔다.

발끝에서 네 개의 구부러진 창날 같은 발톱이 날카롭게 번뜩였다.

“악!”

주령은 소스라치게 놀라서 자신도 모르게 비명을 지르며 황급히 뒤로 물러났다.

턱!

그녀의 등이 동굴의 막다른 곳에 닿았다.

동굴은 그리 깊지 않았지만 호랑이의 발톱이 주령에게까지 미치지는 않았다.

호랑이는 앞발을 최대한 길게 뻗어 이리저리 휘저었지만 발끝과 주령 사이는 두 자의 거리가 있었다.

“아아…….”

주령은 눈을 커다랗게 뜨고 몸을 바들바들 떨면서 호랑이의 앞발만 뚫어지게 주시했다.

그때 호랑이가 머리를 동굴 안으로 들이밀었다.

크르르!

주령이 기어서 들어올 정도라면 동굴 입구가 그리 작지는 않았지만 호랑이가 들어오기에는 좁았다.

그렇지만 호랑이는 어떻게든 주령을 낚아채려고 오른쪽 앞발과 머리를 기를 쓰고 디밀었다.

호랑이는 보기 드문 대호(大虎)로 송아지보다는 컸고 소보다는 작은 정도였다.

마침내 대호는 머리를 동굴 안으로 들이미는 데 성공했다. 그것은 앞발을 더 멀리 뻗을 수 있음을 의미했다.

휙! 휙!

대호는 주령을 낚아채려고 앞발을 이리저리 휘둘렀다.

날카로운 발톱이 주령의 얼굴과 몸에 닿을 듯 말 듯 아슬아슬하게 스쳐 지나갔다.

발톱에 슬쩍 스치기만 해도 주령은 살과 뼈가 베어지고 잘라져 버릴 터이다.

대호는 화등잔 같은 두 눈으로 주령을 쏘아보면서 앞발을 더욱 깊이 밀어 넣어 휘둘러 댔다.

대호의 앞발은 거의 주령의 몸에 닿으려 하고 있었다.

주령은 창백한 표정으로 처절하게 울부짖었다.

"악 가! 살려줘요!"

순간 대호가 입을 크게 벌리며 포효를 터뜨렸다.

끄헝!

바로 앞에서 터져 나온 고막을 찢을 듯한 엄청난 소리에 주령은 그만 혼절하고 말았다.

태무악은 대호의 등에 올라타는 것과 동시에 목 윗부분에 흑자검을 깊숙이 찔러 넣었다.

우둑!

칼날이 목뼈를 자르고 목 아래까지 관통했다.

끄어엉!

대호는 동굴에서 머리를 빼내려고 미친 듯이 몸부림쳤다.

퍽퍽퍽!

하지만 태무악은 흑자검을 뽑아 목 주변을 서너 차례 더 힘껏 찔렀다.

대호의 몸부림은 그리 오래가지 않았다. 몇 번 경련을 일으키더니 축 늘어졌다.

태무악은 무간옥의 생존술 훈련 때 호랑이나 곰, 늑대 떼와 싸워본 적이 셀 수도 없이 많았다.

그중에서도 호랑이가 가장 상대하기 어려웠다. 그러나 결국에는 그가 이겼다.

그의 온몸에는 맹수들과 싸우다가 생긴 상처들이 도배를 한 듯 많았다.

태무악은 대호가 완전히 숨이 끊어졌음을 확인한 후 머리를 동굴에서 끌어냈다.

대호는 태무악의 체구 거의 두 배 크기였다.

그는 동굴 안을 들여다보았다. 주령이 웅크린 채 혼절해 있는 모습이 보였다.

그는 주령이 다치지 않았다는 것을 확인한 후 우뚝 서서 대호를 물끄러미 굽어보았다.

어쩌면 생각보다 도주가 길어지고 산행이 오래 지속될는지도 모른다.

그렇다면 대호를 이대로 버리는 것은 낭비라고 생각했다.

호랑이 한 마리가 험준한 산속을 질주하고 있었다.

그러나 보통의 호랑이는 땅 위를 달리는 데 반해서 이 호랑이는 나무와 나무, 바위만을 골라서 뛰었고, 한 번에 삼사 장씩이나 도약했다.

그 모습은 마치 호랑이가 허공을 나는 것 같아서, 누군가 그 광경을 본다면 비호(飛虎)라고 착각할 듯했다.

호랑이는 다름 아닌 태무악과 주령이었다.

태무악은 주령을 잡아먹으려던 대호를 죽여서 가죽을 벗기고 충분한 양의 살코기를 발라냈다.

호피(虎皮)는 응달에 잘 말려야 하지만 그럴 시간이 없어서 호피 안쪽을 잘 벗겨내고 다듬어서 최대한 깨끗하게 손질했다.

주령을 업고 호피를 뒤집어쓴 다음 호피의 발로 두 사람을 동여 묶었다.

그렇게 하니까 주령이 추위를 탈 염려도 없고 왼손으로 그녀의 엉덩이를 떠받치지 않아도 됐다.

주령은 추위가 조금도 느껴지지 않고 또 포근해서 여간 좋은 것이 아니었다.

문득 그녀는 두 시진 전 동굴에서 있었던 일이 떠올라 자신도 모르게 작게 몸서리를 쳤다.

대호가 그녀를 공격한 것도 무서웠지만, 그녀가 혼절에서 깨어난 직후에 본 광경은 그에 비할 바가 아니었다.

사실 태무악은 그녀를 동굴에 남겨두고 추격자 중에 한 명을 잡으러 갔었다.

추격대에서 뒤처진 자를 한 명 잡아 몇 가지 의문점을 캐물을 생각이었다.

그런데 운 좋게도 용검방의 흑룡검사를 한 명 제압하여 잡아오게 되었다.

태무악은 대호를 죽인 후에 흑룡검사에게 대뜸 분근착골(粉筋窄骨) 수법을 전개했다.

분근착골은 특수한 점혈 수법으로, 그것에 당한 사람은 이름 그대로 근육을 가루처럼 부수고 뼈를 뚫는 지독한 고통을 맛보게 된다.

태무악은 분근착골보다 더 지독한 고문 수법을 몇 가지 알고 있었지만 굳이 그것을 사용할 필요는 없었다.

흑룡검사는 마혈과 아혈이 제압된 상태에서 분근착골 수

법이 가해지자 너무도 고통스러워 두 눈과 코, 입에서 피를 흘리며 온몸을 미친 듯이 떨어댔다. 비명을 지를 수 없다는 사실이 고통을 가중시켰다.

하지만 태무악은 분근착골을 멈추지 않은 채 옆에서 묵묵히 지켜보고만 있었다.

주령이 혼절에서 깨어나 동굴 밖으로 나와서 처음 목격한 광경이 바로 그것이었다.

그녀는 사람이 그토록 고통스러워하는 광경을 그때 처음 보았다.

그래서 동굴 입구를 나서다가 그 자리에 얼어붙은 채 한참 동안이나 서 있었다.

고통에 겨워서 몸부림치고 있는 흑룡검사보다 더 주령에게 충격을 준 것은 잔인한 눈빛으로 흑룡검사를 주시하며 침묵을 지키고 있는 태무악의 표정이었다.

그의 잔인한 표정과 눈빛은 주령이 알고 있는 태무악의 모습이 아니었다.

"너희는 왜 나를 추격하는 것이냐?"

그로부터 한참 후에야 흑룡검사의 분근착골과 아혈을 풀어주면서 태무악이 나직하고도 차갑게 말하는 소리에 주령은 퍼뜩 정신을 차렸다.

그리고 그녀는 동굴 입구 한쪽 옆에 목이 피범벅이 되어 죽어 있는 거대한 대호를 발견했다.

  그래서 자신이 대호에게 당하기 직전에 태무악이 돌아와서 대호를 죽였다는 사실을 깨달을 수 있었다.

  그녀가 깨달은 것은 그것만이 아니었다.

  태무악이 그녀를 동굴에 놔두고 추격자 중에 한 명을 잡아왔다는 사실.

  그자에게서 중요한 내용을 알아내야만 한다는 것.

  그러려면 잔인하게 다룰 수밖에 없다는 것.

  그리고 무엇보다도 중요한 사실이 있었다.

  태무악과 주령이 살아남기 위해서는 잔인함뿐만이 아니라 그보다 더한 행위도 서슴지 않아야 한다는 사실이었다.

  태무악은 겁에 질린 흑룡검사에게서 오직 한 가지 사실만을 알아냈다.

  태무악을 잡기 위해서 소천색령이라는 것이 발동되었다는 사실이었다.

  그래서 용검방을 비롯한 수많은 방, 문파들이 한꺼번에 동원됐다고 했다.

  그러나 누가 소천색령을 발동했으며, 얼마나 많은 인원이 동원됐는지에 대해서는 흑룡검사도 모르고 있었다.

  태무악과 주령은 무간옥이 소천색령을 발동했을 것이라는 결론을 내렸다.

  소천색령에 대해서 많은 것을 알아내지는 못했지만, 평범한 방법으로 도주해서는 안 된다는 사실만은 분명해졌다.

결국 주령의 추리가 맞았다.

무령현 남쪽 갈석산(碣石山)을 출발한 두 사람은 이틀 동안 쉬지 않고 달렸다.

하북성의 동쪽 끝은 바다이고 전역이 드넓은 평야지대이며 수많은 강이 동, 서, 남에서 흘러 동해로 빠져나간다.

하북성은 바다인 동쪽과 평야지대인 남쪽을 제외한 북쪽 끝과 서쪽 끝이 험준한 산맥으로 둘러쳐져 있다. 마치 마당 주위에 울타리가 둘러쳐져 있는 듯한 지형이다.

천하의 지형지세에 대해서 능통한 주령은 평야지대에는 마을이 많고 숨을 곳이 드물기 때문에 산악지대를 도주로로 삼자고 제안했고, 태무악은 그에 응했다.

두 사람이 출발한 갈석산에서 북서쪽으로 가장 가까운 산은 하북성 북단에 위치한 무령산(霧靈山)이다.

그들은 갈석산에서 무령산까지의 평야지대 삼백여 리 거리를 가는 데 사흘이나 걸렸다.

그 지역에도 수색대가 도처에 깔려서 태무악을 찾고 있었기 때문이다.

물론 갈석산에서 두 사람을 바짝 뒤쫓던 수색대 본진만큼 치밀하거나 밀집된 수색 형태는 아니었다.

하지만 방심하고 마음대로 휘젓고 다닐 정도도 아니었다.

그래서 두 사람은 낮에는 숨어 있고 밤에만 이동했다.

처음 하루는 몹시 낡은 폐가에 숨어 있었는데, 시도 때도 없이 찾아드는 수색대 때문에 숨기에 바빠서 제대로 휴식을 취하지도 못했다.

그래서 이틀째부터는 땅을 파고 땅속에 숨어서 지냈다. 몸은 불편했지만 마음은 편했다.

두 사람은 무령산에서 산악지대를 따라 서쪽으로 사흘 동안 가다가 하북성 서북단에 위치한 묘봉산(妙峰山)에서 남서쪽으로 방향을 바꾸었다.

하북성과 산서성의 경계 지역인 백석산(白石山), 대무산(大茂山)을 닷새에 걸쳐서 주파한 후에는 다시 방향을 남쪽으로 틀었다.

그렇게 해서 호랑이를 죽인 갈석산을 출발하여 열하루 만에 장장 이천오백여 리를 달려와 태행산맥(太行山脈) 산중에 위치한 평순현(平順縣)에 도착했다.

태무악은 묘봉산에서 이곳까지 천팔백여 리를 남하하는 동안에 수색대를 한 명도 발견하지 못했다.

그래서 용기를 내어 평순현으로 들어가 보기로 했다.

목적은 오직 하나, 주령이 서방(書房)에 들러서 벽라촌에 대한 서책을 찾아보기 위해서였다.

두 사람은 우선 현 외곽의 외딴집을 찾아가서 은자 한 냥을 주고 허름한 남녀의 솜옷을 얻어 입고 현으로 향했다.

영락없는 시골 사람의 행색을 하고 현 내로 들어서는 두 사람을 이상한 눈으로 보는 사람은 아무도 없었다.

　주령이 마을 사람에게 서방의 위치를 물어 두 사람은 곧장
서방으로 향했다.
　두 사람은 오누이나 연인처럼 나란히 거리를 걸어갔다.

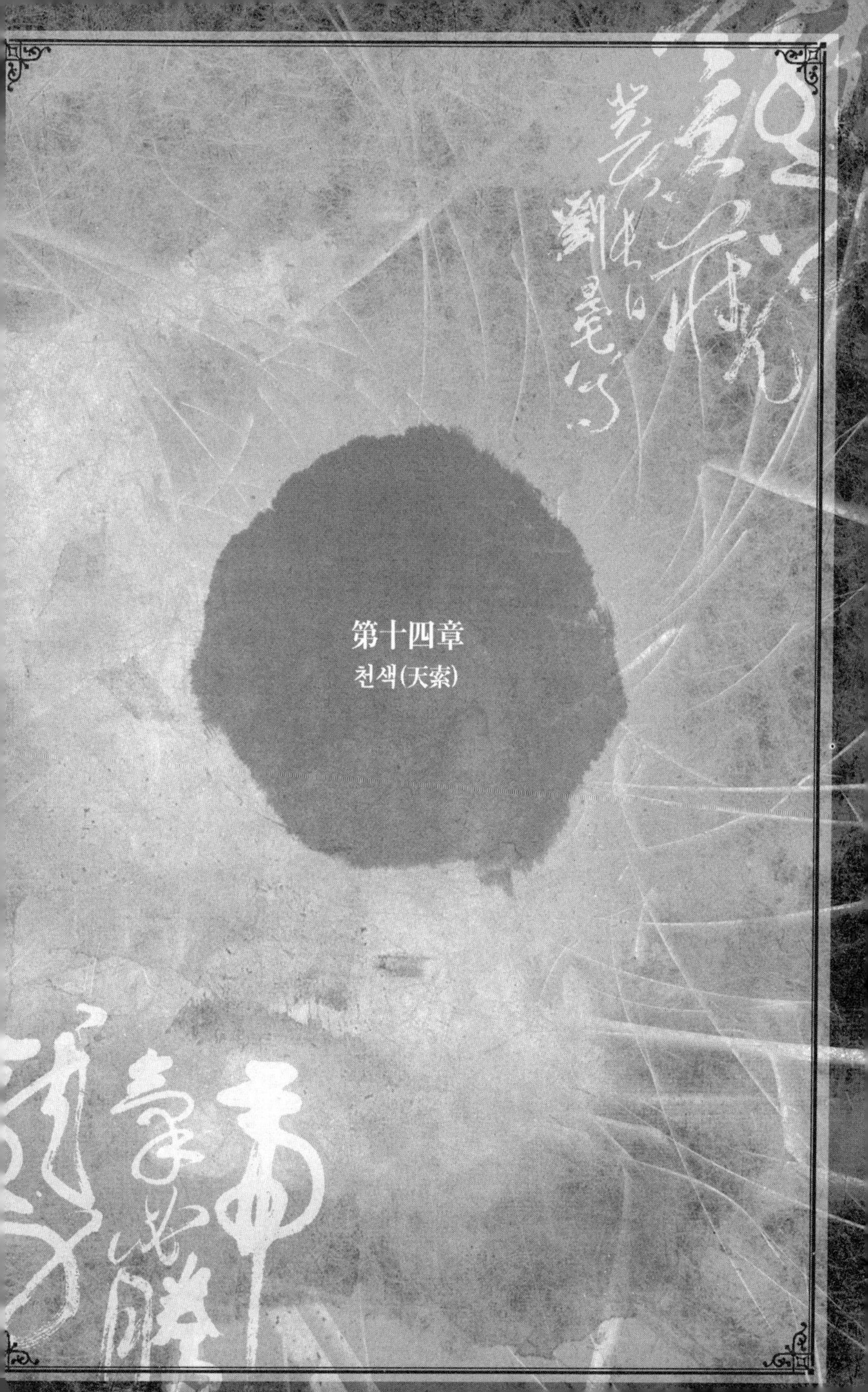

# 第十四章

## 천색(天索)

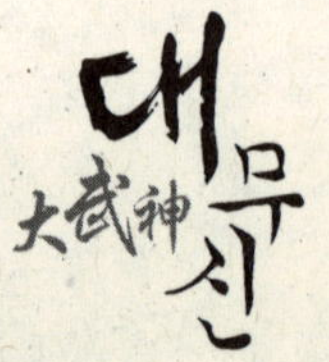

태무악과 주령이 들어선 평순현에는 한 가지 소문이 만연
해 있었다.

현 내의 모든 사람들이 그 소문에 대해서 얘기하고 있었으
므로 태무악과 주령의 귀에도 자연히 들렸다.

소문의 내용인즉, 당금 명(明)나라의 황제였던 선덕제(宣
德帝)가 병으로 죽고, 그의 바로 아래 동생인 한왕(漢王) 주고
후(朱高煦)가 대명의 제육대(第六代) 황제로 즉위했다는 것이
다.

오대 황제인 선덕제는 십 년의 재위 기간 동안 선정을 베풀
어서 백성들의 존경을 한 몸에 받았었다.

선덕제의 부친이며 사대 황제였던 홍희제(洪熙帝)도 널리 국력을 신장하고 영토를 크게 넓히는 등 선정을 베풀었기에 후일 선덕제와 더불어 인선의 치[仁宣之治]로 불리어 높게 평가되었다.

반면에 이번에 육대 황제에 오른 한왕 주고후, 즉 정통제(正統帝)는 난폭한 성격으로 유명해서 장차 그가 얼마나 폭정을 펼칠지 백성들의 근심이 깊었다.

태무악은 황제가 바뀌었다는 말을 들었지만 조금도 신경을 쓰지 않았다.

그는 황제가 무엇인지도 모를뿐더러 벽라촌으로 찾아가는 것 말고는 관심이 없었다.

반면에 그 소문을 듣고 난 이후의 주령은 몹시 우울한 표정이 되었다.

두 사람은 각자 다른 생각에 골몰하면서 나란히 거리를 걸어갔다.

태무악의 등에 오랫동안 업혀 있었던 주령은 땅을 딛으면서 걷는 것이 마치 처음 걸음마를 배우는 아기처럼 어색하고 불안했다.

태무악이 그녀를 업을 수도 있지만, 그러면 현 내 사람들의 시선을 끌게 된다. 그래서 주령이 일부러 내린 것이다.

그녀는 태무악의 왼편에 딱 붙어서 걸으며 두 팔로 그의 팔을 가슴에 꼭 끌어안고 있었다.

업혀 있는 것만은 못했지만 그렇게 하니까 조금쯤은 마음
이 놓였다.

태무악은 무언가를 생각하는 듯하다가 가끔씩 날카롭게
주위를 둘러보았다.

무간옥이 있는 노노아호산에서 이천여 리나 멀리 남쪽에
와 있지만 그래도 모르는 일이라서 경계를 하는 것이다.

그렇지만 아직 수색대라고 생각되는 자들의 모습은 눈에
띄지 않았다.

그때 태무악의 시선이 한곳에 멈추었다.

아니, 걸음도 멈추었다.

생각에 잠겨서 걷던 주령도 따라서 멈추며 의아한 얼굴로
태무악을 바라보았다.

그가 응시하고 있는 곳은 거리 건너편, 처마를 맞대고 늘어
서 있는 집들의 뒤쪽이었다.

그곳에는 꽤 넓은 대나무 밭이 있었다. 초겨울이라서 잎이
졌지만 쭉쭉 곧게 뻗은 대나무 수천 그루가 군락을 이루고 있
었다.

대나무 밭을 주시하는 태무악의 눈동자가 가볍게 흔들렸
다.

이윽고 그는 대나무 밭에서 시선을 떼지 않은 채 중얼거리
듯이 입을 열었다.

"저게 뭐지?"

“대나무예요.”

주령이 기다렸다는 듯 대답했다.

그녀는 태무악이 벽라촌에 대해서 무엇인가를 기억해 낸 것이라고 믿었다.

“원래 저런 색인가?”

태무악의 기억 속에 있는 광경은 지금 바라보고 있는 것과 조금 달랐다.

“원래는 녹색이에요. 지금은 겨울이 시작되어 잎이 져서 대만 남아 있는 거예요.”

“녹색……”

태무악은 입속으로 웅얼거렸다. 지금 보고 있는 대나무에 녹색의 잎이 더해진 광경이 머릿속에서 잘 그려지지 않기 때문이었다.

“가요. 보여 드릴 것이 있어요.”

그때 뭔가를 생각해 낸 주령이 그의 팔을 잡아끌었다.

주령이 예상했던 대로 서방 주변에는 몇 곳의 화방(畵房)도 있었다.

그녀는 화방 주인에게 어떤 이름을 대면서 그림 하나를 보여달라고 청했다.

화방 주인이 펼쳐 든 그림을 본 태무악의 눈에 갑자기 생기가 흘렀다.

“악 가께서 기억하시는 광경이 이런 것인가요?”

주령은 푸른 물결이 넘실대는 듯한 대나무 숲이 그려진 그림을 가리키며 물었다.

태무악은 그림에 시선을 못 박은 채 고개를 끄덕였다.

“그렇다.”

주령은 그의 기억이 틀림없을 것이라고 생각했다.

그녀는 태무악의 손을 잡고 화방을 나와 그와 마주 서서 설명을 했다.

“벽라촌의 ‘벽라’는 푸르다는 뜻이에요. 그래서 소녀는 전에 악 가의 고향에 강이나 숲이 있을 것이라고 생각했었는데 틀린 것 같아요. 강이나 숲이 아니라 대나무 숲, 즉 죽림(竹林)이었어요.”

그녀는 확실하게 하기 위해서 태무악에게 물었다.

“악 가의 고향인 벽라촌에 죽림이 있었나요?”

태무악은 고개를 끄덕였다.

“그랬던 것 같다.”

주령은 환하게 미소 지었다.

“잘했어요. 정말 시기적절하게 좋은 기억을 떠올리셨어요. 죽림을 끼고 있는 벽라촌이라면 범위를 많이 좁힐 수 있을 거예요.”

말을 끝낸 주령은 태무악의 손을 잡고 이번에는 서방으로 이끌었다.

가까운 곳의 서방 안에는 십여 개의 서가에 낡은 고서들이 빽빽하게 꽂혀 있었다. 산골 현의 서방이라고는 믿어지지 않는 제법 방대한 규모였다.

주령은 서방 주인이 골라주는 다섯 권의 지리와 지형에 관한 서책을 들고 한쪽 구석의 의자에 앉아서 빠른 속도로 읽기 시작했다.

태무악은 그녀 옆에 우뚝 서서 두 팔을 늘어뜨린 자세로 경계를 했다.

주령은 약 일각에 걸쳐서 서책 한 권씩을 읽었다. 대단한 속독이었다.

이윽고 그녀는 다섯 권의 서책을 다 읽은 후 서방 주인에게 지필묵을 가져다 달라고 하여 일필휘지 써 내려갔다.

딱 세 줄이었다.


강소성(江蘇省) 소백현(邵伯縣) 벽라촌.
안휘성(安徽省) 회령현(懷寧縣) 벽라촌.
강서성(江西省) 파양현(鄱陽縣) 벽라촌.


"현재로선 중원에서 죽림을 끼고 있는 벽라촌은 이 세 군데가 전부예요."

주령은 자신이 쓴 글을 한 번 들여다보고 나서 확신하듯이 입을 열었다.

“이곳에 어떻게 찾아가는지 소녀가 가르쳐 드릴게요.”

그녀는 서방 주인에게 작은 주머니 하나를 달라고 하여 세 장소를 적은 종이를 잘 접어 거기에 넣은 후 태무악에게 주면서 미소를 지었다.

태무악은 주머니를 받기 전에 주령을 쳐다보았다.

촉촉하게 이슬을 머금은 한 송이 백합이 수줍게 미소를 지으면서 두 손으로 주머니를 내밀며 그곳에 서 있었다.

갑자기 태무악의 시선을 받은 주령은 자신도 모르게 얼굴이 확 붉어졌다.

그가 지금처럼 그녀를 쳐다보는 것은 처음이다.

주령은 차마 그를 마주 바라보지 못하고 고개를 푹 숙였다.

그녀는 태무악이 아무 말도 하지 않고 있지만, 아마도 고마움을 대신하는 것이라고 생각했다.

그때 고개를 숙이고 있던 주령은 태무악의 손이 주머니를 낚아채는 것을 보았다.

그리고는 아무 말도, 아무 소리도 들리지 않았다.

주령은 아직도 태무악이 자신을 주시하고 있을지도 모른다는 생각에 조심스럽게 고개를 들었다. 하지만 태무악은 서방 안에 없었다.

그녀는 급히 서방 밖으로 달려나가 주위를 살펴보았다.

태무악이 왔던 길을 걸어가고 있는 것을 발견하고 그녀

는 마치 어미 오리를 뒤쫓는 새끼오리처럼 빠르게 달려갔
다.

"하아… 하아… 악 가, 어딜 가는 건가요?"

겨우 오 장 남짓 달려왔을 뿐인데도 주령은 숨이 턱까지 차
서 할딱거렸다.

태무악은 그녀를 쳐다보지도 않고 짧게 대꾸했다.

"제남."

주령이 자신의 본분, 즉 벽라촌에 대해서 알아냈으니 그녀
를 제남으로 데려다 주겠다는 약속을 지키겠다는 것이다.

주령은 멈칫했다가 다시 태무악을 따라붙으면서 두 팔로
그의 팔을 꼭 안으며 참새처럼 종알거렸다.

"추격자들을 마지막으로 본 것이 어디였나요?"

"대무산."

그 이름도 주령이 가르쳐 주었다.

"대무산은 이곳에서 칠백여 리 북쪽이에요."

그녀는 숨을 고르면서 말을 이었다.

"그곳에서 추격자들을 마지막으로 보았었다면 이곳에는
없을 것 같아요."

그렇게 말해놓고서 덧붙였다.

"아니면 아직 여기까지 도달하지 못했거나요."

그녀는 종종걸음으로 태무악을 따르면서 주위를 두리번거
리며 무언가를 찾더니 이내 걸음을 멈추었다.

"악 가, 말을 한 필 사서 타고 가는 것이 좋겠어요."

그녀가 바라보는 곳에는 마방(馬房)이 있었다. 가게 앞에 여러 필의 말들이 묶여 있었고, 마차와 수레 따위가 서 있는 분주한 광경이었다.

태무악은 말을 한 번도 타본 적이 없었다.

주령은 그의 대답을 기다리지 않고 마방으로 이끌면서 재잘거렸다.

"이곳에서는 수색대를 그리 걱정하지 않아도 괜찮을 것 같아요. 그러니까 말을 타고 관도로 달리면 산길을 가는 것보다 훨씬 빠르고 또 힘도 덜 들 거예요."

그녀는 많은 재주를 갖고 있는 태무악이 설마 말을 탈 줄 모를 것이라고는 추호도 생각하지 않았다.

그렇지만 태무악은 말을 탈 줄 모를 뿐만 아니라 하북성에 들어온 이후에 말이라는 것을 처음 보았었다.

두 사람은 마방 주인이 골라주는 튼튼한 준마 한 마리를 은 자 열 냥을 주고 샀다.

"두 개를 사야 하는 것 아니냐?"

말 한 마리에 두 명이 탈 수도 있다는 사실을 모르고 있는 태무악은 주령이 말고삐를 잡고 돌아서자 뚝뚝한 어조로 물었다.

주령은 배시시 미소 지었다.

"한 필에 우리 두 사람이 함께 타면 돼요. 그리고 소녀는 말을 몰 줄 모르거든요.”

“나도 모른다.”

주령은 깜짝 놀라 믿어지지 않는다는 얼굴로 태무악을 빤히 바라보았다.

그러다가 곧 말고삐를 끌고 다시 마방으로 향했다.

“말을 물러야겠어요.”

태무악은 주령을 뒤따라가다가 마침 말을 타고 마방으로 오고 있는 한 사람을 발견했다.

그 사람이 재갈에 연결된 말고삐를 양손으로 잡고 이리저리 움직이는 것과, 두 발꿈치로 말의 옆구리를 가볍게 건드리면서 말을 모는 것을 유심히 살펴보았다.

이윽고 그 사람이 마방 앞에 이르자 말고삐를 잡아당기면서 ‘워어!’ 길게 외치자 말이 멈추었다.

태무악은 그 짧은 시간에 말고삐로 말이 나아가는 진행 방향을 조정하고, 발뒤꿈치로 말의 옆구리를 건드려서 속도를 조절한다는 사실을 깨달았다.

“아!”

마방에 이르러 주인에게 말고삐를 넘겨주려던 주령은 깜짝 놀랐다.

뒤따르던 태무악이 뒤에서 그녀의 양쪽 허리를 잡고 번쩍 들어 올려 말 잔등에 앉힌 것이다.

이어서 그는 주령 앞에 단번에 훌쩍 올라타고는 말고삐를 잡았다.

주령은 그의 능숙한 동작에 가볍게 놀라는 표정을 지었다.

"말을 탈 줄 모른다고 했잖아요? 농담한 건가요?"

그러나 그녀는 곧 태무악이 농담 따위를 할 줄 모른다는 사실을 떠올렸다.

태무악은 말고삐를 잡고 나아가야 할 왼쪽 방향 쪽 고삐를 슬쩍 잡아당겼다.

그러자 말이 왼쪽으로 방향을 틀었다.

이어서 그는 발뒤꿈치로 말 옆구리를 가볍게 찼다.

우두두두!

"앗!"

순간 깜짝 놀란 말이 쏜살같이 달려나갔고, 그 바람에 주령은 몸이 뒤로 확 젖혀지면서 말 등에서 떨어지려 했다.

그때 태무악의 손이 그녀의 어깨를 잡있다.

그녀는 쓰러지려는 몸을 바둥거리면서 겨우 추스르며 급히 두 팔로 태무악의 허리를 끌어안았다.

말이 준마라는 마방 주인의 말은 거짓이 아니었다.

말은 잠깐 사이에 현 내를 벗어나 관도로 접어들어 질풍처럼 내달렸다.

말을 출발시키기 위해서는 옆구리를 가볍게 툭 건드리기만 해도 되는데, 태무악은 너무 세게 찼고, 그래서 말이 놀라서 달려나간 것이다.

평순현이 가까운 관도에는 행인들이 많이 왕래하고 있었기 때문에 태무악은 속도를 좀 늦추기 위해서 발뒤꿈치로 말의 옆구리를 한 차례 더 찔렀다.

히히힝!

두두두두!

그러자 말은 더 빠르게 달리기 시작했다.

태무악은 말의 속도를 늦추려면 옆구리를 차서는 안 된다는 사실을 깨달았다.

말 탄 사람이 사오 장 거리를 달려와 마방 앞에 멈추는 것을 보고 잠깐 배웠을 뿐이니 제대로일 리가 없다.

곧 태무악은 그 사람이 마방 앞에 이르러 멈추기 위해서 말고삐를 세게 당겼다는 사실을 기억해 냈다.

말고삐를 세게 당기면 말이 멈추니까, 약간 당기면 멈추지는 않고 속도를 줄이지 않을까 하는 생각이 들었다.

그는 고삐를 가볍게 당겨보았다.

그러자 말이 속도를 조금 줄였다.

한 번 더 당기자 더욱 속도를 떨어뜨려서 달린다기보다는 걷는 속도가 됐다.

그때부터 그는 한동안 말을 모는 연습을 했다.

말고삐를 좌우로 당겨서 방향을 바꾸는 것과, 발뒤꿈치로 말 옆구리를 차는 세기에 따라서 속도가 증감된다는 사실을 터득했다.

주령은 태무악이 말 타는 연습을 하고 있다는 사실을 알아
차렸다. 그는 정말 말을 탈 줄 몰랐던 것이다.

말을 탈 줄 모르는 사람이 말을 타고 달리는 것은 어린아이
에게 예리한 칼을 쥐어준 것이나 다름이 없는 일이다.

주령은 말이 빨리 달리다가 천천히 가고, 술에 취한 듯이
좌우로 왔다 갔다 하자 불안한 마음이 생겼다.

그래서 자신이 괜히 말을 타고 가자는 말을 꺼냈다는 후회
마저 하게 되었다.

다각다각!

그때 갑자기 말이 달리기 시작했다. 비뚤비뚤 위태롭게 가
지도 않고, 빠르거나 느리지도 않은 적당하고도 안정된 속도
로 달렸다.

주령이 보니까 말 등 위에 꼿꼿하게 앉아 있던 태무악의 모
습도 변해 있었다.

말이 달리면 걸음에 의해서 등이 들썩거리고, 말 등에 탄
사람의 몸도 들썩인다.

이때 마상의 사람이 말과 박자를 제대로 맞추지 못하면 말
등에서 떨어지기가 십상이다.

그런데 태무악은 말이 달리는 박자에 맞추어 몸을 상하로
알맞게 들썩이고 있었다.

시간이 지남에 따라 태무악의 말을 모는 실력은 더욱 안정
되어 갔다.

조마조마하던 주령은 비로소 몸의 앞면을 태무악의 몸 뒤에 바짝 밀착시키고 두 팔로 허리를 끌어안은 채 뺨을 등에 묻고 편안하게 눈을 감았다.

관도는 동쪽으로 곧게 뻗어 있었다.

그리고 그 끝에는 산동성의 성도인 제남성이 있었다.

*　　　　*　　　　*

이들 네 인물은 매년 정월 초하룻날에 정기적인 회합을 갖고 있으며, 그것은 지난 삼십 년 동안 한 해도 거르지 않고 이어져 왔다.

그런데 오늘은 정월 초하루를 닷새 남겨둔 날인데도 이들 네 인물이 한자리에 모여 있다.

이들이 정기적인 회합 날 이외에 모인 것은 오늘이 두 번째로 기록될 것이다.

첫 번째 만남은 그들이 모시고 있는 하늘[天]로부터 일인지하만인지상(一人之下萬人之上)의 지위에 임명될 때였다.

이들의 지위와 권위에 대해서는 전 무림에 알려져 있으나, 이들의 진면목을 알고 있는 사람은 그리 많지 않다.

만약 그 많지 않은 사람들이 이들과 대면을 하게 된다면, 즉시 그 자리에 오체투지(五體投地)하면서 더없이 공손한 어조로 이렇게 칭할 것이다.

태상사사자(太上四使者).

청룡(靑龍). 백호(白虎). 주작(朱雀). 현무(玄武).

전설상의 사신(四神)의 이름을 딴 네 인물이다.

이들 네 인물이 오늘 이곳에 모인 이유는 한 가지다.

하부 조직 중 하나인 무간옥에서 탈출한 한 명의 무간자를 잡아들이기 위해서다.

"혹시 무간백구호라는 소년에 대해서 우리가 모르고 있는 사실이 있나요?"

마른땅에 촉촉하게 단비가 내리는 듯한 젖은 목소리로 처음 말문을 연 사람은 이십대 중반의 여인이었다.

일신에는 불타는 듯한 홍의에 금색의 봉황이 수놓인 봉황의(鳳凰衣)를 입었다.

머리를 우아하게 궁장으로 틀어 올렸고, 계란처럼 갸름한 얼굴 윤곽에 두 가닥 귀밑머리를 늘어뜨린 전하절색 미모의 소유자였다.

태상사사자의 주작사자(朱雀使者)가 바로 그녀의 신분이다.

그녀는 강호에서 또 하나의 신분을 갖고 있는데, 강호인들은 그녀를 천봉후(天鳳后)라고 부른다.

그렇지만 강호인들은 주작사자와 천봉후가 한 사람이라는 사실을 모르고 있다.

그녀는 그렇게 물으면서 백호사자를 바라보았다.

청룡, 현무사자도 백호사자를 쳐다보았다.

마치 백호사자가 주작사자의 물음에 대한 대답을 해줄 것이라고 여기는 분위기였다.

백호사자는 수십 개의 조직을 총괄하고 있다. 그중에는 겉으로 드러난 것도 있고, 세상에 존재하는지조차 모르는 것들도 있다.

그리고 알려지지 않은 것 중에는 무간옥이 있다.

"그 아이는."

백호사자는 찻잔을 내려놓으면서 묵직하게 가라앉은 목소리로 말문을 열었다.

그는 중요한 말을 할 때에는 서두를 꺼내놓고 잠시 뜸을 들이는 버릇이 있다.

그래야지만 말의 내용이 더 큰 효과를 거둔다는 사실을 알고 있기 때문이다.

백호사자는 한 자 한 자 또박또박 말을 이었다.

"오행신체(五行神體)외다."

순간 질문을 했던 주작사자도, 다른 두 명의 사자 얼굴에도 가득 놀라움이 떠올랐다.

천하에서 이들 태상사사자를 놀라게 할 만한 일은 그리 흔하지 않다.

그렇지만 보름 전에 무간옥을 탈출한 무간백구호가 오행신체라는 사실은, 그들을 놀라게 만들기에 충분했다.

아니, 백호사자를 제외한 삼사자는 자신들이 삼십여 년 전 어느 날 느닷없이 주군으로부터 태상사사자로 임명됐을 때만큼이나 놀랐다.

유유히 흐르는 강가 언덕 위에 세워진 고아한 풍치의 정자 안에는 한동안 침묵이 흘렀다.

오행신체는 전설상의 신체다. 또한 역사상 한 차례도 인세에 출현했던 적이 없었다.

오행신체에 대한 수많은 소문이나 정보들이 허다하지만 모두 확인되지 않은 것들이다.

그러나 한 가지 사실만은 분명하다.

오행신체가 지닌 능력은 인간의 상상을 초월할 것이라는 사실이 바로 그것이다.

"천명(天命)으로 십이 년 전에 오행신체를 지닌 세 살짜리 아이를 무간옥에 넣었소."

백호사자는 그 말을 끝으로 더 이상 오행신체에 대해서 설명하지 않았다.

그리고 세 명의 사자도 더 묻지 않았다.

'천명'은 절대적이다. 그 앞에서는 어떤 의문도 품을 수 없으며, 불복이나 항명도 있을 수 없다.

백호사자가 방금 오행신체에 대해서 말한 것도 천명의 허락이 있었기 때문일 것이다.

태상사사자에게는 무소불위의 권한이 있지만, 천명이라는

하늘 아래에 있다.

삼사자는 십이 년 전에 백호사자가 천명을 받들어 오행신체를 무간옥에 넣었다는 사실을 이제야 알게 되었다.

하지만 거기에 대해서 추호도 불만은 없다.

태상사사자는 지금까지는 차를 마시면서 주위 풍경을 감상하는 등 여유있는 모습이었다.

그러나 지금은 아무도 찻잔에 손을 대지 않았고 풍경을 감상하지도 않았다.

이윽고 백호사자가 다시 묵직하게 입을 열었다.

"주군께서 대천색령(大天索令)을 내리셨소."

삼사자의 얼굴빛이 가볍게 변했다.

천색령은 소, 중, 대 세 종류가 있으며, 지금껏 대천색령이 내려진 적은 한 번도 없었다.

또한 천색령은 오직 주군만이 발동할 수 있다.

"이제부터 세 분이 대천색령에 힘을 보탤 수 있는 일을 말씀해 보시오."

백호사자는 말을 마치고 나서 삼사자를 한 명씩 차례로 쳐다보았다.

대천색령은 사람이나 물건을 찾아내고 거두어들이기 위해서 천하의 모든 조직과 기능들이 동원되어 천하 구석구석을 샅샅이 수색하는 것을 말한다.

과연 누가 말 한마디로 천하의 모든 조직과 기능을 동원할 수 있겠는가?

이들 태상사사자의 하늘인 주군이 바로 그 인물이었다.

백호사자의 요구에 제일 먼저 입을 연 사람은 현무사자였다.

"회명부(劊命府)를 투입하겠소."

그는 비단 황포를 입었고 머리에 검은색 작은 관(冠)을 썼으며, 큰 체구와 반백의 긴 수염을 기른 당당한 풍채에 육십 세가량의 노인이었다.

그는 현무사자라는 신분 말고도 강호에서 패곤황(覇棍皇)이라고 불리는 거물이다.

청룡사자와 주작사자는 가볍게 표정이 변해 현무사자를 쳐다보았다.

회명부는 현재 백여 명의 회명자를 보유하고 있다.

그리고 그들은 모두 무간옥 출신이다.

무간옥은 통상적으로 십오 년에서 이십여 년 동안 무간자들을 키워 엄격하고도 철저한 최종 시험을 통과한 사람만 회명부로 보낸다.

그 수는 매우 적어서 일 년에 고작 열 명 미만이다.

그렇게 해서 회명부가 무간옥으로부터 조달받은 회명자의 수는 삼십여 년 동안 겨우 이백오십여 명에 불과했다.

그것은 회명자들이 정예 중에서도 정예, 즉 최정예라는 사실을 대변하는 것이다.

무간옥이 무엇 때문에 무간자들을 키워서 회명자로 만들어내는지에 대해서는 주군과 태상사사자, 그리고 회명자 본인들만 알고 있는 사실이다.

현무사자가 자신이 관장하고 있는 조직 중에서 가장 노른자인 회명부를 대천색령에 투입하겠다고 제의한 것은 놀라운 일이다.

그리고 또한 현재의 사안이 얼마나 중대한지를 대변하는 것이기도 했다.

회명자 단 삼십 명이 소림사나 무당파 같은 명문대파를 전멸시킬 수 있다는 사실을 잘 알고 있는 현무사자를 제외한 삼사자는 그의 결정에 적이 긴장했다.

물론 삼십 명의 회명자와 소림사 전체 고수가 정면으로 대결을 벌인다면 회명자 쪽이 백전백패할 것이다.

그러나 회명자의 방식에 맡긴다면, 그들 삼십 명은 최소 보름, 최대 한 달 이내에 소림사 내에 숨 쉬고 있는 모든 생명체의 숨통을 끊어놓을 것이다.

청룡사자와 주작사자는 진중한 표정으로 생각에 잠겼다.

현무사자가 회명부를 동원한다면, 두 사람도 그에 상응하는 것을 내놓아야만 할 터이다.

"그렇다면 나는 화라련(花羅聯)을 가동하겠어요."

주작사자가 붉고 아름다운 입술을 나풀거려 말하자 모두들 그럴 줄 알았다는 표정을 지었다.

화라련은 주작사자가 거느리고 있는 수많은 조직들, 즉 주작세림(朱雀勢林) 중 하나에 불과하지만, 화라련이 지니고 있는 세력과 영향력은 주작세림 전체의 삼 할 이상을 차지하고 있을 정도다.

청룡사자의 생각이 길어지고 있었다. 회명부와 화라련에 걸맞은 조직을 내놓아야 하기 때문이다.

결국 그는 해답을 찾아냈다.

"관(官)을 움직이겠소."

예로부터 무림과 관은 세불양립(勢不兩立)의 관계다. 그런데 청룡사자는 관을 움직이겠다고 한다.

관의 영향력은 천하 구석구석 미치지 않는 곳이 없다.

아무리 작은 현(縣)이라고 해도 그 현을 다스리는 현청(縣廳)이 있고, 현청이 있으면 당연히 포졸들이 있다.

포졸은 군사하고는 다르다. 군사는 선쟁을 수행하지만, 포졸은 민생과 치안을 담당한다.

또한 포졸은 한 지역에 가정을 갖고 오래 주둔하고 있기 때문에 그 지역에 대한 거의 모든 것들을 상세하게 낱낱이 파악하고 있다.

천하 곳곳에 실핏줄처럼 퍼져 있는 백만 명 이상의 포졸들을 동원한다면 찾아내지 못할 사람이 없을 터이다.

삼사자들은 청룡사자가 설마 관을 움직일 줄은 예상하지 못했기에 적잖이 놀랐다.

청룡사자는 산뜻한 청삼을 입고 문사건을 두른 훤칠하고 준수한 용모의 중년인이다.

오른쪽 어깨에 메고 있는 한 자루 고색창연한 고검이 아니라면 영락없는 중년 문사의 모습이었다.

그는 주군에 의해 청룡사자로 발탁되기 전에 강호에서 낙성검(落星劍)이라는 별호로 천하를 진동시켰었다.

주작사자, 아니, 천봉후가 낙성검을 보면서 살짝 눈웃음을 쳐 보였다.

"대명(大明)의 포졸이 회명부나 화라련에는 못 미치지만, 이번만큼은 봐주겠어요."

그녀가 놀라움을 가벼운 농담으로 대신한다는 것을 알아듣지 못하는 사람은 없었다.

낙성검은 청수한 얼굴에 사람 좋은 미소를 빙그레 떠올렸다.

"고맙소, 상(祥) 매."

낙성검은 천하에서 천봉후를 '상 매'라고 부르고도 무사할 수 있는 유일한 사람이었다.

천봉후는 백호사자를 바라보면서 살짝 미소를 지었다.

"당신은 무엇을 내놓을 생각인가요?"

백호사자는 가볍게 고개를 끄덕였다.

"내가 내놓은 패는 이미 활동을 개시했소."

"뭐죠?"

백호사자는 엄숙한 표정을 지었다.

"영밀루(影密樓)요."

그 말에 천봉후와 낙성검의 표정이 가볍게 변했다.

무림의 가장 신비한 조직 중에 하나인 영밀루를 여태껏 백호사자가 거느리고 있었다는 사실을 이제야 알게 되었기 때문이다.

그러나 현무사자 패곤황은 못 들은 듯 팔짱을 낀 채 묵묵히 앉아 있었다.

그는 설혹 자신이 모시고 있는 주군이 죽는다고 해도 표정 하나 변하지 않을 인물이었다.

천봉후가 백호사자, 아니, 사석에서는 벽력제(霹靂帝)라고 불리는 인물을 보면서 묘한 눈빛을 흘렸다.

"그런데 무간백구호가 어린 소녀와 동행하고 있다던데, 그녀는 누구지요?"

백호사자, 즉 벽력제는 천봉후가 그 사실을 알고 있는 것에 대해서 놀라지 않았다.

그녀는 천하에서 가장 방대한 정보 조직인 화라련을 거느리고 있기 때문이다.

벽력제는 고개를 가로저었다.

"그 어린 계집아이가 누군지 모르지만 알 필요도 없소. 무간옥하고는 관계가 없으니까."

네 사람은 더 이상 무간자 백구호가 동행하는 어린 소녀에 대해서 거론하지 않았다.

　태상사사자는 이렇게까지 했는데도 무간자 백구호, 아니, 오행신체를 잡아들이지 못할 것이라고는 생각하지 않았다.


『대무신』 제1권 끝

# 潛行武士
# 잠행무사

김문형 新무협 판타지 소설

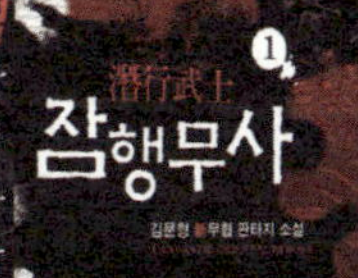

"흑랑성에 들어간 사람 중에
다시 강호에 나온 이는 없다."

서장 구륜사와의 결전을 승리로 이끌며 중원무림에
홀연히 나타난 문파 흑랑성(黑狼城).
그러나 흉흉한 소문이 사실로 드러나 무림맹으로부터
사파로 지목받고 멸문당한다.

그로부터 일 년 뒤.
강호의 은원을 정리하고 금분세수를 하려는 청위표국의 국주 송현은
마지막으로 무림맹의 의뢰를 받아들인다.
그것은 바로 금지 구역 흑랑성에 잠행하는 일.

송현은 무림에서 외면받는 무사 네 명을 선출하여
소림승 진광과 함께 흑랑성에 들어간다.
흑랑성의 비밀이 하나씩 드러나면서 밝혀지는 진실은
그들을 목숨을 건 사투로 끌어들여 가는데……

액션스릴러로 만나는 무협
잠행무사!

유행이 아닌 자유추구 -
WWW.chungeoram.com

Book Publishing CHUNGEORAM

# 무영무쌍

김수겸
新무협 판타지 소설

그림자도 찾기 힘들고[無影],
가히 대적할 자도 없다[無雙]!
강호의 절대고수 무영무쌍!

청설위국의 위사 진세인,
그를 찾아오는 수많은 사람들.
그를 원하는 수많은 세력들.

거대한 음모의 소용돌이 속에서
그는 그를 버렸던 용부를 지켰고,
그에게 검을 겨눴던 무림맹과 십만마교를 구해냈다.

모든 것을 가졌던 황제가 끝까지
갖지 못했던 단 한 사람!
위사 진세인과 동료들의
강호행이 시작된다!

몽월 新무협 판타지 소설

# 대법왕

## 大法王

**'중놈이 될 바에야 차라리 죽겠다!'**

소주의 개고기[ 犬섁 ]라 불리는 동천몽.
십육 세 생일을 맞아 거하게 놀려던 찰나, 네 명의 승려가 난입한다.
그렇게 본의 아니게 활불이자 영생불사의 존재인 대법왕이 되어버리는데……,

절대 중놈으로 살 수 없다는 주인공 동천몽과
악착같이 대법왕으로 모시려는 포달랍궁 사이의
밀고 당기는 싸움.

**과연 그는 대법왕이 되어 군림할 것인가,
아니면 소주의 개고기로 돌아올 것인가!!**

검이라는 지휘봉을 바람에 흩날리며, 피의 악보와
비명의 화음으로 죽음을 지휘하는 자… 마에스트로.

최초의 가상현실 게임의 뒤를 잇는 뉴 월드의 출현.
마법과 기사, 신관, 몬스터의 서대륙. 주술과 검사, 무녀, 요괴의 동대륙.
현실과 또 다른 현실, 그 경계선에서 숨 쉬는 유저들.
그런 뉴 월드에 한 유저가 나타났다!

레벨 업을 위해서라면 잠도 포기한다!
아이템을 위해서라면 한자리에서 보름 내내 움직이지 않는다!
자신을 위해서라면 아부는 필수! 꼼수는 센식

그가 뉴 월드에서 얻게 된 직업은 죽음의 지휘자…
마에스트로.